KB041074

그야 뭐, 마녀니까요.

Well, because I am a witch.

재의 마녀 일레이나

마법사 최고위인 「마녀」에 오른 소녀.
스승님인 프랑과 함께 여행을 할 만끽 중.

©Azure

모니카

「사람이 사는 마을 에마데스트린」에서
활동하는 마법 총괄 협회의 에이전트.

카렌

「정적의 나라 발라드」에 사는
유일한 마법사.
사역마를 다루는 데 능하다.

리즈레트

자국의 왕자를 사모하는 미녀.
계모와 그 딸들에게 괴롭힘을 당하고 있다?

THE JOURNEY OF ELAINA

CHARACTER

프리실라

어느 설국 출신 마법사.
마법약 조제가 특기이다.

별무리의 마녀 프랑

"깊은 숲속의 비엘라"가 있던 곳에서
"왕립 세레스텔리아"로 돌아가는 여행 중.

©Azure

너는 변하지 말아 줘. 사야.

노력가에, 근면하고, 상냥한.

남을 상처 입히지 못하고, 거짓말을 하지 않고, 얼버무리지도 않고.

그저 올곧게 지금을 살아가는 그녀가, 나는 눈부셨다.

©Azure

마녀의 여행 9
THE JOURNEY OF ELAINA
CONTENTS

©Azur

마녀의 여행

THE JOURNEY OF ELAINA

9

Shiraishi Jougi
시라이시 죠우기

Illustration
아즈루

커버 및 본문 일러스트　야즈루

저도 솔직한 사람이 아닙니다만, 어쩌면 그러한 성격은 스승인 프랑 선생님께 영향을 받은 탓인지도 모르겠습니다.

　저도 그녀도 함께 여행하죠, 같은 말을 하는 일은 절대 없었습니다. 그러면서도 같은 방향으로 빗자루를 날게 하고 있었습니다.

　몸을 기댄 작은 나무들이 드문드문 자라나 있을 뿐인 평원은 어디까지고 이어져 있는 듯 보였습니다. 녹색은 마치 바다처럼 펼쳐져, 파도처럼 흔들렸고, 시원한 바람 소리는 사방에서 찾아와 저희 사이를 스쳐 지나갔습니다.

　이런 풍경이 어디까지고 이어지면 좋으련만──그런 생각을 하면서, 저는 그저 바람 소리에 귀를 기울였습니다.

　"일레이나."

　그러던 때, 프랑 선생님은 말했습니다.

　평소와 같은 상냥한 미소를 지으며.

　"출출하지 않은가요? 그러고 보니 저, 아침부터 아무것도 못 먹었어요. 아아, 이제 뭐든 좀 먹고 싶은 기분이에요. 배, 고프지 않은가요? 잠시 휴식할까요?"

　"…………."

　분위기고 뭐고 없는 말을 했습니다.

　한숨이 나오고 말았습니다.

　"그럼 잡초라도 드시면 되겠네요."

3

"어머나. 제가 잡초 같은 걸 먹을 리 없잖아요? 저를 누구라고 생각하는 건가요?"

"제 스승인 프랑 선생님이십니다."

"그래요. 당신 스승인 프랑 선생님입니다. 그러면, 제자라는 사람은 스승의 은혜에 감사하는 마음을 담아 스승에게 맛있는 음식을 대접해야 하는 거 아닌가요?"

"무슨 말씀을 하시는 건지 잘 이해되지 않습니다만."

"세상의 상식이에요."

오호라, 제가 모르는 세계의 상식이로군요.

"아무튼 지금 저는 일레이나한테 대접받고 싶은 기분이에요."

"갑작스럽게 상당히 무리한 말씀을 하시는군요……."

뭐, 모처럼 오랜만에 만났으니 음식을 대접하는 정도는 어렵지 않습니다만.

"뭔가 맛있는 걸 사주지 않을래요?"

이 스승님은 정말이지 끈질기군요.

저는 한숨을 섞어가며.

"알았습니다."

──하고 말하는 동시에 살짝 웃으며 대답했습니다.

"이 근처에 먹을 데가 있다면, 말이죠."

저희는 여행을 하는 도중입니다.

시야에는 온통 풀이나 나무밖에 없습니다. 입에 넣을 만한 것이라고 해봐야 이 주변에 자라난 잡초나 나무 열매 정도뿐.

잡초 요리를 원하시는 겁니까? 선생님은 언제부터 특이한 식성이 되어버리신 겁니까?

"우후후."

선생님은 제 대답에 마치 "기다렸습니다"라고 말하듯이 의기양양한 미소를 지어 보였습니다.

"말했어요! 맛있는 걸 사주겠다고 말했어요!"

"말했습니다만?"

그게 어쨌다는 겁니까?

"그럼 맛있는 걸 얻어먹도록 하겠어요."

"선생님, 이 주변에는 아무것도 없습니다만?"

풀이나 꽃이나 나무 열매뿐, 식당은 어디에도 없습니다. 대접을 하려고 해도 돈을 낼 곳이 없고, 요리를 하려고 해도 적당한 재료가 없습니다.

그러나 선생님은 자신만만하게 말했습니다.

"아뇨 아뇨, 일레이나. 주위를 잘 살펴보세요. 풀이 있고, 꽃이 있고, 나무 열매가 있잖아요?"

"…………."

"이것만 있으면 충분하답니다."

"…………."

선생님은 언제부터 특이한 식성이 되어버리신 겁니까?

아뇨 아뇨, 정말로 이 앞에 맛있는 가게가 있답니다. 정말이에요. 제가 일레이나에게 거짓말을 한 적이 지금까지 한 번이라도 있었나요? 없잖아요? 네? 있다고요……? 아뇨, 기억에 없는데요…… 없을 텐데요? 적어도 저는 그렇게 기억하고 있답니다. 없다면 없는 거예요. 아무튼 정말로 맛있는 가게가 있어요……!

등등.

선생님은 내키지 않는 저를 억지로 잡아끌며, 길가에서 나무 열매니 꽃이니 풀이니, 대체 무얼 위해 필요한 것인지도 알 수 없는 것들을 마음대로 제 주머니에 쑤셔 넣으며 작은 숲속을 나아갔습니다.

"……이런 데 식당이 있을 거라고는 생각할 수 없습니다만."

"있어요. 있다고요. 비장의 맛집이."

그렇게 말하며 선생님은 "자, 저기를 봐주세요" 하고 한곳을 가리켰습니다.

그리고 몇 그루의 나무들을 지나왔을 무렵이었습니다.

"…………."

건물이 하나 있었습니다. 분명히 있었습니다.

아마도 오랜 옛날 누군가의 별장으로 쓰였던 집일 테지요. 나무로 지어진 벽과 천장 곳곳이 망가져 있어서 가게라기보다는 그냥 민가라는 인상을 주었습니다. 덧붙여 말하자면 너무나도 허름한 탓에 폐허로만 보였습니다.

어디를 어떻게 보아도 가게처럼은 보이지 않았습니다.

그러나 입구에는 간판이 하나 세워져 있었습니다.

쓰여 있기를.

『거인의 조리실』

이라고 합니다.

"…………."

저는 선생님을 바라보았습니다.

"저기, 여기, 괜찮은 건가요?"

"괜찮아요. 이 가게는 연중무휴로 영업하거든요. 오늘도, 보세요.『영업 중』이라고 쓰여 있잖아요?"

"쉬는 편이 좋을 것 같은 느낌입니다만……."

아니 제가 걱정할 것까지도 없이 당장에라도 쓰러질 것 같은 느낌에 휩싸여 있습니다만. 정말로 괜찮은 겁니까?

"여긴 숨겨진 맛집이랍니다."

"그렇다기보단 그냥 찾기 힘든 데 있을 뿐인 거 아닌가요?"

"이런 가게가 겉보기와 다르게 음식이 맛있는 법이랍니다. 남들은 아직 모르는 곳이죠."

"너무 몰라서 눈을 씻고 찾아봐도 사람이 안 보이는 것 같은데요……."

"하지만 맛은 확실해요."

선생님은 "자, 들어가요. 정말로 맛있다니까요? 후회 안 할 거예요! 자!"라며 쭉쭉 억지로 저를 가게로 끌고 갔습니다.

"…………."

안 좋은 예감이 드는군요…….

○

그러나 어쩌면 이 거인의 조리실이라는 가게는 외관은 꾀죄죄

하지만, 내부는 상당히 깨끗하고 전문적인 느낌인 것은 아닐까요? 그런 것은 아닐까요?

그렇게, 저는 아주 약간 기대했습니다만, 외관에 신경 쓰지 않는 가게가 내부만 깔끔하다거나 한 일은 없었고, 안쪽도 평범하게 허름했습니다.

심지어 문 안으로 들어갔는데도 가게 주인의 모습조차 보이지 않을 정도였습니다.

『거인의 조리실에 오신 것을 환영합니다. 지치셨을 테지요? 신발을 벗어주십시오.』

입구 안쪽은 자그마한 방으로 되어 있었고, 문에 글자가 새겨져 있을 뿐.

그렇군요. 이 가게에서는 신발을 벗는 것이 매너인 모양입니다. 그러한 문화를 가진 나라는 지금까지도 몇 번인가 방문했던 적이 있었기 때문에 특별히 이렇다 할 저항감은 없었습니다. 저와 선생님은 나란히 신발을 벗어서 옆에 있던 신발장에 대충 집어넣었습니다.

자, 그럼 아는 사람만 안다는 맛있는 요리라는 것을 즐겨보기로 할까요——.

『저희 가게에서는 옷이 더러워질 가능성이 있습니다. 짐은 두고 입점해주십시오. 상의와 모자는 만일에 대비해 벗어주십시오.』

하지만 문을 통과한 곳에도 주인은 없었고, 그저 벽에 옷걸이가 걸려 있을 뿐이었습니다.

"선생님, 이건 대체?"

"로마에 가면 로마법에 따르라고 하죠? 이 가게의 독자적인 규칙을 따르도록 하죠."

말하면서 선생님은 이미 상의를 벗고 있었습니다.

"⋯⋯네에."

규칙이라고 한다면, 뭐 따르기로 하겠습니다. 대체 어떤 이유로 문을 몇 개나 준비한 것인지 전혀 이해가 안 되지만 말이죠.

상의와 모자를 벗은 다음 저희는 눈앞의 문을 열었습니다.

그러나.

『매우 죄송합니다만 저희 가게는 냄새에 주의하고 있습니다. 다음 문을 열기 전에 향수를 한번 뿌려주십시오.』

허름한 가게 외관에 걸맞지 않게 가게 주인은 아무래도 상당히 신경질적인 분인 모양입니다.

문 앞에는 선반이 하나 있었고, 『자유롭게 쓰십시오』라는 라벨이 붙은 향수가 놓여 있었습니다.

"선생님, 이건 대체?"

"로마에 가면 로마법을 따르라는 거죠."

"⋯⋯또인가요?"

칙, 선생님은 익숙한 손놀림으로 향수를 뿌렸습니다. 과일 같은 달콤한 향기가 감돌았습니다. 대체 언제쯤이 되어야 요리를 만날 수 있느냐며 안달복달하는 저와 달리 선생님은 매우 차분했습니다. 이래서는 대체 누가 식사를 대접하는 것인지 알 수 없을 지경이었습니다.

그보다.

"선생님, 미리 여쭤보겠습니다만."

"네."

"여기, 최종적으로는 저희가 거인에게 요리된다거나 하는 콘셉트의 가게는 아니겠지요?"

"우후훗."

"웃음으로 얼버무리지 말아주시겠습니까?"

찌릿, 하고 눈을 가늘게 뜨는 저를 보며 선생님은 웃었습니다.

"그건 다음 문을 열면 알 수 있을 거예요——."

그리 말하며 선생님은 문을 열었습니다.

저는 조금 경계하면서, 선생님 뒤를 따랐습니다.

신발을 벗게 하고, 상의를 벗게 하고, 짐을 모조리 빼앗고, 심지어 묘한 냄새를 몸에 뿌리게 한 다음에는 과연 무슨 주문을 해올까요?

인정하고 싶지 않지만, 마지못해 따르면서도 사실 저는 이 이상한 가게에 조금 흥미를 느꼈습니다.

"…………."

그러나, 아무래도 이 가게는 언제나 제 허를 찌르고 들 모양입니다.

문을 연 그곳에는 또다시 작은 방이 있었다—— 같은 일은 없었고, 매우 평범하게 테이블이 있었습니다.

요컨대, 가게 안에 다다르고 말았던 것입니다.

"일레이나, 오래 기다렸지요? 여기가 거인의 조리실이랍니다."

우후후 하고 웃는 프랑 선생님.

그러나 가게 안은 놀랄 만큼 조용했습니다. 인사도 뭣도 없었습니다. 그저 고요하기만 했습니다.

애초에.

"저기, 가게 주인이 안 보입니다만?"

좁은 가게에는 마주 놓인 의자와 테이블, 안쪽에 주방이 있을 뿐. 가게라기보다는 매우 일반적인 민가로만 보였습니다.

가게 주인은 저희가 온 것을 이미 알고 있었던 것일까요? 테이블 위에는 저희 두 사람을 위한 쿠키가 놓여 있었습니다.

"선생님, 이건 대체?"

의자에 앉으며 빤히 응시했습니다. 접시 위에 예쁘게 담긴 쿠키는 하나같이 네모지고 가늘고 긴, 이상한 모양을 하고 있었습니다.

"이건 전채 같은 거예요."

대수롭지 않게 답하며 선생님은 제 맞은편 자리에 앉았습니다.

"네에……."

뭐가 뭔지 잘 모르겠지만 아무래도 이 가게는 거인이 인간을 요리하는 가게——는 아닌 모양이었습니다.

"그나저나, 정작 거인의 모습은 안 보이는데요?"

저는 쿠키를 손에 들고 똑 하고 자르며 말했습니다.

"…………웃."

그러나 선생님은 아무런 대답도 없이, 그저 입가에 손을 대고서 떨 뿐이었습니다.

"……왜 그러시나요?"

"……아뇨, 아무것도…… 읏."

"……네에."

오독오독 쿠키를 깨물며 저는 그저 상태가 이상한 선생님의 모습에 고개를 갸웃거릴 뿐이었습니다.

"그래서, 거인은 어디 있습니까?"

제가 다시 그렇게 묻자, 선생님은.

"거인이라면, 이미 있답니다."

숨을 가다듬은 후에 그렇게 대답했습니다.

●

지난번의 전투로 심신상실에 빠진 리샤를 대신해, 오늘부터 내가 기록계를 담당하게 되었다.

기록계의 일도 쉽지는 않다. 거인과의 전투를 글로 기록하기 위해서는 언제나 최전선에 있어야만 하기 때문이다. 리샤의 마음이 꺾이고 만 것도 결코 탓할 수 없었다. 이 일을 맡게 된 그 순간부터, 기록계는 언제나 정신을 소모할 수밖에 없는 것이다.

그런고로, 약한 소리를 할 수는 없다.

게다가 나 같은 신입보다도, 우리가 이곳을 거점으로 삼은 그날부터 언제나 거인과의 전투에 몸 바치고 있는 병사장이야말로 사실은 가장 괴로울 터다.

"기록계 일은 이제 익숙해졌나? 에이카."

병사장은 지난번 거인과 벌인 전투의 여파에서 복구되어가는 요새를 둘러보고 나를 바라보았다. 평소의 늠름하고 강한 여성다운 얼굴은 건재했다.

"병사장님."

"뭔가?"

"오늘부로 기록계가 된 참이라 익숙해지고 뭐고 할 것도 더럽게 없습니다."

"입이 거칠군. 에이카."

"타고난 겁니다. 익숙해지도록 하십시오."

"익숙해질 때까지 시간이 걸릴 것 같군……."

"기록계 일도 마찬가지입니다."

시간을 들여 익숙해져갈 수밖에 없다.

애초에 그것은 익숙해질 때까지 별문제 없이 시간이 흘러가 줄 경우의 이야기지만.

"병사장님! 큰일입니다!"

요새 방어를 위해 주변을 감시하던 병사가 안색이 바뀌어 달려온 것은 바로 그때였다. 안 좋은 예감이 들었다.

"……무슨 일인가."

병사장의 표정이 달라졌다. 분위기가 갑자기 팽팽하게 긴장되었다. 감시를 맡은 병사는 숨을 가다듬을 틈도 없이, 보고했다.

"거인이 우리 요새에 침입했습니다!"

내가 이 일에 익숙해질 틈도, 병사장이 나와 가까워질 여유도 없을 상황을, 보고했다.

"뭐라고……?! 말도 안 돼. 너무 빠르잖아……! 지난번 습격 이

후로 아직 일주일도 지나지 않았다고!"

며칠 전에도 우리 요새에 거인이 침입했었다. 전투 중에 리샤가 이상해졌기 때문에 기록으로는 남겨지지 않았지만, 그 피해는 상당했다고 들었다.

아직 지난번의 피해가 복구되지도 않았건만, 적이 나타났다.

그 충격은 상당했다.

"적의 특징은?"

그러나 병사장은 냉정했다.

"서둘러 대처한다. 적은 어떤 녀석인가?"

"그게……."

보초는 주저하며 대답했다.

"지난번 그 녀석입니다……."

"……뭐라고?"

"지난번에 습격해 왔던 흑발 거인이, 다시 공격해 왔습니다……!"

"그렇군…… 보복이라는 건가."

"그것만이 아닙니다!"

보초는 다시 목소리를 높였다.

그리고 표정을 살짝 굳힌 병사장에게 무시무시한 사실을 전했다.

"동료를 데려왔습니다……!"

"뭐……?"

못 들은 것이 아니다. 믿을 수 없는 것이다.

"이번에는 동료를 데리고 왔습니다……! 잿빛 머리카락을 가진 여자 거인이 옆에 있습니다!"

거인이 한 번에 둘 나타났다. 그것은 내가 기억하는 바로도 처음 있는 일이었다. 게다가 하나는 전 기록계의 마음을 망가뜨린 무시무시한 검은 악마(속칭)였다.

"그런가…… 아무래도 그 악마는 우리를 진심으로 뭉개버릴 셈인가 보군……."

어디까지고 평정을 가장하는 병사장. 그러나 그 뺨을 타고 한 줄기 땀이 흘러내린 것을 나는 확실하게 기록했다.

우리 요새에는 대 거인용으로 몇 겹이나 되는 덫이 펼쳐져 있다. 이것은 오랜 시간에 걸친 거인과의 전투 속에서 우리가 독자적으로 고안해낸 전투 수단이었다.

우리의 전술은 언제나 진화하고 있다.

『거인의 조리실에 오신 것을 환영합니다. 지치셨을 테지요? 신발을 벗어주십시오.』

우선 첫 번째 문을 연 다음에는 신발을 벗기기 위한 함정이 준비되어 있다. 거인 놈들은 우리의 정중한 말에 깜빡 속아 신발을 벗는 것이다.

이번에도 역시 벗었다.

"크크큭…… 학습 능력이 없는 악마로군. 이번에도 순순히 벗다니……!"

두 악마가 각기 신발을 벗는 모습을 멀리서 확인하는 병사장의 표정이 부드러워졌다. 제1 작전은 성공이었다.

『저희 가게에서는 옷이 더러워질 가능성이 있습니다. 짐은 두고 입점해주십시오. 상의와 모자는 만일에 대비해 벗어주십시오.』

거인을 상대할 때 가장 주의해야 할 것은 몸을 감싼 두꺼운 옷이다. 대체 어떤 기술을 써서 그런 옷을 만들어내는지는 알 수 없었지만, 방해가 된다는 것만은 분명했다. 그런고로 요새에 들어오기 전에 옷을 벗도록 유도하는 것이다.

학습 능력이 없는 흑발 거인은 이번에도 이 유도에 따랐고, 동료인 잿빛 머리카락의 거인도 그 뒤를 따랐다. 거인은 몸집은 크지만 지능은 우리보다 한참 부족했다.

『매우 죄송합니다만 저희 가게는 냄새에 주의하고 있습니다. 다음 문을 열기 전에 향수를 한번 뿌려주십시오.』

다음에 통과하는 문에는 그렇게 쓰여 있었는데, 이것도 당연히 작전이다. 녀석들은 냄새를 잘 맡는다. 우리 기척을 냄새로 느끼기도 한다.

향수를 뿌리게 하는 데는 냄새를 감추려는 의도가 있었다.

"이번 전투는 완승이 틀림없겠군요. 병사장님."

병사장의 훌륭한 작전에는 그저 감탄할 뿐이었다. 이토록 완벽한 작전이라면, 이번 전투에서는 반드시 승리를 쟁취할 수 있다── 나는 그리 확신했다.

"……방심하지 마라. 에이카."

그러나 병사장의 안색은 어두웠다.

"나는 지난번 전투의 상처를 잊지 않았다."

그때였다.

"저, 저기…… 병사장님……! 병사장……님……."

전 기록계인 리샤가 등 뒤에서 스윽 나타났다.

"이파리 주세요……, 이파리 주세요! 나, 그게 없으면 이제 안 된단 말이야……!"

병사장에게 매달리는 리샤는 금단증상에 시달리고 있었다.

지난번 전투로 그녀는 달라지고 말았다. 날마다 이파리를 원하며 찾을 뿐인 이파리 중독자로 전락하고 말았던 것이다.

이것이 오랜 전투에 몸 바쳐온 기록계의 말로였다. 나는 등줄기가 오싹 얼어붙는 것을 느꼈다.

"에잇, 놔라!"

리샤를 떼어내는 병사장.

"……에이카, 알겠나? 우리의 싸움에는 언제나 예측하지 못한 사태가 따라다닌다. 절대 방심하지 마라."

그 말속에는 『진심을 다하지 않으면 이렇게 되고 말 거다』라는 협박의 뜻도 담겨 있는 듯 느껴졌다.

그러나 과연 정말로 문제가 있기는 한 것일까? 내 눈에는 요새에 들어온 두 거인이 병사장의 손바닥 위에서 놀아나고 있는 것처럼만 보였다.

실제로 요새 안에 들어온 지금도, 그녀들은 아무런 의심도 없이 자리에 앉았다.

그것이 우리와 거인의 전투 개시 신호라는 것도 모른 채, 앉았다.

"전원, 덤벼라!"

병사장의 신호와 함께 병사들이 무기를 손에 들고 돌격했다──

결전이자 총력전이었다. 이것도 병사장의 작전이었다.

지금의 우리에게 장기간 전투를 계속할 체력은, 없었다.

그런고로 즉시 전투로 유도하여 거인을 몰아낼 필요가 있었다.

그러나.

"병사장님! 큰일입니다! 무기가 없습니다!"

"뭐라고?!"

무기를 보관해두었을 터인 창고에는 아무것도 없었다. 텅 비어 있었다.

"병사장님, 큰일입니다! 우리 무기가 어째선지 거인들의 테이블에 놓여 있습니다!"

어째서 지금까지 눈치채지 못했던 것일까.

테이블 위에 당연하다는 듯이 우리의 무기가 방치되어 있었다.

"대체 저런 곳에 무기를 둔 멍청이는 누구냐!"

짜증을 느끼며 병사장은 목소리를 높였다.

"에헤헤……."

리샤가 웃었다.

"네 녀석이냐아아아아아아아아아아아아!"

병사장은 멱살을 잡았다.

"잠깐…… 병사장님, 진정하세요……!"

당장에라도 한 대 칠 듯한 기세였다. 나는 허둥지둥 병사장을 뒤에서 끌어안아 말리려 했다. 그러나.

"어째서 그런 바보 같은 짓을 한 거냐! 정말이지!"

토닥토닥 자그마한 손으로 병사장은 리샤를 격렬하게 때렸다.

"에헤, 에헤헤……."

기록하는 것을 까먹었는데, 리샤는 최근 마조히즘에 빠져 있었다. 이것은 결코 이파리 탓이 아니다. 그냥 그랬다.

"병사장님, 큰일입니다!"

"이번에는 또 뭐냐?"

외치는 병사장. 이제 냉정했던 그 사람은 어디에도 없었다.

"저걸 봐 주십시오!"

한 병사가 손가락으로 한 곳을 가리켰다. 그곳에는 우리가 대치해야 할 적── 거인의 모습이 있었다.

우리가 소중히 여기던 무기를 오독오독 씹는 무시무시한 거인의 모습이, 있었다.

"이게…… 무슨……?"

무기를 먹고 있었다.

우리로서는 상상도 할 수 없었던 광경이, 눈앞에 분명하게 펼쳐져 있었다.

전율할 수밖에 없었다.

싸움에는 언제나 예상치 못한 사태가 따라다니는 법이다.

○

"저기, 혹시 거인이라는 건 저희인가요?"

이 가게에 들어온 이후로, 가게 주인의 모습이 전혀 보이지 않은 탓에 저는 가게 안을 몰래 감시하고 있었습니다. 그런데 묘한 것이 보였습니다.

"눈치챈 모양이네요."

"……네, 뭐."

유심히 주방 쪽을 살펴보고 있자니, 갑옷을 입은 여자아이, 그 옆에서 열심히 무언가를 쓰고 있는 안경을 낀 여자아이, 그리고 연신 실실 웃고 있는 여자아이 등등의 모습이 보였습니다.

놀랄 만한 부분은 그녀들의 키였습니다.

눈이 잘못된 것이 아니라면 그녀들의 키는 대략 손바닥에 쏙 들어갈 정도밖에 안 되었습니다. 얼굴은 확실히 인간이었지만, 같은 인간으로 보이지 않는 이유는 분명 너무나도 작았기 때문일 테지요.

"여기는 거인의 조리실이라고 하는데, 그녀들이 우리 같은 인간을 쓰러뜨리기 위해 만든 요새인 셈이죠."

"어째서 적시 당하고 있는 건가요……?"

"실은 저, 일주일 정도 전에 여기 와서 그녀들과 이야기를 조금 해봤는데요."

"네."

"어쩐지 커다래서 마음에 안 든다는 말을 들었답니다."

"원한의 이유가 너무 얄팍해……."

"하지만 그녀들은 맛있는 음식을 내주니, 아무것도 없는 평원에서 그녀들의 존재는 제법 중요하죠."

"음식이라니…… 저 크기의 사람들이 내놓은 걸로 만족할 수 있을 것 같지 않은데요."

그보다, 애초에.

"저 사람들, 주방에서 한 걸음도 나오질 않잖아요?"

"걱정할 것 없어요."

선생님은 제 주머니를 가리키며 말했습니다.

"아까 나무 열매니 꽃이니 풀이니, 이것저것 주웠죠?"

"제 기억이 옳다면 분명 선생님이 억지로 쑤셔 넣었을 뿐입니다만."

"시험 삼아 조금 꺼내 봐 주세요."

딱히 상관없습니다만……

"뭔가요? 녀석들은 특별히 희귀한 것도 뭣도 아닌 화초와 나무 열매를 좋아하기라도 한다는 말씀인가요?"

저는 의심스러워하면서도 일단 잡초를 꺼냈습니다.

그 직후였습니다.

"아앗! 이파리! 이파리 좋아!"

나왔습니다.

에헤헤, 에헤헤, 하고 어딘가 망가진 것처럼 웃으면서 손바닥만 한 크기의 여자아이가 저희 테이블에 불쑥 나타나서 풀에 달라붙었습니다.

"…………"

침묵하는 저.

"이 아이들은 특별히 희귀한 것도 뭣도 아닌 화초와 나무 열매를 좋아한답니다."

"…………"

혹시 이 종족은 멸종 위기종이거나 한 건 아닌가요?

　　　　　　●

"병사장님! 큰일입니다! 리샤가 적에게 잡혔습니다!"

"그래 안다!"

뻔히 보인다.

거인과의 전투가 시작된 지 고작 몇 분밖에 지나지 않았건만, 바로 희생자가 하나 나왔다. 잿빛 머리카락의 거인은 테이블에 나타난 리샤를 내려다보더니.

『호오…… 그나저나, 가까이에서 보니 꽤 귀엽네요…….』

무시무시한 목소리를 내며 리샤를 손끝으로 콕 찔렀다.

"아홍."

쓰러지는 리샤. 거인의 손가락은 계속해서 리샤의 배를 살짝살짝 눌렀다.

『후후후…….』

게다가 웃고 있었다.

무시무시하다. 잿빛 머리카락의 거인은 리샤를 잡은 직후부터 인간으로 취급할 생각이 털끝만큼도 없었던 것이다.

"저 녀석……! 리샤를 고문하고 있잖아!"

병사장의 얼굴이 증오로 물들어갔다.

그러나 우리에게는 어찌할 방도가 없었다. 거인을 앞에 둔 우리는 너무나도 무력했다.

"앗……! 그만, 그만둬……! 아힉……!"

그러나 그만두지 않는다.

잿빛 머리카락의 거인은 거부하는 리샤를 내려다보며 오히려 즐거운 웃음을 머금기까지 했다.

『이파리를 갖고 싶나요? 어느 거요? 이건가요? 아니면 이건가요?』

우리 눈앞에서는 너무나도 무시무시한 광경이 펼쳐지고 있었다. 거인은 리샤의 배를 한동안 간질였고, 그녀의 얼굴에 이파리를 가져가……는가 싶더니 다시 간질이기 시작했다.

"그만……! 아아, 이파리 좋아…… 안 돼…… 아아앗!"

고문이었다.

고통과 쾌락이 동시에 전해지자 리샤는 점점 이상해졌다.

"마조히스트한테 저건 당해낼 수 없지."

"냉정히 분석하고 있을 때입니까?"

잘 생각해보면 원래부터 이상했다.

한편 테이블 위에서는 잿빛 머리카락의 거인이 줄곧 리샤를 마구 조몰락거리며 그저 즐거워하고 있었다.

『후후후후후……』라며.

『…………』

맞은편 자리에서 빙하처럼 차가운 눈빛을 보내고 있다는 사실은 눈치채지 못한 모양이었다.

그리고 한바탕 리샤를 만지작거린 잿빛 머리카락의 거인은 갑자기 손을 멈추었다.

"아힉── 어?"

간질거림도 이파리도 갑자기 몰수당한 리샤는 어리둥절해졌다. 상실감에 휩싸인 표정으로 매달리듯 몸을 일으킨 그녀는 거인을 올려다보았다.

『더 해주길 바라나요?』

잿빛 머리카락의 거인은 이제 의기양양했다.

『만약 바란다면……, 동료들의 정보를 가르쳐주시겠어요? 저쪽에 있죠? 몇 명 숨어 있나요?』

어리석은 질문이었다.

"훗…… 소용없어."

내 옆에서 병사장이 웃으며 말했다.

"우리의 결속은 단단하다. 동료에 관해 물은들 리샤가 대답할 리 없지. 녀석은 순수 마조히스트이기는 하지만 동료를 팔 법한 몹쓸 쓰레기가——."

"열세 명입니다."

몹쓸 쓰레기였다.

『장비는?』

"당신이 조금 전에 전부 먹었습니다."

『오호라. 그럼 당신 동료들은 하나같이 전부 무방비라는—— 어라? 먹었다고? 먹었다니, 무슨 말인가요……?』

그렇게 리샤는 병사장의 작전을 비롯한 모든 정보를 전부 거리낌 없이 적에게 유출했다. 그 태도에는 이제 망설임이고 뭐고 없었다. 이파리를 위해 동료를 태연하게 파는 최고로 썩어빠진 녀석의 모습만 남아 있었다.

©Azure

『──과연, 잘 알았습니다.』

리샤에게 모조리 토해내게 한 후, 잿빛 머리카락의 거인은 냉담하게 고개를 끄덕였다.

『그나저나 저는 오늘 식사를 하러 왔습니다만.』

그 시선이 우리를 포착했다.

빨려들 듯한 유리색 눈동자는 갑자기 가늘어졌고, 그녀의 얼굴에는 미소가 떠올랐다.

그리고 그녀는 말했다.

『음식은 저곳에 있다, 라는 말이지요?』

음식……?

"먹을 셈이야……! 우리를 한 명도 남기지 않고 먹어버릴 셈이야……!"

그 자리에 있던 모두가 전율했다는 사실은 이제 말할 것도 없는 일이리라.

○

"일레이나. 주방에 가면 음식은 구할 수 없게 된답니다."

줄곧 안달을 내던 끝에 겨우 식사를 할 수 있게 되었다고 생각한 직후였습니다. 프랑 선생님이 한숨을 섞어가며 그렇게 이야기했습니다.

네?

"그들에게서 음식을 강탈한다는 흐름으로 갈 셈 아닌가요?"

"전혀 아니거든요 얼마든지 도망칠 수 있거든요……."

이째선지 매우 질러 하고 계셨습니다. 대체 제가 뭘 어쨌다는 걸까요?

아마도 이 거인의 조리실 단골이신가 봅니다. 프랑 선생님은 의아해하는 제게 전부 다 안다는 듯한 투로 말했습니다.

"일부러 갈 필요는 없어요. 동료가 당신에게 잡혔다는 건, 이제 곧이에요."

"뭐가 곧인가요?"

"음식이 나오는 거요."

선생님이 그렇게 말씀하신 직후였습니다.

주방 쪽에서 무슨 소리가 한 번 들렸습니다. 달캉, 하고 무언가가 떨어졌습니다. 어라? 대체 무슨 일인가요? 고개를 갸우뚱거리고 있으려니, 자그마한 무언가가 주방 쪽에서 이쪽을 향해서 꿈틀거리고 있는 것이 살짝 보였습니다.

"…………."

그것이 무엇인지는 바로 알았습니다.

열세 명의 손바닥만 한 크기의 여자아이들이 무리를 이루어 이쪽으로 행진해 오고 있었습니다. 그들의 손에는 봉 형태의 무언가가 들려 있었습니다.

"선생님, 저건?"

"아무래도 음식을 가져와 준 모양이네요."

"네……?"

고개를 갸웃거렸습니다.

그녀들의 손에 들려 있는 것은 음식이라고 하기에는 너무나도 초라했고, 무엇보다 다디단 것들뿐이었던 것입니다.

선두에서 걷는 금발 여자아이의 손에는 막대 모양 쿠키. 그 옆에는 조금 전부터 무언가를 열심히 적는 안경을 쓴 아이가 있었는데, 머리에는 마카롱이 올려져 있었습니다.

그녀들의 뒤에서 대열을 이루고 있는 여자아이들도 각기 과자로 무장하고 있었습니다. 쿠키나 초콜릿 같은 한입 크기 과자를 갖고서 그녀들은 나타났습니다.

"……저기, 저게 뭔가요?"

저는 의아해하며 얼굴을 찌푸렸고, 프랑 선생님은 태연하게 고개를 끄덕였습니다.

"사실 그녀들의 종족은 과자를 만드는 게 특기거든요."

"아, 네에……."

"그런데 아무래도 과자를 과자라고 인식하지 않는 모양이에요."

"무슨 말씀인가요?"

"그녀들에게 있어 과자는 건축 자재거나, 혹은 무기 종류거나, 요컨대 입에 넣을 수 없는 물자일 뿐인 거죠."

종족에 따른 인식 차이일까요? 저희에게는 맛있는 과자일 뿐입니다만.

"…………."

그러나 그것은 즉.

"요컨대 그녀들은 저희와 싸우기 위해 무장을 하고 왔다는 건가요?"

"뭐 대충 말하자면 그런 셈이죠."

"…………."

그런데 선생님은 방금 "음식을 가져왔다"느니 하고 말씀하셨는데요.

"저기, 혹시 저걸 먹자는 의미신가요?"

"그런 셈이죠."

지극히 당연하다는 듯이 선생님은 가볍게 고개를 끄덕여 보였습니다.

"……먹으면 어떻게 되나요?"

"당연히, 그녀들의 자원이 사라지죠."

"…………."

"자, 이제 시간도 적당하니 슬슬 티타임을 가질까요?"

느긋하게 우후후 하고 웃음 짓는 프랑 선생님을 개의치 않고, 주방 쪽에서는 『돌격이다아아아아아!』 같은 외침이 울려 퍼졌습니다.

이렇게나 살벌한 티타임이 존재했던 적이 과연 있을까요──?

●

"너희들, 걱정하지 마라. 적은 크고, 우리는 무기도 없다. 하지만 무기가 없다면, 만들면 된다."

리샤가 완전히 적에게 붙어버린 직후에, 병사장은 텅 빈 창고로 달려갔다.

"이 창고를 해체해서 무기로 쓴다."

그렇게 말하며 병사장은 창고 벽을 투둑투둑 벗겨냈다. 의외로 간단히 떨어지는 약한 벽이었다. 희미하게 달콤한 향기가 감도는 중에 병사장은 승산 없는 싸움에 약간 사기를 잃어가는 우리 쪽을 돌아보았다.

"우리에게는 싸워야만 할 때가 있다."

우리의 병사장은 언제나 용감하고, 믿음직했다.

"그것은 바로 지금이다! 전원, 창고를 분해해 돌격을 준비하라!"

그 어떤 절망적인 상황이라 해도 활로를 찾아내는 것이 병사장이었다. 이 사람만 따라가면 아무 걱정할 필요 없다── 그 자리에 있던 모두가, 분명 그리 생각했으리라. 서로 얼굴을 마주 본 다음, 모두는 아무런 말도 하지 않고 제각기 무기를 손에 들었다.

"기록계로서 너도 전장에 함께해줘야겠지만, 무기는 들려줄 수 없다. 에이카, 네 역할은 전투 기록을 후세에 남기는 것이다. 이걸 뒤집어써라."

병사장은 내 머리에 노랗고 동그란 뭔지 모를 물체를 올려놓았다.

"……저기, 병사장님. 이건?"

"창고 지붕으로 쓰였던 소재다. 단단하진 않지만, 머리 정도는 지켜줄 테지."

"병사장님……."

아니, 상대는 거인이거든요. 머리를 지키는 정도로는 아무런 의미도 없는데요.

"안심해라. 너는 내가 반드시 지킨다. 동료를 지키는 것이 나의 역할이니까——."

"병사장님⋯⋯."

"에이카, 그러니까 너는 너의 역할을 다해라. 이 싸움의 기록을 남기고, 살아 돌아가는 거다."

"병사장님⋯⋯."

"뭐, 그렇게 긴장할 것 없다. 이 싸움이 끝나면, 함께 한잔하기로 할까?"

"병사장님⋯⋯."

조금 전부터 노골적일 정도로 죽음의 향기가 감돌고 있는 듯한 기분이 든다. 기분 탓일까?

"자아, 모두들. 가자!"

내 걱정을 뒤로한 채, 병사장은 우리의 앞에 서서 거인을 올려다보았다. 우리는 싸워야만 할 때가 있다. 설령 진다는 것을 안다고 해도.

그리고.

병사장은 숨을 한껏 들이쉬더니.

"돌격이다아아아아아!"

우리의 싸움이 막을 올렸다.

『일레이나, 그런데 말이죠. 아까는 이파리를 꺼냈는데, 아직 다른 이런저런 것들이 남아 있죠?』

우리를 내려다보며 흑발 거인은 말했다.

『그거, 꺼내주면 어떨까요?』

『그렇군요.』

악마처럼 히쭉 웃어 보이며 잿빛 머리카락의 거인은 자신의 주머니에서 손을 꺼내더니, 거대한 하얀 원반 위로 손을 펼쳤다.

"…………!"

이때가 되어서 겨우, 우리는 자신들이 범한 과오를 깨달았다.

리샤가 잡힌 것도, 우리가 이렇게 돌격한 것도── 전부 녀석들이 예상한 책략 속에 있었던 것이다.

우리는 그 거대한 손바닥 위에서 놀아났던 것에 지나지 않았다.

『이걸 원하는 거죠……?』

그리하여 하얀 원반 위에 펼쳐진 것은 이파리와 꽃, 그리고 나무 열매.

이 무슨 일인가.

거인은 우리의 습성을 이해한 데다, 무기를 버리게 하기 위한 대책을 미리 준비했던 것이다. 영리한 자였다.

그러나 현혹될 수는 없다.

우리는 녀석들에게 승리하지 않으면 안 되기 때문이다.

노골적일 정도로 뻔히 보이는 함정에 빠질 만큼 어리석은 자가, 지금, 이 전장에 있을 리가 없──.

"여기는 내게 맡겨라! 너희는 먼저 가라아아아!"

어째선지 병사장이 하얀 원반 위에서 뒹굴고 있었다. 무기는 그 주변에 휙 내던지기까지 했다. 이미 그곳에 전의는 눈곱만큼도 남아 있지 않았다.

"병사장님."

이 자식 뭘 하고 있는 거야?

"걱정하지 마라……. 나중에 반드시 뒤쫓아가마……!"

"아니, 저기, 병사장님."

선두에 서서 돌격하던 인간이 가장 먼저 잡히고 말면, 이제 남은 것은 머리를 잃고 몸부림치는 짐승뿐이다.

다시 통솔을 잃은 우리는 병사장의 무참한 광경에 그저 전의를 잃었다.

"그런……! 병사장님이……!"

절망에 빠져 무기를 내던지고 마는 자가 있었다.

"기다려주십시오. 병사장님! 지금 구하러── 꺄아아아아아!"

하얀 원반 위로 뛰어들려다 그만 발이 미끄러져 넘어지는 자도 있었다.

"헤헤…… 이제 전부 다 끝이야…….'

모든 것을 포기하고 원반 위에서 유유자적 늘어지기 시작한 자도 있었다.

"이 자식! 이 꽃은 내가 먼저 발견했거든!" "시끄러워! 그런 건 관계없어요! 냉큼 내놓으세요!"

심지어 동료들끼리 꽃을 두고 다투는 자의 모습도 보였다.

차례차례, 동포들은 무기를 팽개쳤다.

『──그래서 말이죠, 일주일 전에 여기 왔을 때도 비슷한 느낌으로 과자를 아주 많이 주더군요. 그녀들은 아무래도 잎과 꽃과 나무 열매에 약한 모양인지, 이걸 주기만 하면 답례로 과자를 준답니다.』

『……저한테는 봉기가 일어난 것처럼 보였습니다만.』

동포들에게서 무기를 빼앗은 두 거인은, 그러나 그녀들에게는 시선도 주지 않고 우리의 무기를 차례차례 입에 던져넣었다.

그 모습은 마치 우리 따위는 상대조차 되지 않는다고 말하는 듯했다.

혹은 절대적인 힘의 관계를 과시하는 듯도 했다. 아무리 발버둥 쳐도 우리에게는 녀석들에게 조금의 앙갚음을 할 방법조차 존재하지 않는 것이다.

『어라? 한 명 남아 있네요.』

갑자기 흑발 거인의 시선이 내게로 향했다. 둘러보니 기록계인 나만이 하얀 원반 밖에 있었다. 다른 모두는 원반 안에 사로잡혀 있었고, 내가 유일한 생존자가 되어 있었던 것이다.

『정말이네요.』

고개를 끄덕인 잿빛 머리카락의 거인은 유리색 눈동자로 나를 들여다보았다.

그리고 잿빛 머리카락의 거인은 『……아아』 하며 혼자서 손뼉을 치더니, 자신의 주머니를 뒤적였다.

풀일까? 꽃일까? 나무 열매일까? 또 우리가 좋아하는 것들로 내 마음을 끌 셈이리라.

그러나 나는 쓰러져간 동료들을 위해서라도 여기서 포기할 수는——.

『아마도 이걸 좋아하지 않을까 싶은데요.』

그리고 내게 건네진 것은 둥글고 반들반들한 노랗게 빛나는 신기한 원반. 묵직한 무게감이 느껴졌다.

소문으로 들은 적은 있었다.

금색으로 반짝이는 그것은 거인들 세계에서 돈이라고 불리며, 물건과 교환하거나 하는 데 이용되는 물건이라고 했다. 우리 인류의 세계에서 지금까지 그것을 본 자는 없었지만, 그것을 손에 넣은 자는 적어도 평생 놀고먹으며 산다고 했다.

그러한 물건이 내게, 건네진 것이다.

"앗…… 반짝거려……."

내가 적의 손에 떨어진 것은 말할 것도 없었다. 병사장에게 부여받은 역할을 내팽개치고, 나도 쓰러져간 동료들과 마찬가지로, 함락되고 말았던 것이다.

『용케 그녀가 좋아하는 걸 알았네요.』

금색으로 반짝이는 그것에 문질문질 문질문질 뺨을 문지르는 나를 내려다보며 흑발 거인이 눈을 크게 떴다.

잿빛 머리카락의 거인은 그런 그녀에게, 내 머리 위에 얹어져 있던 방어구를 집어 먹으면서 대꾸했다.

『그게 어쩐지 같은 부류의 눈을 하고 있어서요.』

『아아, 돈에 지저분하다는 건가요?』

『실례네요. 욕망에 충실하다고 말해주세요.』

이리하여 우리의 싸움은 끝났다.

말할 것도 없이, 대패였다. 적어도 나는 그리 생각했다.

그러나 하얀 원반 위에서 병사장은 만족스럽게 말했다.

"훗…… 이번 싸움은 완벽할 정도로 우리의 승리였다……."

○

　거인의 조리실을 나왔을 때 프랑 선생님은 그제야 일주일 전에
이 가게를 찾았을 때의 상황을 자세히 들려주었습니다.

　이야기에 따르면, 그것은 마침 고향을 향해 가던 도중의 일이
었다고 합니다.

　"부끄럽게도 저는 상당히 방향 감각이 없어서 말이죠. 게다가
여행에 나선 후로는 한 번도 고향에 돌아간 적이 없었던지라 미
아가 되어버렸답니다. 그래서 지나가던 상인분이나 여행자분에
게 길을 물어가며 여행을 했었는데 말이죠."

　저기, 실은 깊은 숲속의 비엘라라는 나라에 가고 싶은데요——
네? 그런 나라는 이제 존재하지 않는다고요? 그럼 유적지라도 괜
찮으니 가르쳐주시겠어요? 네? 숲 쪽? 죄송하지만 주변 전부가
숲인데, 구체적으로는 어느 숲인지? 아아, 저쪽인가요…… 그렇
군요…….

　실례합니다. 조금 전에 상인분이 이쪽 숲에 깊은 숲속의 비엘
라가 있다고 하셨습니다만…… 네? 그런 나라는 이제 없다고요?
아뇨, 알고 있습니다. 유적지라도 좋으니 가르쳐주시겠습니까?
네? 저쪽 숲? 아뇨, 그러니까 주변에 보이는 게 다 숲이라——.

　등등.

　아무튼 프랑 선생님은 여기저기를 헤매며 여행을 계속했다고
합니다.

　그러던 중에 발견한 것이 이 오두막이었던 모양입니다.

프랑 선생님이 방문했을 때는 아직 거인의 조리실이라는 간판은 걸고 있지 않았다고 합니다. 그저 무엇 하나 특별할 것 없는 오두막일 뿐이었다고 선생님은 이야기했습니다.

"처음엔 놀랐답니다. 잠시 쉬려고 몰래 숨어둔 오두막에, 설마 자그마한 여자아이들이 살고 있을 거라고는 생각도 못 했으니까요."

선생님의 이야기에 따르면 그녀들은 아무래도 저희와 같은 크기의 인간을 무서워하는지, 프랑 선생님 혼자서 이곳을 방문했을 때도 갑자기 덤벼들었다고 합니다.

"그렇다고는 해도, 저 아이들이 하는 공격 같은 건 우리 인간에게는 아무런 위협도 되지 않으니까, 저도 그다지 신경 쓰지 않았지만요."

예를 들면 대포라고 칭하며 프랑 선생님에게 날린 것은 설탕 과자였고, 그녀들이 방패라며 들고 있던 것은 쿠키였습니다. 그런 과자투성이인 그녀들과 프랑 선생님은 대치했습니다만, 프랑 선생님에게 그것은 과자를 나눠주는 신기하고 자그마한 생물로만 보였을 테고, 그녀들로서는 오랜 시간에 걸친 처참한 전쟁의 기록이었으리라 생각됩니다.

일방적으로 과자를 계속 받다 보니 선생님도 조금이나마 양심이 아팠던 것일까요? 선생님은 한동안 과자를 받은 후에, 한 여자아이에게 물었습니다.

"저기, 뭔가 원하는 게 있나요?"라고.

한 여자아이—— 리샤라고 이름을 밝힌 그녀는 프랑 선생님에게 증오가 담긴 시선을 보내며 답했습니다.

『원하는 거라고? 그런 게 있을 리 없잖아! 어서 나가기나 해!』

이런 이런, 대체 어째서 미움을 받고 있는 것일까요? 프랑 선생님은 그 이유가 전혀 짐작되지 않았습니다.

그러다 여기서 한 가지를 떠올렸습니다.

"받기만 해선 미안하니까…… 뭔가 줄 만한 게 없을까요……."

그러나 프랑 선생님은 언제나 느긋한 분인 탓에, 예를 들면 주머니를 뒤적여 보아도 여행 중에 우연히 주머니에 들어간 잎이라든가, 혹은 "어머 예뻐라" 하고 꺾은 꽃이라든가, 혹은 아무 생각 없이 주웠던 나무 열매라든가, 그런 잡동사니라고 부를 수밖에 없는 것들만 들어 있었습니다.

곤란했습니다. 이런 걸로는 기뻐해 주기는커녕 민폐라고 여기지 않을까요?

그리 생각했습니다.

생각했었습니다.

『아앗! 이거 좋아! 이 냄새……! 좋아!』

그러나 대체 어찌 된 것일까요? 그녀는 프랑 선생님의 주머니에서 나온 잎에 달라붙어 거친 숨을 몰아쉬기 시작했습니다.

그때부터 묘한 전개가 펼쳐졌습니다.

가까이에서 몰래 상황을 살피던 리샤 씨의 동료들이 차례차례 나타나더니 "이거 뭐야?" "꽃이야!" "나무 열매가 좋아……" "이거 정말 못 참겠어……" 제각기 그런 말을 중얼거리며, 프랑 선생님이 꺼낸 잡동사니를 두고 서로 다투기 시작했던 것입니다.

아무래도 그녀들은 작은 오두막을 본거지로 삼고 있는 탓에 바깥 세계에 펼쳐진 꽃이니 잎이니 하는 것들을 그다지 본 적이 없는 모양이었습니다.

여자아이들은 하나둘 무기를 내던졌고, 프랑 선생님은 그 무기(과자)를 만끽했습니다.

병사들이 제대로 기능하지 않게 된 후에, 병사장이라는 여자아이가 프랑 선생님 앞에 백기를 들고서 나타났습니다.

『크읏…… 우리의 완패다……. 구워 먹든 삶아 먹든 마음대로 해라……!』

아뇨 아뇨.

"됐습니다."

과자를 받았으니까요―― 라며 프랑 선생님은 고개를 저었습니다.

그보다 신경 쓰이는 점이 있었습니다.

"그런데 당신들은 어째서 저를 적시하는 건가요?"

『우리의 영지에 발을 들여놓은 자를 쫓아내려 하는 것은 당연하지 않은가!』

병사장은 매우 화를 냈습니다. 격하게 화를 냈습니다.

『이 치사한 녀석! 우리가 좋아하는 것을 이용해 이기다니 비겁하기 그지없지 않은가!』

"네? 좋아하는 거? 이거 말인가요?"

프랑 선생님은 잎을 불쑥 병사장의 얼굴 가까이로 가져갔습니다.

『앗…… 그만, 그만둬! 나는 현혹되지 않는다!』

찰싹! 하고 잎을 쳐내는 병사장.

그리고서 병사장은 사정을 이야기해주었습니다.

그녀들은 나무 열매와 이파리를 좋아했지만, 바깥 세계에는 위험이 너무 많기 때문에 이 오두막 안에서 지낼 수밖에 없다고 했습니다.

사실은 바깥 세계로 나가서 이파리와 나무 열매를 실컷 만끽하고 싶지만, 그녀들에게는 작은 동물조차도 거대한 맹수이니, 그리 간단히는 나갈 수 없을 테지요.

오두막 안만이 그녀들이 안식할 수 있는 땅이었던 것입니다.

그 안식의 땅을 짓밟고 들어온 거대한 인간을 용서할 수 없었을 테지요. 그래서 쫓아내려 했던 것입니다.

물론, 몸의 크기가 너무나도 다른 탓에 승부조차 되지 못했지만 말이지요.

『크윽…… 우리의 유일한 안식처가…… 이런 거인에게 짓밟히다니……!』

"…………."

여기서 프랑 선생님은 번뜩하고 떠올렸습니다.

즉, 그녀들은 나무 열매와 잎을 원하며, 그 답례로 과자를 내어줄 마음이 있었던 것입니다.

이것은 어쩌면, 방식만 틀리지 않는다면, 서로에게 이득이 되는 전개를 기대할 수 있지 않을까요?

"저기, 하나 제안이 있습니다만. 좀 들어보시겠어요?"

그리고 프랑 선생님은 리샤 씨와 병사장님에게 한 가지 제안을 했던 것입니다.

●

　두 거인이 함께 돌아간 후에, 병사장은 기록계인 냐를 불러내더니 어떤 이야기를 해주었다. 그것은 우리 영지의 문제이기도 했으며, 그리고 일주일 정도 전에 흑발 거인이 우리 앞에 나타났을 때의 이야기였다.

　"저 거인은 나에게 한 가지 제안을 해 왔다. 『우리 거인은 당신들의 무기와 자재를 먹고 싶어 한답니다. 그걸 준다면 답례로 나무 열매와 잎과 꽃을 내놓도록 하죠』라고."

　말하길, 우리에게 귀중한 자원을 녀석들은 간단히 구할 수 있는 모양이었다. 그리고 우리가 무기로 혹은 자재로 이용하고 있는 것은 거인들이 좋아하는 음식이니, 그렇다면 교환하면 된다고 제안해 왔던 것이다.

　"그래서, 그 제안을 받아들였습니까?"

　"…………."

　병사장은 조용히 고개를 끄덕였다.

　"무기와 건축 자재 같은 건 간단히 만들 수 있으니까. 그보다도 바깥 세계의 것을 받는 편이 행복할 테지."

　서로 피를 흘리지 않는 해결책이 있다고 한다면, 이보다 더 바람직한 일은 없다. 병사장은 우리 인류의 존엄을 위해, 녀석들의 제안을 받아들인 것일 터다.

　"후후후…… 그러나 이렇게나 간단히 이파리를 손에 넣을 방법이 있었다니…… 거인 녀석들은 몸집만 크지 머릿속은 텅 비었어……!"

우리를 위해 녀석들의 제안을 받아들였다……고 생각하고 싶다.

이번 싸움은 표면적으로는 우리가 패배한 것처럼 보이지 않는 것은 아니지만, 사실은 우리도 거인들도 전혀 피해를 입지 않았다.

훌륭한 연극이었다.

"하지만, 병사장님. 녀석들도 우리도 서로 원하는 것을 갖고 있고, 그것을 교환할 뿐인 작업이라고 한다면, 일부러 싸움을 걸 필요는 전혀 없었던 것 아닙니까?"

아직 우리가 거인을 알지 못했던 무렵처럼, 녀석들을 쫓아내기 위해 한바탕 연극을 할 필요가 과연 있는 것일까? 그녀들 앞에 나와 건축 자재를 건네고, 답례로 우리가 원하는 자원을 탈취하면 그것으로 끝날 이야기였다.

일부러 병사를 데리고서 일제 공격을 할 의미 따위는 없는 것이 아닐까?

그러나 병사장은 "그래" 하고 고개를 끄덕인 다음, 말했다.

"싸움을 거는 것은, 흑발 거인이 한 제안이다. 부디, 지난번처럼 공격해달라고 부탁받았다."

"……어째서죠?"

"그편이 재미있으니까, 라는 모양이다."

"거인이 하는 생각은 잘 모르겠군요."

"그건 나도 동감이다."

○

"······하아, 그러니까 과자를 받는 대신에 잡초 같은 걸 주면 그 자그마한 아이들은 만족한다, 라는 건가요?"

"뭐, 요컨대 그런 얘기죠."

거인의 조리실에서 나온 후, 가까운 나라에 다다른 저희는 나란히 걸으며 대화를 나누고 있었습니다.

"하지만 그렇다면 어째서 그녀들은 싸움을 걸어왔던 건가요? 서로 과자와 잎을 교환하면 그걸로 끝날 이야기 아닌가요?"

"글쎄요? 어째서일까요?"

우후후 하고 웃음 지으며 선생님은 거리로 시선을 돌렸습니다. 단적으로 말씀드리자면 이것은 요컨대 제 시선을 피한 것이기도 하며, 어쩐지 매우 속이 들여다보이며, 무언가 감추는 일이 있는 것처럼도 보였습니다만, 뭐 잠자코 내버려 두었습니다.

즉, 이번에 제가 프랑 선생님의 유도에 넘어가 그녀들의 오두막에 가게 된 것은, 프랑 선생님의 지시대로 그 아이들이 움직이는지 어떤지를 확인하고 싶었기 때문──이라는 명목이었던 것일 테지요.

상당히 억지스러운 유도였습니다만, 그러니까 저는 즉, 실험 대상이었던 모양입니다.

"재미있었나요?"

그렇게 묻는 프랑 선생님에게 저는 일단 고개를 끄덕였습니다.

"그럭저럭이지만요."

"그런가요, 그런가요."

응응하고 만족스럽게 고개를 끄덕인 프랑 선생님은 그 후, 품에서 한 장의 종이를 꺼내서『전 세계를 여행하는 재의 마녀도 절찬!』이라는 무언가 의미심장한 문장을 쓰기 시작했습니다.

어라 어라?

"잠깐 기다려주세요 뭘 하시는 건가요?"

저는 프랑 선생님의 손을 멈추게 했습니다.

그녀가 꺼낸 종이는『아주 신기한 작은 인류의 영지』라느니,『거인의 조리실에서는 그녀들이 손수 만든 과자를 만끽할 수 있습니다』라느니, 혹은『나뭇잎을 준비하고서 방문해주세요』등등, 친절하게 거인의 조리실 위치가 표시된 지도까지 실린 팸플릿이었습니다.

"……이건 뭔가요?"

얼굴을 찌푸린 제게 프랑 선생님은 고개를 갸우뚱해 보였습니다.

"뭐라니……, 비즈니스인데요?"

아니, 비즈니스라고 할까.

"……혹시 그녀들로 한몫 벌어보려는 생각이신 건가요?"

"아뇨 아뇨, 저는 어디까지나 선의로 보기 드문 종족에 관한 걸 사람들에게 알리려 하고 있을 뿐이에요."

"…………."

보니 팸플릿 끄트머리 쪽에『정보료로 자그마한 성의 정도의 돈을 받겠습니다』라는 주의 사항까지 적혀 있었습니다.

명확한 금액을 제시하지 않는 부분이 저보다도 질 나쁘게 느껴졌습니다. 그럴 마음만 먹으면 "네? 당신의 성의는 이 정도인가요? 저는 멋진 장소에 관해 알려주었는데?"라며 터무니없는 말을 하는 것도 가능하기 때문입니다.

정말이지.

"돈에 지저분하군요."

저는 기가 막힌다는 듯이 선생님을 바라보았습니다.

선생님은 평소처럼 느긋한 모습으로, 한마디.

"실례네요. 욕망에 충실하다고 말해주세요."

그리고 웃었습니다.

과연 프랑 선생님의 이러한 성질은 대체 누구에게 물려받은 것일까요?

"선생님은 제 스승님이니까 조금 더 제대로 된 어른답게 행동해주시지 않으면 곤란합니다."

저는 과장되게 뺨을 부풀려 보였지만, 선생님은 변함없이 웃을 뿐이었습니다.

"안타깝게도 제 스승님도 이런 인간이었던지라."

이런 이런 그것참.

"상당히 쓰레기 같은 스승님이로군요."

"그건 저도 동감이에요."

제 2 장

기인의 조리실이라는 신기한 곳이 여행자들 사이에서 화제가 되기 시작한 것은 지금으로부터 약 7년 전인가 8년 전인가 대충 그 정도 시기의 일이었다고 합니다.

　어느 여행하는 마녀—— 전 세계를 여행하던 재의 마녀가 절찬했다느니 하고 적힌 팸플릿이 여행자들 사이에서 나돌게 된 것이 시작이라고 하며, 그리고 실제로 거인의 조리실에 흥미를 보인 여행자들 사이에서 그곳이 기록된 팸플릿은 고가에 거래되고 있다고 합니다.

　나의 여행 동행인도 "이 팸플릿은 말이지…… 옥션에서 겨우 손에 넣은 거야…… 좋아……" 하고 말씀하시며 소중하게 끌어안고 있었으니, 아마도 그 가치는 현재 상당한 것일 테지요.

　"그런데 재의 마녀라는 건 혹시 선생님이 아닐까요?"

　저는 여행 동행인이 가진 팸플릿 아래쪽을 가리켰습니다. 재의 마녀라는 글자와 함께 마녀의 실루엣이 그려져 있었는데, 그 모습이 눈에 익었던 것입니다.

　"나도 그런 느낌이 들어."

　동행인은 고개를 끄덕였습니다.

　그리고 그녀는 눈앞에 자리한 허름한 건물을 바라보았습니다.

　『준비 중』.

　그렇게 쓰인 팻말이 내걸려 있었습니다. 준비 중은커녕 폐점한 것 같은 분위기를 자아내고 있는 지경이기는 했습니다만.

"어라? 팸플릿에는 연중무휴로 영업한다고 쓰여 있지 않았나요……?"

이상하군요. 이건 대체 어찌 된 일인지?

"홋."

그러나 여행 동행인은 웃었습니다.

"아무래도 실수로 이 가게에 들어오는 일이 없도록 배려한 모양이네. 하지만 괜찮아. 이 팻말은 분명 거짓말이야."

그렇게 말씀하시더니, 『준비 중』 팻말을 휙 던져버리기까지 했습니다.

"괜찮은 건가요?"

"괜찮아. 그게, 팸플릿이 옳은걸."

아무래도 그녀는 독자적인 루트(옥션에서 낙찰받았을 뿐)로 입수한 이 가게의 팸플릿에 절대적인 신뢰를 보내고 있는 모양이었습니다.

"여행하는 사람이 실수로 우연히 들어와 버리면 큰일인걸. 이 가게의 존재는 팸플릿을 손에 넣은 자 외에는 알아선 안 돼. ……후후…… 후후후후……!"

문에 손을 댄 것은 보라색 머리카락을 뒤에서 하나로 묶은 여행의 동행인인 리나리아 씨.

그 뒤에 서서 약간 차가운 시선을 그녀에게 보내는 것은 밤색 머리카락의 아르테.

"…………."

라고 할까, 나입니다.

우리는 지금, 여러 나라들의 역사를 찾아다니는 역사 탐방을 하고 있는 중입니다.

여사 탐방이란 대체 무엇인가?

문 너머에는 무엇이 기다리고 있는 것인가?

그러한 이야기들을 하기 전에, 리나리아 씨가 역사를 접하며 더욱 이상해지기 전에, 우선은 우리가 어째서 이러한 곳에 있는지를 이야기해야만 하겠지요.

사건의 발단은 지금으로부터 약 일주일 정도 전으로 거슬러 올라갑니다.

라트리타 국립 학원은 늦겨울부터 초봄까지 방학에 들어갑니다.

많은 학생은 이 기간을 이용하여 고향으로 돌아가고, 나도 마찬가지로 시골에 있는 가족에게 건강하게 지내는 모습을 보여주러 갈 예정이었습니다. 그러나 올해는 단념할 수밖에 없었습니다.

그것은 결코 내가 너무나도 똑똑하지 못한 느낌의 학생인 탓에 보충 수업이 갑자기 잡혔다든가, 혹은 아르바이트하느라 바빠서 돌아갈 수 없는 상황이라든가, 그러한 이유가 아니라.

좀 더 다른 사정이 생겼기 때문입니다.

"여행을 떠날 거야."

방학을 하루 앞둔 날 밤, 내 친구인 리나리아 씨는 갑자기, 배정받은 학생 기숙사 방에서 정신없이 자고 있던 내 앞에 나타나더니, 즐거워하며 그러한 말을 했던 것입니다.

"방학을 이용해서 역사 탐방 여행에 나설 거야. 역사 탐방 여행을 말이지…… 후후후……."

그렇게 지금이 몇 시인지 같은 건 전혀 신경 쓰는 일도 없이, 리나리아 씨는 흥분해서 말했습니다.

만난 지 얼마 안 되었을 무렵에는 쿨하고 멋진 여자아이라고 생각했습니다만, 아무래도 역사가 얽히면 약간 인격이 불안정해지는 모양입니다.

처음에는 급격한 변화에 당황하기도 했습니다만, 최근 들어 겨우 익숙해졌습니다.

이 사람은 갑자기 나타나서 무슨 말을 하는 거람? 하고 나는 잠시 생각했습니다만, 그러나 친구를 무시하는 것도 내키지 않았습니다.

"아아, 그러고 보니 전부터 그런 말을 했었죠…… 흐아암……."

그리고 하품을 했습니다.

멍한 머리로 꿈을 꾸는 것처럼 과거의 일을 돌이켜보았습니다.

수업 사이의 일이었습니다.

『실은 이 근처에 거인의 조리실이라는 이상한 가게가 있다는 모양이야. 거기서는 작은 여자아이들이 우리 인간에게 적의를 드러내고 공격해 온대. 그런데 거인의 조리실이라고 불린다지 뭐야. 모순이라고 생각하지 않아? 생각하지? 아주 이상해.』

그렇게 말하며 척 보기에도 수상하고 낡은 팸플릿을 내게 보여주거나.

혹은 점심시간에 둘이서 도시락을 먹을 때.

『어느 나라에서는 여신상을 비롯한 석고상이 역사 자료관에 전시되어 있대. 대략 7년 전에 복원된 여신상이 아주 아름답다지 뭐야. 한번 볼 가치가 있다고 생각하지 않아?』

그렇게 일방적으로 이야기하거나.

혹은 하굣길에.

『오래전부터 빗자루 레이스를 해오고 있는 나라가 있대. 일확천금의 기회를 노리고 타지에서 많은 여행자가 찾아와서 그 레이스의 결과를 예상한다지 뭐야. 솔직히 레이스도 돈도 어찌 되든 상관없지만 역사적으로 보아도 빗자루 경주를 하는 나라 같은 건 드물거든? 가보고 싶다고 생각하지 않아?』

그렇게 약간 흥분하며 이야기하거나.

혹은 학생 기숙사의 목욕탕에서 둘이 나란히 탕에 몸을 담그고 있을 때.

『그러고 보니 목욕이라고 하니까 말인데, 여기에서 제법 먼 곳에 수몰 구획이라고 불리는 물에 잠긴 도시가 있대. 최근까지 그곳은 멸망되었다고 여겨지고 있었는데, 사실 수몰 구획은 외부와의 접촉을 차단하고서 여전히 조용히 문명을 쌓아오고 있었다지 뭐야. 멋지다고 생각하지 않아?』

그렇게 속사포처럼 말하거나.

아무튼 대략 그러한 일을 최근 들어서 반복해왔던지라, 나는 언제나 리나리아 씨의 역사 토크에 일단 적당히 "이해해요"라든가 "그래요"라든가 하고 대꾸했고, 그녀는 그녀대로 이야기 상대가 있으면 그걸로 충분한 모양인지, 내 반응 따위는 딱히 신경 쓰지 않는 듯했습니다.

『그래서, 그래서 말인데──.』

눈을 반짝이며 그녀는 계속해서 역사 이야기를 해 보였습니다.

그런 일이 반복되었던 것입니다.

아무리 나라도 방학을 이용해서 리나리아 씨가 어떠한 일을 할지는 대략 예상할 수 있었습니다.

"언제 갈 건가요……?"

흐아암, 나는 힘없이 물었습니다.

"어리석은 질문이잖아……. 당연히 지금부터 아니겠어?"

지금부터인 게 당연한가 봅니다.

잠에 어린 눈을 문지르며 자세히 보니 리나리아 씨가 입고 있는 옷은 평소와 같은 교복이었습니다만, 그러나 그 등에는 커다란 가방을 메고 있었습니다.

과연, 여행 준비를 마치고서 내 방에 온 모양입니다.

"그런가요…… 그럼 선물 기대하고 있을게요…… 흐아암……."

나는 다시 하품을 하며 문을 닫으려──.

"뭐? 잠깐. 무슨 말을 하는 거야?"

닫으려 한 순간, 리나리아 씨가 문틈에 발을 끼워 넣고 막았습니다. 게다가 문에 손을 대고 억지로 열기까지 했습니다.

"어째서 준비하지 않은 건데?"

어라?

준비라뇨?

"네? 무슨 말인가요?"

이 순간에 이르러 잠이 번쩍 깼습니다.

네? 준비? 준비라니 무슨 준비인가요?

당혹스러움을 감추지 못하는 내 모습에 리나리아 씨는 불만스럽다는 듯이 눈을 가늘게 뜨며 말했습니다.

"너도 함께 가야 하잖아. 역사 탐방."

하고.

"…………."

"…………."

네?

무슨 말씀이신지?

"약속했잖아. 잊어버린 거야?"

리나리아 씨는 뺨을 부루퉁하게 부풀렸습니다.

약속, 했던가요?

나는 잠에서 막 깨어나 멍한 머리를 최대한 가동하여 마치 역전 시계를 쓰듯이 과거의 기억을 더듬어보았습니다.

분명 리나리아 씨가 시시때때로 내게 역사 탐방에 관하여 열정적으로 이야기했던 것은 기억하고 있습니다만, 함께 가자고는 한 번도——.

『역사 탐방, 가고 싶기는 한데……, 하지만 혼자서는 불안해서.』

『이해해요.』

응?

『저기……, 네가 괜찮다면, 말인데—— 혹시 괜찮으면, 같이, 어때?』

『그래요.』

으응?

"…………."

"…………."

되살아난 것은 목욕탕에서 나누었던 대화의 일부.

너무나도 긴 이야기와 너무나도 긴 목욕 시간 때문에 적당히 대꾸했었습니다만, 과연 이건 누가 어찌 보아도 리나리아 씨에게 함께 역사 탐방을 가자고 권유를 받았고 나도 태연하게 수락해버리고 만 상황이었습니다.

그러고 보니 그날 이후로 리나리아 씨의 기분이 묘하게 좋았던 것 같기도 합니다만, 그러한 연유였던 것이로군요. 혼자 할 여행을 둘이 하게 되어 기분이 좋았던 것이로군요.

과연 그렇군요.

………….

"혹시 지금부터 준비하지 않으면 안 되는 느낌인 건가요……?"

"당연하잖아."

그녀는 그 말만을 남기고 문을 닫아버렸습니다.

다음에 문을 열었을 때 여행을 떠날 준비가 되어 있지 않다면 호된 꼴을 당할 것이 틀림없습니다.

"…………."

아버지, 어머니께.

어떤 이유로 올 방학에는 집에 가지 못합니다.

대신에 역사 탐방인지 뭔지를 다녀오겠으니, 선물 기대해주세요.

　　　　　　　　○

　대략 그런 전말을 거쳐서 나와 리나리아 씨는 외국에 있는 다
양한 역사적 건조물이니 뭐니 하는 것들을 구경 다니는 역사 탐
방 여행을 떠나게 되었습니다.

　그때 처음 방문한 것이 이 거인의 조리실이었던 것입니다.

　『거인의 조리실에 오신 것을 환영합니다. 지치셨을 테지요? 신
발을 벗어주십시오.』

　아무래도 이 가게에는 독자적인 규칙이 존재하는 모양이었습
니다. 입구를 통과하니 바로 가게 안──인 것이 아닌지, 가장 먼
저 신발을 벗어야 했습니다.

　아무래도 우리 이외에도 선객이 한 명 있나 봅니다. 한 켤레의
신발이 신발장에 가지런히 놓여 있었습니다.

　본 바로는 여성용 신발인 듯했습니다만──.

　『저희 가게에서는 옷이 더러워질 가능성이 있습니다. 짐은 두고
입점해주십시오. 상의와 모자는 만일에 대비해 벗어주십시오.』

　그다음은 짐을 따로 두어야 했습니다. 이런 곳에 방치해두었다
간 도난당하는 게 아닌지? 하는 생각도 했습니다만, 이 가게의 규
칙에는 따라야만 할 테지요.

　실제로 선객도 짐을 따로 두고 간 모양이니, 우리도 역시나 짐
을 두고서 다음 문을 열기에 이르렀습니다.

　『목이 마르진 않으신가요? 가게에 들어오기 전에 이쪽의 음료

를 마셔주십시오.』

세 번째 문을 연 곳에는 그러한 글귀가 있었고, 선반 위에 『나를 마셔줘!』라는 라벨이 붙은 병이 놓여 있었습니다.

하아아, 상당히 주문이 많은 조리실이로군요.

나는 별다른 의심도 없이, 이 병을 손에 들고 마셨습니다.

"……으엑."

이상한 맛이 났습니다. 투명했지만 물이라고 하기에는 묘하게 쓴 것이, 물이라기보다는 굳이 말하자면 약 같은 맛이었습니다.

요컨대 더럽게 맛이 없었습니다.

"……리나리아 씨도 드시죠."

뭐, 가게의 규칙이니 마시지 않으면 안 됩니다만.

역사를 좋아하는 리나리아 씨인 만큼, 어차피 "아아! 역사의 맛이 나!" 같은 말을 하며 기꺼이 마시리라 생각하면서 나는 병을 그녀에게 내밀었습니다.

"…………."

그러나 그녀는 받아 들지 않았습니다.

"리나리아 씨?"

나는 고개를 갸웃거렸습니다.

그곳에는 역사가 좋아서 살짝 기분이 고양되어 있는 그녀는 없었고, 평소의 쿨한 리나리아 씨가 있었기 때문입니다.

"이상해."

그녀는 병을 차가운 눈초리로 바라보았습니다.

"음? 뭐가요?"

고개를 갸웃거리는 나에게 그녀는 말했습니다.

"이 거인의 조리실은, 들어가기 전에 세 개의 문을 지나야만 한다고 들었어. 하지만 세 번째 문에 쓰여 있는 내용이 내가 들은 이야기랑 달라."

분명 세 번째 문 앞에는 향수가 놓여 있었을 텐데——라고 말했습니다.

어라?

"그럼 나, 혹시 향수를 마셔버린 건가요……?"

으아아 어쩐지 맛이 없더라니이.(사투리)

"…………."

그러나 리나리아 씨는 천천히 고개를 저었습니다.

"아마도 그건, 향수가 아닐 거야. 문에 쓰여 있는 글자도 내가 입수한 정보랑은 다른걸."

"그럼 대체——."

나는 무얼 마셨다는 건가요?

그런 생각을 하며 병을 다시 바라보던 그 순간이었습니다.

"——으윽!"

가슴에 욱신하는 통증이 내달렸습니다.

두근두근 맥박이 뛰고, 괴롭고, 호흡이 거칠어지고, 그 자리에 몸을 웅크리고, 병이 넘어지고, 내용물이 바닥에 쏟아졌습니다.

투명한 액체가 바닥에 퍼지는 모습을 바라보며 나는 흐트러지는 호흡을 가다듬기 위해 크게 숨을 들이쉬었습니다.

그래도 가슴의 통증은 사라지지 않았습니다.

"……! 아르테! 괜찮아? 왜 그래……?"

당황한 리나리아 씨의 목소리가 희미하게 들릴 만큼, 나는 갑작스러운 심장의 격한 고동에 곤혹스러워하고 있었습니다.

"으으으윽…… 괴로, 워……!"

식중독과는 다른 종류의 통증이 내 몸을 좀먹고 있다는 사실은 바로 깨달았습니다. 가슴 통증과 함께 서서히 몸의 힘이 빠져나갔던 것입니다.

그리고, 그대로, 나는 바닥에 쓰러졌고.

몸도 옷도 축축하게 젖었습니다.

"잠깐만, 마법으로 고쳐줄게──."

아무래도 내가 마신 것은 물도 아니고 향수도 아닌 훨씬 위험한 것인 모양이라고, 그 순간 깨달았습니다.

리나리아 씨가 몹시 당황하며 짐을 가지러 간 직후── 가게의 문이 열렸습니다.

흐릿한 시야 속, 문 너머에서 나타난 인물은 싱긋 웃고 있었습니다.

"우후후…… 내 이상의 세계에 온 걸 환영해."

그리고 그녀는 그대로 나를 안아 들고서 가게 안쪽으로 들어갔습니다.

그때 나는 이상한 것을 보았습니다.

나는 어째선지, 그녀의 양손 안에 쏙 들어가 버렸던 것입니다.

마치 거인처럼 커다란 그녀의 손안에, 쏙.

○

정신을 차리자 눈앞에 펼쳐진 세계에 위화감이 느껴진다는 것을 비로 깨달았습니다.

아무래도 나는 주방에 눕혀져 있었던 모양입니다. 옆에 프라이팬이니 뭐니 하는 조리도구가 굴러다니고 있었습니다.

그러나 이상하게도 그 조리 도구들은 하나같이 커다랗기 그지없었습니다. 예를 들면 프라이팬은 나 한 사람 정도라면 가볍게 구워버릴 수 있을 만큼 거대했고, 예를 들면 식칼 같은 경우에는 싹둑 나를 두 동강 낼 수 있을 정도였고, 냄비도 접시도 전부 하나같이 너무나도 거대했습니다. 그것은 "어라? 세상에, 나 지금부터 요리되는 거야……?"라고 의심하고 말 정도의 광경이었습니다.

마치 글자 그대로 거인의 조리실 같았습니다.

"…………."

아니, 그렇다기보다.

"내 크기가…… 줄어든 거야……?"

그렇게 말할 수밖에 없었습니다.

올려다보니 울타리가 있었습니다. 앞을 보아도 울타리가 있었습니다. 애초에 보이는 모든 곳에 울타리가 있었습니다.

마치 감옥 안처럼.

뭐, 감옥이라기보다는 그저 새장이지만 말이죠.

"정신이 든 모양이네."

몸을 일으킨 내 곁에 사람 그림자가 하나, 있었습니다.

안경을 쓴 아름다운 여성이었습니다.

"당신은……?"

"나는 에이카. 기록계."

기록계……?

고개를 갸웃거리는 나에게 자신을 에이카라고 소개한 그녀는.

"너도 큰일이었구나── 저 여자가 온 후로 이 조리실은 달라지고 말았어……. 여기는 징벌방이야. 우리 가게에 들어오고 만너는 옷째로 몸이 작아져서, 그 여자에게 잡힌 거야."

그렇게 갑자기 상황 설명을 시작했습니다.

잠깐 잠깐 잠깐 잠깐.

"죄송합니다갑자기그렇게이런저런말을하신들잘이해가안되는데요. 처음부터차례대로설명해주시겠어요?"

"…………."

그녀는 말없이 뺨을 뽀로통하게 부풀렸습니다.

"우선 여기는, 어디인가요?"

"……너, 설마 아무것도 모른 채로 이 가게에 온 거야?"

"…………."

고개를 끄덕일 수밖에 없었습니다.

솔직히 이곳에 관한 사전 조사니 뭐니 하는 것들은 전부 리나리아 씨가 선수를 치기도 했고, 나는 리나리아 씨만큼 열렬한 흥미를 느끼고 이곳을 찾아온 것도 아닌지라, 여기가 어떤 가게인지도 잘 알지 못했습니다.

어쩌면 전에 이곳에 관해 이것저것 이야기해주었을지도 모르지만, 리나리아 씨의 길디긴 이야기를 완전히 무시해버린 탓에 잘 알지 못한다는 것이 현재의 상황이었습니다. 역사 이야기를 적당히 흘려넘긴 폐해가 여기에서도 발생해버렸습니다.

"……하아."

기록계인 에이카 씨는 한숨을 내쉬었습니다.

"그렇다면 이걸 읽어봐. 나, 오래전부터 이 거인의 조리실에서 기록계를 맡고 있어서 이 가게에 관한 건 대부분 알거든."

말하면서 건네진 것은 한 권의 책이었습니다.

최근에 벌어진 일들은 여기에 전부 기록되어 있다고 합니다.

나는 책장을 넘겼습니다.

×월 ×일

우리 거인의 조리실도 몇 년 전에 비하면 상당히 번창한 듯 여겨진다. 이것도 이전에 대치한 두 거인 덕분일까.

때때로 여행자가 우리 영지에 발을 들이게 되었다. 그들은 기뻐하며 나무 열매와 이파리, 그리고 꽃잎 같은 우리가 좋아하는 것들을 헌상해주었다. 답례로 우리는 건축자재를 내주고 있다.

서로에게 득이 되는 관계가 구축되었다.

유일한 불만이라고 한다면, 내가 좋아하는 것을 가져다주는 인간이 극단적으로 적다는 점이다.

×월 ×일

내가 좋아하는 매끈매끈하고 반짝반짝한 것은 바깥 세계에서 돈이라고 불린다. 그러나 아주 귀중한 물건인지, 여행자들은 이파리니 하는 것들은 기꺼이 건네주는 데 비해, 이걸 주는 일은 그다지 없었다. 구두쇠다.

나는 오늘도 여전히 전에 잿빛 머리카락의 거인에게 받은 매끈매끈하고 반짝반짝한 것에 뺨을 문지르며 업무를 해내고…… 에헤헤헤헤헤……맨들맨들 반짝반짝 좋아——.

"그 부분은 읽지 않아도 돼."

읽는 도중에 차였습니다.

"돈을 좋아하나요……?"

"본론과 관계가 없는 부분에 주목하지 말아줘."

에이카 씨는 불퉁하게 화를 냈습니다. 그녀는 내게서 억지로 책을 빼앗아가더니, 최신 날짜가 적힌 페이지를 펼쳐 내밀었습니다.

"저 여자가 온 건, 어제야."

×월 ×일

오늘은 이상한 여자가 가게에 찾아왔다.

가게의 규칙인 『신발을 벗을 것』, 『짐을 따로 둘 것』, 『향수를 뿌릴 것』, 이 세 가지를 전부 무시하고 들이닥친 여자는 우리를 보자마자,

"아아! 어찌나 귀여운지!"

그렇게 소리를 지르며 거친 숨을 몰아쉬었다.

우리는 일 관계상 이상한 손님에는 익숙했다. 규칙을 지키지 않는

것은 마음에 들지 않았지만, 우리는 평소처럼 접객을 시작했다.

접객.

즉, 공격을 시작했던 것이다.

병사장은 평소대로 병사들은 고무시키며 총공격 준비에 들어갔다. 평소의 흐름이라면 우리의 공격에 체념한 손님이 "헤헤헤 졌습니다 정말이지……"라는 말을 지껄이며 이파리니 뭐니 하는 것들을 헌상하는 것이 당연했지만, 그러니 이날은 조금 사정이 달랐다.

"아아, 졌습니다!"

공격을 하기도 전에 여자는 그 자리에 쓰러져 "자, 여기요…… 제 보물을 가져가 주세요……"라며 묘하게 요염한 몸짓과 함께 주머니에서 이파리니 나무 열매니 꽃잎이니 하는 것들을 꺼내 바닥에 뿌렸다.

"……어떻게 된 거지? 아직 싸우지도 않았는데……?"

병사장도 이 손님의 행동에는 위화감을 느끼지 않을 수 없었던 것이리라. 고개를 갸웃거릴 뿐이었다.

"뭐, 상관없지!"

그러나 병사장은 그 순간의 기분에 따라 "우리의 승리다!" 같은 말을 하며 병사를 이끌고서 이파리에 몰려들었다.

멍청했다.

나로 말할 것 같으면, 나는 『돈』이라고 불리는 것 쪽이 단연코 좋았기 때문에 돌격에 참가하지 않았다.

그저 멀리서, 나는 동포의 모습을 기록계답게 관찰할 뿐이었다.

그렇기에 그들의 이변을 가장 빠르게 눈치챌 수 있었다.

평소라면 우리 동포들은 물건들에 몰려들어 한동안 말이 되지 못한 소리를 지르며 끝없이 법석을 부릴 뿐이었다.

그러나 이날은 하나부터 열까지 다 달랐다.

"윽……!" "어째……서……?" "이건 대체……!"

우리 동포들은 차례차례 쓰러져갔다.

그리고 직후에 무기를 내던지고 비틀비틀 일어났던 것이다. 마치 보이지 않는 실에 매달려진 것처럼 전신의 힘이 다 빠진 채.

마치 꼭두각시처럼, 일어났던 것이다.

"후훗…… 약의 효과가 벌써 나타났군요."

약.

여자는 예의 바르게 그 자리에 바로 앉으며 분명히 그렇게 말했다.

그리고 여자는 눈앞에 있는 우리 동포를, 내려다보았다.

"당신들은 이제부터 나를 위해 일하는 거예요. 알겠나요?"

『넵.』

무릎을 꿇었다. 병사장도, 그 이외의 병사들도, 보초도, 모두 일제히 여자를 향해 고개를 숙였다.

나는 곧바로 상황을 이해했다. 우리 동포들은 여자의 손에 조종당하게 되고 만 것이다. 여자가 우리에게 헌상한 것들에 그러한 효과가—— 약이 뿌려져 있었던 것이다.

여자의 목적도 바로 판명되었다.

"후후후…… 이 가게에 오는 손님들이 모두 부자라는 사실은 이미 조사를 마쳤답니다……. 옥션에서 낙찰받지 않으면 팸플릿은 구할 수 없으니까……. 즉, 지금부터 이 가게에 들어온 인간에게서 돈을 뜯어내면 저는 큰 부자가 될 수 있다는 뜻이죠……! 아아…… 이 얼마나 완벽한 계획이람……!"

판명되었다고 할까, 아무렇지 않게 스스로 말했다.

『알았습니다! 주인님! 그럼 지금부터 침입자에게서 돈을 뜯어내겠습니다!』

영차영차 하고 여자의 몸을 타고 올라간 우리 동포들. 터무니없이 융통성이 없었다.

"앗, 잠깐……! 아니거든요? 당신들은 그냥 있으면 됩니다. 가만히 있어요."

『알았습니다!』

약의 효과가 나에게까지 미치지 않은 것은 여자가 헌상한 물건에 내가 전혀 흥미를 보이지 않았기 때문이 틀림없었다── 그러나 나 이외의 동료들이 모두 조종당하게 되고 만 지금, 나도 안전하다고는 할 수 없었다.

한시라도 빨리 도망치지 않으면, 저 여자에게 무슨 짓을 당할지 모를 일──.

"어라……? 동료가 한 명, 아직 저기에 숨어 있네요……?"

움찔.

도망치려고 발을 내디딘 직후에, 여자의 시선이 나를 포착했다.

"제 말을 듣지 못하겠다면── 할 수 없죠. 모두들, 저 애를 잡아요."

그리고 여자는 손가락을 딱 울렸다.

그러자 우리 동포들은 일제히 나에게 덤벼들었고, 다음은 말할 것도 없으리라. 그리하여 징벌방 안에 갇힌 것이다.

"후후후…… 이걸로 첫 준비는 마쳤군요."

사로잡힌 나를 내려다보며 여자는 웃었다.

무시무시한 그 여자의 이름은 프리실라라고 한다.

젊디젊은 마법사인 모양이었다.

"징벌방에 있는 두 사람, 잘 지내고 있나요?"

에이카 씨의 길고도 긴 기록을 다 읽은 직후에, 그 여자라는 사람이 나타났습니다.

폭신폭신 보들보들한 검은 원통형 모양의 모자를 쓰고, 그 모자 아래로 흐르듯이 늘어뜨려진 것은 금색의 윤기 있는 머리카락. 입고 있는 것은 검은 고딕 드레스 같은 디자인의, 묘하게 기합이 들어간 멋들어진 로브였습니다.

생김새로 보아 나이는 나와 비슷한 정도일까요? 그에 비해 말투가 묘하게 어른스러운 탓인지, 혹은 두툼한 옷 위로도 알 수 있을 만큼 그럭저럭 몸매에 은혜를 받은 탓인지, 귀여운 소녀라기보다 아름다운 성인 여성 같은 기품으로 흘러넘쳤습니다.

나는 우리 안에서 올려다보았습니다.

검고 두툼한 옷을 차려입은 그녀를 올려다보았습니다.

"그 옷 덥지 않은가요?"

일단 가장 먼저 떠오른 말이 그것이었습니다.

지금 초봄인데요.

봄입니다. 봄. 그거 한겨울 차림 아닌가요?

그러자 프리실라 씨는 "훗" 하고 코웃음을 쳤습니다.

©Azure

"어리석은 질문이네요!"

"어리석은 질문인가요?"

"당연히 덥죠!"

"더운 거냐!"

"하지만 안 벗을 거예요!"

"…………"

"왜냐하면 이게 바로 저니까요!"

"…………"

프리실라 씨는 머리카락을 홱 넘기며 말을 이었습니다.

"당신 짐은 제가 갖고 있답니다."

그러면서 내 짐을 쑥 들어 보였습니다.

"학생이더군요. 방학을 이용해서 여행이라도 온 건가요?"

"……그렇습니다만."

"후후후…… 하지만 아쉽게 됐군요! 당신의 여행은 여기에서 끝이에요!"

우쭐거리며 의기양양한 표정을 짓는 프리실라 씨. 어른스러운 겉모습과는 달리 거동 하나하나가 나이에 걸맞은 여자아이다움으로 넘쳐흘렀습니다.

"저기…… 일단 여기에서 꺼내주셨으면 하는데요."

"인정할 수 없어요!"

단호한 거부였습니다.

"꼭 나오고 싶다면 제 부하가 갖고 있는 열쇠를 빼앗도록 하세요! 참고로 제 부하는 퀴즈를 낼 거고, 정답을 맞히면 열쇠를 건

네줄 거예요!"

"네……?"

프리실라 씨는 열쇠를 주지 않겠다는 것치고는 묘하게 구체적인 해결책을 제시했습니다.

아무튼, 부하라고 불린 자그마한 여자아이가 감옥 앞에서 이미 준비까지 하고 있었습니다.

"퀴즈는 몇 번 틀리든 오케이예요."

그렇게, 무른 데도 정도가 있지 싶은 난도를 제시하기까지 했습니다.

"그리고 나 딱히 돈도 없거든요……? 가방, 돌려주시지 않겠어요?"

여기에 온 손님에게서 돈을 뜯어낸다고 하는 목적은 이해되지만, 그러나 애초에 부자들만이 팸플릿을 갖고 있다고 하는 사고방식부터가 이상했습니다.

그중에는 학생이면서도 애써서 옥션에서 낙찰받은 고학생도 있으니까요. 리나리아 씨처럼.

"인정할 수 없어요!"

내 제안에 대한 답은 역시 단호한 거절이었습니다.

"꼭 돌려받고 싶다면, 제게서 빼앗아보도록 하세요! 참고로 저는 지금부터 낮잠을 잘 거예요! 알겠어요? 제 주머니 속에 있는 『몸이 커지는 약』은 절대로 훔쳐선 안 돼요! 그걸 훔치면 당신 몸이 원래 크기로 돌아갈 거예요!"

"어째서 아까부터 해결책을 냉큼 제시하는 건가요?"

훔쳐주세요, 라고 말하는 듯한 대사였습니다.

"시끄럽군요! 아무튼 저는 잘 거예요!"

이쪽 이야기를 들을 마음이 전혀 없는지, 프리실라 씨는 그 후 주방에서 식당으로 나가더니, 영차 하고 모포를 바닥에 깔고 베개를 팡팡 두드려 모양을 정돈하고서 그대로 누웠습니다.

그리고 침묵하는 나를 내버려 둔 채 그녀는 선언한 대로 "음냐음냐……" 하고 잠 속으로 빠져들었습니다.

똑바로 누운 채 편안하게 잠든 그녀의 그 모습은 그야말로 잠자는 숲속의 미녀 그 자체.

………….

저기…….

"이건 대체……?"

너무나도 곤혹스러웠던 나는 기록계인 에이카 씨를 바라보았습니다.

"퀴즈에 답해야만 하다니……! 내 머리로는 도저히 맞힐 수 없을 것 같아……!"

"당신 갑자기 바보가 됐군요."

"자, 손님! 일단 퀴즈에 답해줘."

에이카 씨는 반강제로 내 팔을 잡아끌어 감옥 앞에 선 부하에게로 연행해 갔습니다.

그때였습니다.

똑, 똑, 주방 창문을 부드럽게 두드리는 소리가 들렸습니다.

힐끔 시선을 돌려보니, 낡은 거인의 조리실——밖에서, 쌍안경을 한 손에 들고 이쪽을 내려다보는 리나리아 씨의 모습이 보였습니다. 살금살금 쌍안경으로 이쪽을 들여다보는 그 모습은 버드 워칭이라도 하고 있는 것처럼 보였습니다. 뭐, 대상은 새가 아니라 새장이라고 할까, 나였지만 말이죠.

그녀는 조용히 눈을 가늘게 뜨더니.

『작아졌는데…… 무슨 일이 있었던 거야?』

그렇게 적힌 메모장을 이쪽으로 들어 보였습니다.

그런 와중에도 물론 눈앞에서 퀴즈 규칙 설명은 시작되었습니다. 감옥 앞에 선 부하 씨는, "지금부터 제가 퀴즈를 낼 테니, 손님은 그 답을 메모장에 써주세요. 맞으면 감옥에서 꺼내주겠습니다. 그리고 아까도 말했지만, 몇 번을 틀려도 재도전 오케이입니다" 하고 말씀하시더니, 메모장과 펜을 건넸습니다.

…………

마침 잘됐습니다. 여기에 쓰도록 하죠.

『뭐가 뭔지 잘 모르겠지만 일단 퀴즈에 답해야만 하게 되었습니다.』

창문을 향해 드는 나.

"아앗! 아직 출제하지도 않았는데! 어째서 멋대로 쓰는 겁니까?!"

진행을 방해받아 화내는 부하 씨.

『퀴즈……? 그게 뭐야? 이해가 안 돼.』

고개를 갸웃거리는 리나리아 씨.

『이 거인의 조리실을 차지하려 하는 프리실라 씨라는 마법사가 있는데, 그 사람 때문에 이 가게는 뭔가 이상해진 모양이에요. 덕분에 이 꼴이 되었어요.』

간결하게 사정을 설명하는 나.

"그러니까! 아직 출제도 안 했다고요! 멋대로 쓰는 거 하지 말아주세요!"

이번에도 화를 내는 부하 씨.

『잘 모르겠지만 일단 그 프리실라라는 여자를 처리하면 되는 거지?』

『위험한 말은 하지 말아주세요…….』

"정말! 그만하시라고요! 몇 번 말해야 아시겠어요?! 출제할 때까지 기다려주세요! 또 그러면 화낼 거예요!"

그렇게 말하여 이미 툴툴 화를 내고 있는 부하 씨.

『기다려. 아르테. 내가 어떻게든 할 테니까. 너는 거기서 퀴즈든 뭐든 대답하며 시간을 보내고 있어.』

리나리아 씨는 그런 부하 씨 너머에서 종이를 이쪽으로 들어 보였습니다.

"그럼 문제입니다! 사실 저는 에이카의 기록에 한 번 등장한 적이 있습니다만, 과연 그 안에서 제가 마지막에 날린 대사는 무엇일까요? 후후후. 시작부터 문제가 아주 어렵죠? 과연 당신이 알수 있을까요?"

나는 부하 씨의 말을 흘려들으며 리나리아 씨에게 메모를 들어 보였습니다.

『알았습니다.』

"네! 정답!"

철컥, 하고 새장 문이 열렸습니다.

어라? 갑자기 대체 뭐가 어찌 된 것인지? 그렇게, 나는 한층 더 그게 고개를 가우뚱거렸습니다만, 아무래도 나도 모르는 사이에 퀴즈에 정답을 답한 모양입니다.

내 뒤에서 에이카 씨는 "통찰력이 상당하네⋯⋯"라며 감탄하고 있었고, 부하 씨도 "이 퀴즈를 단번에 맞힌 건 당신이 처음이에요⋯⋯"라며 시원한 얼굴을 하고 계셨습니다.

"⋯⋯네?"

대체 어느 틈에⋯⋯?

나는 당황했지만, 그녀들은 성격이 급한 모양이었습니다. 내가 사태를 파악할 틈도 없이, "자, 그럼 다음 스테이지로 가시죠"라며 내 손을 잡아끌었습니다.

기다리라는 말을 들은지라 새장 속에 쭉 있고 싶었습니다만, 그러나 에이카 씨도 부하 씨도 "감옥에는 이제 용건이 없어요"라며 고집을 부렸고, 나는 결국 영문도 모른 채 그곳에서 쫓겨났고, 끝내는 주방에서도 쫓겨났습니다.

뭐가 어찌 되었든, 리나리아 씨와의 약속을 갑자기 깨고 말았다는 것만은 틀림이 없을 테지요.

○

"감옥에서 나간 다음은 프리실라 씨한테서 약을 빼앗기만 하면

73

돼."

　나는 새장으로 돌아가고 싶었습니다만, 아무래도 내게 선택권은 없는 모양입니다. 에이카 씨에게 손을 끌려가며 나는 거인의 조리실 안을 어슬렁거렸습니다.

　그러나 분명 리나리아 씨가 밖에서 무언가 대책을 마련하고 있다고는 해도, 새장을 나온 이상은 나도 아무것도 하지 않은 채 멍하니 있을 수는 없었습니다.

　혼자서 직접 해결할 수 있다면 그보다 더 좋은 일은 없을 터입니다.

　그런고로 나는 작은 세상 속에서, 제법 멀리서 자고 있는 프리실라 씨를 목표로 한 모험을 시작했습니다.

　그러나 그 여정은 쉽지 않았습니다.

　"이제부터 제 동료들이 차례차례 대결을 청해 올 테니까 조심하세요."

　부하 씨는 말했습니다.

　에이카 씨를 제외한, 자그마한 여자아이들은 모두 프리실라 씨의 수하가 되었으니까요.

　내가 프리실라 씨에게 해를 끼치려 한다며 제지하려 드는 것도 당연한 이치입니다.

　우선 가장 먼저 나와 대치한 것은 한 여자아이.

　역시 에이카 씨와 부하 씨, 혹은 나와 마찬가지로 사람 손바닥 안에 쏙 들어갈 정도로 귀엽고 아담한 외모의 소녀는.

　"훗…… 잘도 여기까지 왔군요. 그럼 지금부터 나와 게임으로

승부를 내도록 하죠. 만약 이기면 이곳을 지나갈 수 있게 해주겠
어요."

우쭐대는 얼굴로 그렇게 말하며 오셀로로 승부를 걸어왔습니다.

"……………."

오셀로로.

자그마한 여자아이들의 세계에 오셀로가 있는 겁니까……?
뭐, 상관없지만…….

뭐가 어찌 되었든 앞을 막아서는 거라면 싸워야만 할 테지요.
싸우지 않으면 앞으로 나아갈 수 없으니까요.

이기지 못하면 당연히, 프리실라 씨에게 접근하는 것은 불가능
하니까요.

그런고로.

"…………."

곧바로 모서리를 차지하는 나.

"……앗!"

으아아 하고 당황하는 소녀.

"…………."

무자비하게 보드 위를 검정으로 물들여가는 나.

"……흐에엥."

눈물을 글썽이는 소녀.

압승했습니다.

"모서리를 빼앗기지 않았으면 내가 이겼을 텐데……."

훌쩍이는 소녀를 동료로 받아들인 나는 다시 걷기 시작했습니다.

이어서 내 앞을 막아선 것은 트럼프를 손에 든 여자아이였습니다.

"나와 짝 맞추기 게임으로 승부하자! 자랑은 아니지만 나는 짝 맞추기 게임에서 져본 적이 없어."

져본 적이, 없다고……? 어머나! 대단한 강적!

그러나.

"…………."

무자비하게 카드를 모조리 회수해가는 나.

"……엑?"

차례차례 맞춰져 회수되는 카드를 놀라 바라보는 여자아이.

"…………."

가진 카드가 과반수를 넘어 승패가 이미 정해졌음에도 계속해서 카드를 뒤집어가는 나.

"……흐에엥."

눈물을 글썽이는 여자아이.

압승이었습니다.

사실 내 고향은 시골인 탓에 변변한 오락거리가 없었고, 그래서 이러한 실내 놀이는 꽤 최근까지 자주 했었습니다.

그런 연유로 상당히 익숙했고.

제법 강하다는 자신도 있었습니다.

그런고로.

그 후로도 자그마한 여자아이들은 내게 온갖 게임으로 도전을 해 왔습니다만, 나는 한 사람도 남기지 않고 모조리 가차 없이 이겼고, 차례차례 울리며, 프리실라 씨 곁으로 걸어갔습니다.

그 모습에 에이카 씨는 "이 여자를 울려대는 녀석……" 같은, 오해를 불러올 법한 말을 하며 나를 바라보았습니다.

그런 눈으로 보지 말아줘…….

아무튼, 그렇게 계속해서 자그마한 여자아이들을 쓰러뜨려 간 끝에 답답한 기사 차림을 한 여자아이가 앞을 막아섰습니다.

이름을 밝히지는 않았습니다.

그러나, 그녀는 주변 여자아이들에게 병사장이라 불렸습니다.

"훗…… 결국 여기까지 오고 만 것인가……."

규칙적인 숨소리를 내는 프리실라 씨의 커다란 가슴 위에 오도카니 앉아 있는 자그마한 병사장님은, 의기양양한 표정을 지은 채 나를 내려다보았습니다.

"하지만 너의 순조로운 진격도 여기까지다! 나를 그리 간단히 이길 수 있을 거라고는 생각하지 마라."

그리고 그녀는 영차 하고 옆에서 두 장의 종이와 추첨기를 하나, 꺼냈습니다.

그러더니 "아, 이거 받아"라며 종이 한 장을 내게 건넸습니다.

"아, 감사합니다……."

그렇게 예의를 차리는 느낌으로 나는 종이를 받아 들었습니다.

숫자가 나열되어 있었습니다.

………….

빙고 게임입니다.

그리고 그녀는 추첨기를 뱅글뱅글 돌리기 시작했습니다.

"하하하하하하하하! 이 게임이라면 네가 얼마나 강하든 관계없지! 운 요소만으로 과연 나에게 이길 수 있을."

"빙고."

"아아아아아아아아아아아아아아아!"

역시 압승이었습니다.

막아서는 모든 자그마한 여자아이에게 차례차례 승리해 보인 나는 그 후, 프리실라 씨의 몸을 타고 올라가『몸이 커지는 약』을 손에 넣었습니다. 의외로 너무 간단했습니다. 인간은 잠들면 이렇게 무방비해지는 것인지, 프리실라 씨가 깨어날 기척은 일절 없었고, 처음부터 끝까지 줄곧 "음냐음냐" 하고 기분 좋은 듯한 고른 숨소리를 낼 뿐이었습니다.

그녀가 전혀 깰 기색이 없는 것을 기회로 삼아 나는 서둘러『나를 마셔줘!』라는 라벨이 붙은 약 뚜껑을 열었습니다.

말하길.

"이 약을 온몸에 뿌리면 원래 모습으로 돌아갈 수 있어. 프리실라가 말했었어."

에이카 씨의 말에 따르면 옷에도 약을 뿌리지 않으면 몸만 커져서 터무니없는 상황이 된다던가요?

그나저나 프리실라 씨의 사정에 상당히 밝은 듯한 느낌입니다만?

"……저기, 당신들, 목적은 뭔가요?"

내가 새장에 갇힌 후 여기에 이르기까지의 전개는 기묘하다고밖에는 말할 수 없었습니다. 프리실라 씨의 꼭두각시가 된 여자아이들은 그런 것치고는 승부에 지자마자 간단히 물러나기도 했습니다.

아니, 애초에.

돈을 뜯어낸다고 하는 목적을 달성하기 위해서라면 이러한 일을 할 필요는 없을 터입니다. 작아지는 **약**을 마신 시점에서 밖으로 내던져 버리면 될 일입니다.

마치 놀이 같습니다.

도중에 여자아이들과 했던 것처럼, 그저 함께 놀고 있을 뿐인 듯한, 그런 분위기조차 느껴졌습니다.

"?"

내 말에 에이카 씨는 고개를 갸웃거렸습니다.

"상당히 둔하구나……."

"……둔한, 가요?"

대체 무슨 말씀인지?

"우리 가게는 거인의 조리실."

그리고 에이카 씨는 이야기했습니다.

프리실라 씨가 내게 약을 먹인 이유도. 에이카 씨가 안내인처럼 함께한 이유도. 여자아이들이 의외로 적당히 승부에 임한 이유도.

전부 하나로 뭉뚱그려서.

"이건 전부 가게의 시연회."

그렇게 말했습니다.

"…………."

"…………."

"시연회?"

고개를 갸웃거리는 나.

"맞아."

고개를 끄덕이는 에이카 씨.

"마법사 아르바이트생을 고용해서, 우리가 보고 있는 세계를 체험할 수 있는 코스를 최근 만들었거든. 그게 이거."

"…………."

"…………."

"아르바이트?"

음냐음냐 잠든 프리실라 씨를 바라보는 나.

"맞아."

고개를 끄덕이는 에이카 씨.

"프리실라 씨는 그저 아르바이트생. 그냥 평범한 마법사."

"…………."

"…………."

그 말은 그러니까, 뭡니까?

딱히 프리실라 씨는 이 가게에 온 손님에게서 돈을 뜯어내려 했던 것도 아니고, 나쁜 마법사 역할을 연기했을 뿐인 여자아이이고, 거인의 조리실에 있던 자그마한 여자아이 대부분도 딱히 조종당했던 것도 뭣도 아니고, 그저 일로서 자그마한 세계에서 지루하지 않도록 함께 놀아주었을 뿐이라는 말입니까? 그런 겁니까?

…………

어라? 그럼 나도 사실은 잡혀 있는 게 아니라는 뜻이 아닌지요?

그럼 딱히 리나리아 씨에게 도움을 청할 필요도 없었다는 뜻이 아닌지요?

"앗."

이런.

그런 생각을 했을 때는, 그러나 이미 늦었습니다.

"──당신이 프리실라 맞지? 나의 아르테를 돌려줘."

퍼억.

창을 깨고 호쾌하게 등장한 리나리아 씨가 잠든 프리실라 씨의 얼굴을 힘껏 짓밟고 있었습니다.

………….

아아…….

●

"자그마한 여자아이 체험 코스?"

그날, 우리 가게에 우연히 방문한 마법사 프리실라는 우리가 제시한 제안에 고개를 갸웃거렸다.

그도 그럴 만하다.

애초에 그녀는 예의 팸플릿을 손에 들고 그저 거인의 조리실에 찾아와 우리의 생활을 보고자 했을 뿐이니까.

그러나 우리는 그녀를 향해 적의를 드러내는 일도 없었고, 그저 열을 이루어 서서 이렇게 제안했던 것이다.

"최근에 새로운 사업을 시작할까 생각해서요…… 그래서 마법사님의 힘을 빌렸으면 합니다."

그렇다, 새로운 비즈니스다.

무엇을 감추랴. 우리의 이 거인의 조리실도 오랫동안 많은 여행자와 대치해왔고, 그때마다 매번 물자를 제공해왔던 것이다.

솔직히 말해서, 이제 그다지 자원이 남아 있지 않았다. 부하들은 "수지가 맞지 않는다"라느니 "블랙 기업 반대"라느니 하며 불만을 터뜨리기 시작한 지경이었고, "노동조합에 밀고할 테다"라며 반쯤 협박에 가까운 말을 하는 자도 있었다. 아니, 우리 노동조합 없거든?

거기서 몹시 곤란해진 병사장이 "새로운 비즈니스를 시작하면 되지 않아?"라며 권위를 담아 한마디.

그렇게 떠올린 것이 이 작은 여자아이 체험 코스였다.

"요컨대 물자를 소모하지 않는 방법을 취하면 되는 거다. 그러면, 우리처럼 작은 크기가 되게 하면 여러 가지로 형편이 좋다. 작으면 위장도 작아지니까, 물자를 소모한다고 해도 손님 한 명에 드는 경비는 그다지 들지 않게 돼."

그래서 마법사에게 말을 걸었다.

우리는 마법사라는 것은 잘 모르지만, 뭐, 모습을 작게 하는 정도는 간단하지 않을까?

"으음......."

마법사 프리실라는 나이에 비해 요염한 몸짓으로 고민했다.

"사정은 알았습니다. 즉, 사람과 물건의 모습을 작게 하는 약을 제공해주길 바란다는 거로군요? 뭐, 분명 갖고 있기는 하지만 말이죠. 어디. 분명——."

　말하면서 프리실라는 자신의 가방에서 약을 하나 꺼냈다.

　그리고 종이 다발(트럼프라는 것이라고 한다)에, 그것을 조금 떨어뜨리며 보였다.

　직후에 믿기 어려운 일이 일어났다.

　종이 다발이 순식간에 작아졌고, 우리 손에 적당한 크기의 작은 종이 다발로 변했던 것이다. 프리실라는 우리의 동포에게 그것을 내밀며 자신을 약 만드는 일을 전문 분야로 삼고 있는 마법사라고 밝혔다.

　즉 우리의 제안은 그녀에게 있어서는 그야말로 안성맞춤이라 하지 않을 수 없었다.

　그러나.

　"하지만 저, 그런 비즈니스는 이제 하지 않겠다고 정한지라……."

　그녀는 우리의 제안에 미간을 좁혔다. 옛날에는 더러운 수단으로 돈벌이를 했던 모양인데, 지금은 바르게 살아가기로 정했다고 한다. 약도, 필요로 하는 자에게 나눠주기 위해 상비하고 있는 것이라고 밝혔다. 아니, 모습을 작아지게 하지 않으면 안 되는 시추에이션 같은 게 있는 것이냐고 나는 묻고 싶어졌지만 일단 잠자코 있었다.

　"아니, 마음을 바꿔주십시오. 부탁드립니다!"

　병사장은 고개를 숙였다. 나도 나란히 고개를 숙였다.

　"이대로라면 우리 종족은 망하고 말 겁니다!"

　병사장은 눈물을 흘리며 말했다. 그 팔에는 빈사의 여자아이——

우리 동포 리샤가 안겨 있었다.

최근에는 거인의 조리실도 손님의 발길이 뜸해진 탓인지 만성적인 이파리 부족으로 고민하고 있다. 그 결과 멘탈이 약간 불안정해지고만 리샤가 안겨 있었다.

"우으…… 병사장…… 병사장님…… 내가 죽으면…… 이파리와 함께 싱크대에 떠내려 보내줘……."

"여기 좀 보십시오! 죽을 것 같지 않습니까!"

참고로 리샤는 원래부터 그런 인간이다.

"……읔! 이 무슨 일인가요!"

그러나 마법사 프리실라는 리샤의 그 비참한 모습에 충격을 받은 모양이었다.

반복해서 말하지만 리샤는 원래 궁상맞아 보인다.

그러나 그녀는 눈물을 흘렸다.

"협력하겠어요…… 저…… 당신들을 돕겠어요……!"

"감사합니다."

병사장은 싱긋 웃었다.

이 자리에서 가장 더러운 자의 모습이 그곳에 있었다.

마법사 프리실라는 그 후로 매일 뻔질나게 드나들게 되었다. 그것은 새로 시작될 비즈니스를 위한 면밀한 조율을 위해서이기도 했지만, 무엇보다 그녀가 상상 이상으로 사람이 좋았기 때문이었다.

"이건 빙고 게임이라고 한답니다. 이걸 빙글빙글 돌려서 나온 숫자가 쓰인 부분에 구멍을 내고, 줄을 완성하면 이기는 거예요."

그녀는 제대로 된 오락거리도 없는 우리를 위해 놀이 도구를 매일같이 가져와서는 작아지는 약을 뿌려서 그것을 제공해주었다.

우리는 그녀가 여신처럼 여겨졌다.

"다음 생엔 저 아이와 결혼해야지……."

그렇게 이야기하는 병사도 적지 않았다.

매일같이 와서는 계획을 짜고, 그리고 겨우 우리의 계획은 완성에 이르렀다. 다행스럽게도 거인의 조리실에는 『준비 중』 팻말이 걸려 있었기 때문에 손님은 없었다.

그리고 오늘 오전.

"그럼 내일부터는 사업을 바꿔보자."

이야기는 정리되었다.

새로운 사업 내용은 다음과 같다.

가게에 들어오기 위해서는 문을 세 개 통과해야 한다. 맨 처음 두 개는 지금까지 그대로 신발을 벗기고, 상의를 벗긴다. 그러나 마지막 문에는 『나를 마셔줘!』라고 쓰인 약을 놓기로 했다.

이 약을 마신 손님은 몸이 우리와 동등한 크기로 줄어들고, 그리고 프리실라 씨에 의해 새장 속에 넣어진다.

새장 속에는 기록계 에이카를 대기시키고, 그녀가 이 가게의 설정을 이야기한다.

그리고 프리실라에게서 약을 회수하기 위해 새장 속에서 기어 나오는 것이다. 대체로 그 도중에 시간이 남아도는 우리 동포가 제각각의 방식으로 여행자를 방해한다.

그러한 장해를 뛰어넘어서, 프리실라에게서 약을 회수하는 것이다.

"저도 여행자님의 방해를 하는 편이 좋을까요?"

우리가 준비한 시나리오에서 프리실라는 맨 처음에 나온 다음에는 잠들 뿐인 역할이었다.

병사장은 그녀에게 고개를 저었다.

"문제없다. 네가 잠들어 있는 사이에 모든 걸 끝낼 테니까."

어딘가 묘한 표현이었다. 오해받기 딱 좋은 말투였다.

다음 날을 위해 그렇게 준비를 계속하던 중이었다.

"병사장님, 큰일입니다!"

감시하던 병사가 안색이 바뀌어 우리 앞에 나타났다.

"무슨 일이냐?"

지극히 침착한 모습의 병사장에게 보초는 눈물을 글썽이면서 대답했다.

"우리 가게에 침입자가!『준비 중』팻말을 떼어내고 강제로 들어왔습니다!"

"뭐라고?!"

예상하지 못했던 사태였다. 준비 중인 가게에 억지로 밀고 들어오는, 도덕성이 결여되어 있다고밖에는 말할 수 없는 거인이 나타난 것은 이번이 처음이었기 때문이었다.

그러나 병사장은 그래도 여전히 평정을 유지하고 있었다.

"그래, 안심해라. 새로운 가게 준비는 하고 있지만, 마지막 문 앞에는 아직 지금까지 그대로 향수가 놓여 있을 터다. 평소와 같이 대응하면 문제는 없을 테지."

그러나.

"그게……!"

보쿄는 말했다.

무시무시한 한마디를.

"약이! 이미! 놓여 있습니다!"

마지막 문 앞에는 『나를 마셔줘!』라고 쓰인 약이, 당연하다는 듯이 놓여 있었다.

"대체 누구냐! 약을 저런 데 둔 멍청이는!"

초조해하며 언성을 높이는 병사장.

"에헤헤……."

웃는 리샤.

"네 녀석이냐아아아아아아아아아아아아아!"

멱살을 잡는 병사장.

결국 우리는 준비도 제대로 하지 못한 채, 허둥지둥 여행자 상대를 해야 하는 꼴이 되었던 것이다.

○

"즉, 이 거인의 조리실은 이미 옛날처럼 자그마한 여자아이들이 적의를 드러내며 공격해 오는 그런 곳이 아니다…… 그런 뜻이야?"

"그런 뜻이랍니다."

리나리아 씨에게 답하는 프리실라 씨.

창을 깨고 리나리아 씨가 침입해 들어온 후에 내가 약을 뿌려 원래대로 돌아오고, 사정을 자세하게 설명받은 끝에, 이제 막 침착함을 되찾았는지, 다시 한번 프리실라 씨에게 확인을 하고 있었습니다.

"정말이지 심한 꼴을 당했어요……."

프리실라 씨는 한숨을 내쉬었습니다.

그녀로서는 최악의 기상이었으리라는 것은 말할 것도 없지 않을까 싶습니다. 갑자기 얼굴에 통증을 느끼며 잠에서 깨어났다 했더니 "어서 아르테를 원래대로 돌려놔" "원래대로 돌려놓으라고 했잖아 무시하지 말아줄래? 뭘 눈물을 글썽이고 있는 거야 웃기지 말라고" "내 말을 듣지 않으면 네 손가락을 하나하나 부러뜨려 줄 줄 알아"라며, 지팡이를 들이대고서 엄청나게 화를 내는 낯선 소녀가 있었으니까요.

그리고 그 직후에 태연하게 자력으로 원래대로 돌아간 내가 나타났으니까요.

"저리, 리나리아 씨……."

허둥지둥 말리는 나.

"…………."

입을 다문 리나리아 씨.

"……어떻게 된 거야?"

그리고 그녀는 프리실라 씨를 노려보았습니다.

"흐에엥……."

울상이 된 프리실라 씨가 그저 그곳에는 있었습니다.

이러저러한 전말을 거쳐 프리실라 씨와 리나리아 씨가 침착함을 되찾았을 때, 겨우 리나리아 씨에게도 이 가게의 현재 사정을 전했던 것입니다.

팸플릿이 배포된 당시와는 달라지고 만 가게의 상황에 약간 낙담한 리나리아 씨는, "그렇구나……"라는 말만 중얼거렸습니다.

그런 그녀를 보며 프리실라 씨는 코를 흥 하고 풀면서,

"하지만 갑자기 발로 차다니 너무해요……."

바닥에 주저앉아 훌쩍훌쩍 눈물을 흘렸습니다.

"그건…… 미안해."

거북한 듯 외면하는 리나리아 씨.

"뭐 그만큼 제 연기가 훌륭했다는 거겠죠! 그러니까 딱히 그렇게까지 신경 쓰지 않아요. 사과할 것 없어요."

직후에 천연덕스럽게 웃는 프리실라 씨.

확실히 연기력이 좋은 모양인지, 그녀 옆에는 안약이 굴러다니고 있었습니다.

가짜로 운 거잖아…….

그러나 그런 그녀를 바라보는 거인의 조리실의 자그마한 여자아이들은 "여신이다……" "여신이 나타났어……" "결혼하자……"라며 손을 맞대고 있었습니다.

신앙의 대상이 되었어…….

"……하지만, 거인의 조리실 설정이 바뀐 거라면 설명 정도는 해줬으면 좋잖아."

"원래 그럴 셈이었어요."

프리실라 씨는 이야기했습니다.

"애초에 신사업은 내일부터 시작할 예정이었는걸요. 제대로 가게에는 간판을 세울 예정이었어요."

말하면서 그녀는 만들던 도중인 간판을 우리에게 보여주었습니다.

『자그마한 여자아이 체험 코스』.

그렇게 적혀 있었습니다. 참고로 한 사람당 금화 한 닢.

"양심적인 가격 설정이랍니다."

우후후. 그녀는 웃었습니다.

즉, 내일 찾아왔다면 우리 두 사람은 평범하게 대접을 받을 수 있었던 것인가 봅니다.

"…………." 나는 리나리아 씨를 보았습니다.

"…………." 리나리아 씨는 시선을 피했습니다.

"……그게, 이 가게를 독점하려고 하는 인간 같은 건 아주 많을 거라고 생각해서……."

드물게도 기세 없는 목소리를 내는 리나리아 씨가 그곳에는 있었습니다.

"뭐, 앞으로를 위한 예행 연습이었다고 생각하면 나쁘지 않았어요. 발에 차였지만요."

그렇게 말한 그녀는 이어서.

"그나저나, 당신들 두 사람은 어떤 관계인가요?"

어라?

"어떤 관계라니, 무슨 의미인가요?"

대체 무슨 말씀을 하고 계시는 걸까요?

"평범한 친구 사이인데요?"

그러나 내 대답은 프리실라 씨를 납득시키지 못한 모양인지 그녀는 "그런가요?" 하고 고개를 갸웃거렸습니다.

게다가.

"그게 아까, 상당히 화를 내기도 했고——."

"그만둬."

말을 자르는 리나리아 씨.

"게다가 아까 나의 아르테라고——."

"진짜 그만둬."

때리는 리나리아 씨.

네에?

아까는 리나리아 씨가 갑자기 나타나서 제대로 듣지 못했습니다만, 뭔가요?

"나를 그렇게 말했던 건가요?"

"말 안 했어."

"나의 아르테라니 대체 무슨 의미——."

"말 안 했어."

이번에는 나를 때렸습니다.

아프지는 않았지만 리나리아 씨의 얼굴이 붉은빛을 띠고 있는 듯한 기분이 들었던지라 저는 그 이상 언급하는 것을 그만두었습니다.

그런 우리의 모습을 바라보며 프리실라 씨는 "어머나 어머나" 하고 표정을 밝혔습니다.

"좋은 걸 봤네요……."

"코피가 나고 있어요."

"이건 발에 차여서 그런 거예요."

"아, 네에…… 중상을 입으셨군요……."

그 후로 한동안 프리실라 씨는 "여자아이끼리…… 좋네요……" 같은 의미불명의 말을 했습니다. 혹시 리나리아 씨에게 차였을 때 머리가 어떻게 되고 만 것은 아닐까 하고 걱정이 될 정도였습니다.

결국.

신사업은 내일부터이니, 그 후 우리 세 사람은 거인의 조리실의 여자아이들에게 그녀들다운 방식으로 정성스러운 대접을 받았습니다.

나중에 들은 이야기입니다만, 프리실라 씨는 다른 나라의 마법학교에 다니고 있으며, 한겨울부터 초봄까지의 기간은 라트리타국립 학원과 마찬가지로 학교가 방학에 들어가고, 그런 연유로 거인의 조리실에서 아르바이트를 하게 되었다고 합니다.

과연, 그렇군요.

"그럼 그 옷은 악역 같은 느낌을 내기 위해 일부러 입고 있는 건가요?"

본래는 평범한 학생인 모양이고, 평범하게 좋은 사람 같으니까요.

그러나 그녀는 "아니에요!"라며 목소리를 높였습니다.

"이건 제가 원해서 입고 있는 거예요!"

"하지만 덥잖아요?"

"더워요! 하지만 벗지 않을 거예요!"

"…………."

"왜냐하면 이게 바로 저니까요!"

………….

역시 그냥 이상한 사람일지도 모르겠습니다.

○

거인의 조리실을 나온 우리는 둘이 함께 빗자루를 타고 날았습니다.

나와 리나리아 씨의 역사 탐방은 이제 막 시작되었을 뿐입니다.

"이상한 가게라고 생각하기는 했지만…… 그래도 설마 전부 꾸민 거라고는 생각 못 했어요……."

돌이켜 생각해보면, 도중에 얼마든지 의심의 시선을 보낼 만한 타이밍은 있었을 터입니다. 그러나 나는 의심을 품는 일 없이 평범하게 자그마한 세계를 만끽하고 말았습니다.

눈치채는 게 조금만 더 빨랐다면, 착각을 한 채 프리실라 씨의 앞에 서는 일도 없지 않았을까 하는 생각이 듭니다만──.

"뭐, 이번 일은 어쩔 수 없지. 간판도 세워두지 않았는걸. 저쪽의 불찰이야."

물론, 준비 중 팻말을 던져버린 내 불찰도 있지만──하고 그녀는 한숨을 내쉬었습니다.

"미안해. 예상과는 상당히 다른 곳이었어."

무언가 반성을 하고 있는 모양이었습니다. 딱히 사과할 일 같은 건 전혀 없습니다만.

게다가.

이번 건은 애초에.

"둔한 내 불찰이기도 한걸요."

그렇게 말하지 않을 수 없었습니다.

"…………."

그녀는 그런 나를 빤히 바라보더니.

"어쩔 수 없지. 네가 둔한 건 어찌할 도리도 없는 일이니까."

"네……?"

분명 위로해주리라 생각하고 한 말이었습니다만. "너는 둔하지 않아" 같은 느낌으로. 그러나 태연하게 독설이 날아왔습니다. 심지어 그녀는 조금 삐치기까지 한 모양이었습니다. 뺨을 뾰로통하게 부풀리고 있었습니다.

"……어째서 화내는 건가요?"

"화 안 났어."

"화내고 있잖아요?"

"화 안 났다고."

리나리아 씨는 그대로 흥! 하고 시선을 돌려버렸습니다.

조용한 분위기가 잠시 우리 주변에 흘렀습니다.

이윽고 나는.

©Azure

"……다음은 어느 나라로 가나요?"

역사 탐방의 키를 잡고 있는 리나리아 씨에게 고개를 갸웃거렸습니다. 빗자루를 타고 나는 리나리아 씨를 따라가고 있는 나는 아직 그녀가 어디로 향해 가는 중인지 몰랐습니다.

역사 이야기를 끝없이 했던 그녀이니, 분명 가고 싶은 곳은 산처럼 많을 터입니다.

그녀는 나를 똑바로 응시하더니, 한마디.

"어디가 좋아?"

하고 물었습니다.

그녀도 역시, 어디로 향하고 있는지 모르는 모양이었습니다.

나와 마찬가지로.

두 사람의 짧은 여행은 이제 막 시작한 참입니다. 앞으로도 많은, 만남과 이별이 있을 테지요. 어쩌면 지금부터 찾아갈 곳은 리나리아 씨의 상상대로인 곳일지도 모르고, 어쩌면 우리에게는 상상도 할 수 없을 정도의 곳일지도 모릅니다.

그래서 나는.

"그럼, 거인의 조리실 같은 곳이 좋겠어요."

그저 그렇게, 답했습니다.

"…………?"

리나리아 씨는 고개를 갸웃거렸습니다.

어떤 의미인지 이해하지 못했나 봅니다.

그래서 나는, 그런 둔한 그녀에게 한마디.

단적으로, 다시 고쳐 말했습니다.

즉.

"어찌 됐든 즐거운 곳에 가고 싶어요."

예상대로여도, 예상하지 못한 사태에 휘말려도, 그래도 나중에
돌이켜보면 어쨌든 즐거웠다고 추억 이야기를 꽃피울 수 있을 만
큼, 멋진 곳에.

제 3 장

내가 아직 마녀 견습생이던 무렵.

숲의 마녀 사야가 되기 전에, 나는 그녀와 만났습니다.

마법 총괄 협회에 소속되기로 정해진 신인은 우선 어엿한 한 사람 몫을 할 수 있기까지 수개월 동안 협회 마녀들에게 강의를 받아야만 합니다.

마법을 다루는 법, 협회에 의뢰되는 일의 해설, 지금까지 협회가 해결한 사건 사례, 사건 해결까지의 기본적인 대처법. 아무튼 온갖 분야의 강의를 철저하게 주입받는 기간이 이 수개월입니다.

나와 그녀가 처음 말을 나눈 것도 바로 이 무렵이었습니다. 그저 우연히 그리되었을 뿐, 그 당시 만나지 않았다면, 어쩌면 나와 그녀는 평생 말을 나누는 일도 친해지는 일도 없었을지도 모릅니다.

그녀와 처음 이야기한 날의 일을 나는 잘 기억하고 있습니다.

나는 협회에서 일하기 위한 공부와 마녀가 되기 위한 훈련을 동시에 하고 있었기 때문에, 한차례 강의가 끝난 후에는 지부에 남아서 실라 씨에게 마법을 배웠습니다. 그 나라에 도착한 이후 매일 그 반복이었고, 쉴 틈도 없이 강의와 특훈을 계속 받았습니다. 그러니 귀가할 때가 되면 언제나 해가 저물어 가고 있었고, 대체로 그런 생활이 일상이 되어가고 있었습니다.

그녀의 모습을 발견한 것은 마침 내가 그런 일상 속에서 녹초가 되어 하숙집으로 돌아가던 때였습니다.

보랏빛 머리카락을 옆으로 모아 하나로 묶은 그녀는 밝은 머리카락 색과 달리 어딘가 그림자가 있었고, 마음을 다른 데 두고 온 듯한, 언제나 무언가를 찾고 있는 것 같은 분위기가 느껴졌습니다. 속세에서 벗어난 듯한 그녀는 강의를 받을 때도, 혹은 쉬는 시간에도 누군가와 즐겁게 수다를 떨거나 한 적이 없었습니다.

모니카 씨.

언제나 그렇듯이, 멍하니 그녀는 쪼그려 앉아 그저 잠자코, 길가에 핀 꽃을 보고 있었습니다.

지면에서 곧게 뻗어 자란 줄기. 그 위에서 터지듯이 펼쳐진 석양보다도 선명하게 붉은 꽃.

그녀는 그저, 가만히 바라보고 있었습니다.

피안화를.

"그거, 좋아하나요?"

말을 나눈 적은 없다고 해도 낯익은 얼굴이었기에, 나는 걸음을 멈추고 그녀에게 말을 걸었습니다.

단 한마디, 그녀는 나에게 시선을 돌리는 일 없이 대답했습니다.

"좋아해."

그녀는 의외로 투명하고 예쁜 목소리를 갖고 있다는 것을, 나는 이때 처음 알았습니다.

"……이런 데서 무얼 하고 있나요?"

나는 특훈이 있었기 때문에 늦게까지 남아 있었지만, 기본적으로 대부분의 신인들은 점심 무렵이 되면 해산합니다. 사정이 없으면 지부에 남아 있는 경우는 없을 터입니다.

"공부하고 있었어."

그녀는 역시 이쪽으로 시선을 주는 일 없이 대답했습니다.

"나머지 공부인가요?"

"…………."

끄덕, 모니카 씨는 고개를 끄덕였습니다.

그것참, 그녀는 그렇게 머리가 나쁜 분이었던가요? 그때 나는 그런 의문을 느끼고 있었습니다. 아직 만난 지 몇 개월 정도인 사이일 뿐이지만── 애초에 말조차 나눠본 적 없었지만, 그녀는 일주일에 한 번 치르는 테스트에서 거의 매번 고득점을 간단히 받고 있었을 터입니다.

나머지 공부를 할 필요 같은 건 없지 않나요? 그렇게 생각했습니다. 하지만 그리 생각한 직후에 애초에 나머지 공부를 하고 있기 때문에 고득점을 간단히 받는 걸까요? 하는 생각에 이르렀습니다. 오호라, 성실하군요.

"수업 중에는 집중이 안 돼서, 남아서 공부하고 있어."

이때가 되어서야 겨우 그녀는 시선을 이쪽으로 돌렸습니다. 머리카락과 같은 보라색 눈동자는 석양 속에서 빛나 보였습니다.

"……수업 시간이 그렇게 시끄러웠던가요?"

강의를 듣는 것은 협회에 소속되기로 정해진 신인 마법사들뿐. 애초에 우리는 학생인 것이 아니고, 요컨대 앞으로 제각기 직장에서 일하기 위한 연수를 받고 있는 셈인 상황입니다. 수업 중에 옆자리 아이와 몰래 대화를 나누는 긴장감 없는 아이도 분명 다소는 있지만, 소란스럽거나 한 일은 없을 터입니다. 실제로 나도 신경 쓰였던 적도 신경에 거슬렸던 적도 없었습니다.

그러니 그녀가 한 말의 의미는 잘 이해되지 않았습니다.

"…………."

그러나 그녀는 고개를 갸웃거리는 내게 답을 해주지 않았습니다. 그녀 안에서는 나와의 대화는 끝났다고 정해진 것일까요? 이미 그녀의 시선은 내게서 눈앞의 꽃으로 옮겨갔습니다.

피안화.

내 고향에서는 불길하고 기분 나쁜 꽃이라며 꺼려하는 것을, 모니카 씨는 그저 계속 바라보며 "이렇게나 예쁜데, 미움받는구나" 그렇게 중얼거렸습니다.

"그걸 예쁘다고 말하는 사람, 처음 봤어요."

"그래?"

대꾸하며 그녀는 피안화에 손을 뻗었습니다.

어라 어라? 이런.

"아, 만지지 않는 편이 좋아요. 독이 있으니까요."

만지기만 할 뿐이라면 문제는 없습니다만, 그러나 독이 있는 것은 사실이니까요. 약간 허둥지둥하며 나는 제지했습니다.

뿌리에도 줄기에도 잎에도 선명한 꽃에도, 피안화를 구성하고 있는 전부에 독이 포함되어 있습니다. 전신 독투성이. 꺼리는 이유는 생김새는 물론이거니와 하나부터 열까지 독투성이이기 때문인지도 모릅니다.

"……그래."

뻗으려던 손을 내리고, 그녀는 자리에서 일어났습니다.

"생김새는 이렇게나 예쁜데 해를 끼칠 뿐이라니, 인간 같아."

그러니까 그녀가 하는 말의 의미는 역시 잘 이해되지 않았습니다. 내가 애초에 이 꽃을 예쁘다고 생각하지 않았기 때문인지도 모릅니다.

그래도 그녀와 처음 이야기한 이 날의 일을, 나는 잘 기억하고 있습니다.

피안화를 예쁘다고 말한 그녀의 눈은, 아주아주, 어찌해야 할지 알 수 없을 만큼 슬픔으로 가득했기 때문입니다.

○

나는 여행자인 동시에 마법 총괄 협회에 소속되어 있기 때문에, 이 나라에서 저 나라로 오가는 이유는 기본적으로 일에 의한 사정이 대부분입니다.

숲의 마녀라고 하는 거창한 마녀명을 내걸고 있기 때문인지, 여러 나라를 오가고 있기 때문인지, 꽤 편리한 취급을 받는 일이 많았고, 각각의 나라들에 재적해 있는 마녀들이 맡고 싶어 하지 않는 일을 떠넘기는 일도 간혹 있었습니다.

오늘 이 나라에 온 이유도 결국에는 그러한 사정이 컸고, "마침 가까운 나라에서 응원 요청이 와 있어요"라며 마법 총괄 협회 지부에서 의뢰를 전달받아 문을 두드리기에 이르렀습니다.

사람이 사는 마을 에마데스트린.

어두컴컴한 숲속에 있는 이 나라는 외벽이 덩굴로 뒤덮였을 만큼 오래전부터 이곳에 있었던 모양입니다.

어떤 사정이 있지 않다면 아마도 방문하는 일 같은 건 없었으리라 생각되는 평범하고 특징 없는 나라였습니다.

"당신이 숲의 마녀 사야 님이시군요. 기다리고 있었습니다."

문을 통과하자 바로 이 나라의 관리님이 내 앞에 나타났습니다.

"이렇게 우리나라의 의뢰를 받아주셔서 감사드립니다."

나는 꼬맹이 같은 겉모습인지라 대체로 이러한 일에 종사하고 있음에도 불구하고 첫 대면에서는 "뭐? 이런 녀석이 마녀라고요? 괜찮은 겁니까……?" 하고 말하고 싶은 듯한 의심스러워하는 표정을 마주하게 되는 일이 많습니다. 그러나 눈앞의 관리님은 그러한 모습은 전혀 보이지 않았습니다.

"사야 님, 사건 자료는 읽어보셨습니까?"

혹은 그저 나에 대한 흥미가 없을 뿐인지도 모르지만, 붙여놓은 듯한 미소 띤 얼굴을 유지한 채 간단히 자기소개를 하고 곧바로 일 이야기를 꺼냈습니다.

"……오는 도중에, 대강은."

고개를 끄덕였습니다.

사건 자료는 이미 협회 쪽에서 전달받았습니다.

"그럼, 서둘러서 죄송하지만."

발걸음을 돌리며, 관리님은 나를 재촉했습니다.

"타이밍이 좋은 건지 나쁜 건지—— 오늘 아침에도 사건이 일어나고 말았습니다. 가능하다면 마녀님께서도 현장을 봐주셨으면 합니다."

나는 고개를 끄덕이고, 관리님의 뒤를 쫓았습니다.

오래된 벽돌집들이 늘어선 소박하고 검소한 풍경이 펼쳐졌습니다. 처참한 사건이나 피비린내 나는 사건과는 전혀 인연이 없어 보이는 거리였습니다.

그러나 인연이 없지 않았기에, 나는 이곳에 불러온 것입니다.

"오늘 아침, 쓰레기를 버리러 온 레스토랑 종업원이 발견했다고 합니다."

뒷골목.

관리님이 처참한 광경을 앞에 두고서 담담하게 내게 설명해주었습니다. 피해자는 이 근처에 사는 독신 여성. 시신 상태로 보아 지난 밤에 목숨을 잃은 것으로 여겨진다고 합니다.

"이 나라를 뒤흔들고 있는 살인마 짓이 틀림없을 겁니다. 외상은 없고, 시신을 뒷골목에 눕혀놓은 수법은 우리나라에서 이전부터 출몰하고 있는 살인마의 커다란 특징 중 하나입니다."

마법 총괄 협회로 보내진 의뢰에 따르면 이 살인마가 나타나기 시작한 것은 지금으로부터 반년 정도 전의 일이라고 합니다.

처음에는 모두가 그저 우연히 길에서 죽은 거라고 생각했습니다.

추운 겨울밤의 일.

한 민가의 주민에게서 이상한 냄새가 난다고 하는 신고가 들어왔고, 관리들이 달려가 조사해보니 가까운 뒷골목에서 남자가 죽어 있었다고 합니다. 남자는 이전부터 현장 근처를 어슬렁거리던 노숙자였고, 길에 드러누워 있어도 아무도 신경 쓰지 않았을 테지요. 설마 죽어 있으리라고는 아무도 생각하지 못해 발견이 늦어졌다고 합니다. 시신에 외상은 없었고, 복장이 흐트러지지도 않았으며, 근처에 훔친 술병이 굴러다니고 있던 점을 바탕으로 관리들은 단순한 사망이라고 판단했습니다.

그러나 하나 기묘했던 것은, 시신의 자세였습니다.

마치 기도를 올리듯이 손을 맞잡고 똑바로 누워 하늘을 올려다보며 노숙자는 죽어 있었던 것입니다.

대체 무엇에 기도한 것일까요?

이 노숙자가 단순히 길에 쓰러져 죽은 것이 아니라는 사실이 드러나게 된 것은 그로부터 며칠 후의 일이었습니다.

또다시 뒷골목에서 시신이 나왔던 것입니다.

발견된 것은 30대 남성. 최근 가게를 연 사람이었습니다. 아무런 문제없이 평탄한 생활을 하던 남성이 죽었던 것입니다.

노숙자와 마찬가지로 똑바로 누워 하늘을 올려다보며, 기도를 올리듯이 손을 맞잡고서.

세 명째는 아직 10대인 여자아이였습니다.

집에서도 학교에서도 문제를 일으킨 적 없을 만큼 성실한 여자아이가, 역시나 하늘에 기도를 올리며 뒷골목에서 발견되었다고 합니다.

그 후로도 시간이 지날수록, 날이 갈수록, 시신이 뒷골목에서 발견되게 되었다고 합니다.

어느 때는 노인. 어느 때는 젊은이. 어느 때는 남성. 또 어느 때는 여성.

달이 차고 기우는 것도 날씨도 관계없이, 피해자에 대략적인 관계성도 발견되지 않은 채, 주기도 제각각으로 연일이거나 보름 정도 아무 일도 일어나지 않거나 했지만, 그러나 반년 전부터 지금에 이르기까지, 몇 명이나 되는 인간이 뒷골목에 버려져 있었다고 합니다.

"우리나라의 풍습을 폄하하고 있다고밖에는 생각할 수 없습니다."

어둠 속에서 맑은 하늘에 기도를 올리는 여성의 시신을 내려다보며 관리님은 그렇게 내뱉었습니다.

사람이 사는 마을 에마데스트린에서 사람의 죽음은 죄로 여겨지고 있습니다. 살인이든 자살이든 인간의 목숨을 빼앗는 행위는 어떤 이유라 해도 가장 악한 행동으로 여겨지고 있습니다.

그러한 신조에 젖어 있는 이 나라이기에 연쇄살인 사건이 일어나는 일은 무엇보다도 용서하기 어려웠던 것일 테지요.

마법 총괄 협회에 응원 의뢰를 하기에 이른 경위도 대략 그런 것일 테지요.

그러나.

"……이 나라에도 마법 총괄 협회에 소속된 마법사님이 있을 텐데요? 그녀는 어떻게 된 건가요?"

나는 이 나라에서 의뢰가 온 직후부터 의문으로 여겼습니다.

이 나라는—— 사람이 사는 마을 에마데스트린은 그녀가 태어난 고향입니다.

모니카 씨.

언제나 늦게까지 남아서 공부를 하던 그녀가—— 언제나 성적

107

탑을 유지하던 그녀가 여기서 일하고 있을 터입니다.

대체로 나 같은 자보다도 우수한 그녀가 이 나라에는 있을 터입니다.

"…………."

관리님은 잠시 침묵했고, 그리고 천천히 고개를 끄덕였습니다.

"네── 분명 우리나라에도 협회 소속 마법사가 있습니다. 지금 마침 이쪽으로 오고 있는 중일 겁니다. 이제부터는 아마도 그녀와 협력해서 사건 조사를 해주시는 상황이 되리라고 봅니다."

"……그런가요."

그리고 고개를 끄덕이는 나에게 그는 이렇게도 말했습니다.

"하지만 마녀님, 그다지 그녀에게 기대하지 말아 주십시오. 그녀로서는 해결할 수 있을 것 같지 않았기 때문에, 이렇게 당신을 부른 거니까요."

●

거리를 걸으면 오늘도 사건이 일어난 모양이라며 사람들의 한탄이 들렸다.

벽돌을 깐 지면에 시선을 떨어뜨리고 걷는 나의 귀에는 또다시 범인을 놓친 나를 향한 혐오를 담은 목소리만이 울렸다.

"모니카다." "이런 데서 뭐 하고 있는 거야?" "마법사 주제에 사건 해결을 못 하다니." "쓸모없는 마법사야……." "전에는 훨씬 우수했는데 말이지……." "어차피 오늘도 아무런 단서도 못 잡았을 테지."

오늘 마법 총괄 협회에서 도움을 줄 마녀가 온다고 한다.

최근 들어 내가 너무나도 무능했기 때문인지, 사건이 멈출 줄 모르는 데다 범인에 대한 단서조차 잡지 못했기 때문인지, 1 내 조국은 남의 손을 빌리는 것을 선택한 모양이었다. 외부와의 외교를 달가워하지 않는 이 나라답지 않았다.

그렇게나, 이 나라에서 일어나고 있는 일련의 사건은 이 나라 사람들에게 있어 견디기 힘든 고통이었다는 뜻인지도 모른다.

"…………."

할 수만 있다면 이 나라가 그러한 수를 쓰기 전에 상황을 바꾸고 싶다고는 생각하고 있었지만, 역시 나는 너무나도 무능한 모양이다.

관청에서 근무하기 시작했던 무렵의 나라면 해결할 수 없는 사건은 없었다. 그러나 이 사건은 별개였다. 해결은커녕 단서조차 찾지 못했다. 그래서 무능하다고 비난당한다.

일부러 타국까지 가서 협회 소속 마법사가 되었건만, 이 사건에서 아무런 성과도 올리지 못한다고 한다면 가슴에 단 달 모양 브로치는 대체 무슨 의미가 있는 것이냐며, 지난 반년 동안 몇 번이나 비난당했다. 타인에게 혼나는 경험 같은 건 해보지 못했던 터라, 그때마다 나는 계속해서 대답했다.

"다음엔 선처하겠습니다."

그러나 나라는 이윽고 나에게 신뢰를 보내는 일을 포기했다.

그 결과가 응원 요청이었다.

나는 이제 분명 이 나라에서 필요 없어진 것이리라 생각했다.

"──내일, 마법 총괄 협회 본부에서 응원으로 마녀가 온다. 너는 그 보조를 맡아주도록."

어제 그렇게 전달받고, 겨우 나는 이해했다.

사건도 제대로 해결하지 못하는 내게 이제 다음 같은 건 없다는 사실을.

사람들의 가차 없는 비난을 못 들은 척하며, 나는 길모퉁이를 돌아 뒷골목으로 걸음을 내디뎠다.

만나기 싫었다.

무슨 생각을 하고 있는지 같은 건 만나면 바로 알 수 있기에, 아주아주 싫었다.

어차피 협회에서 올 마녀 따위, 이 나라 사람들과 마찬가지로 나를 비웃을 법한 사람일 것이 뻔하니까.

격식 차린 제복을── 로브를 입고 있는 주제에 아무것도 하지 못한 한심한 마법사의 모습을 드러낼 뿐이니까.

그래서 아주 싫었다.

"…………."

뒷골목의 어둠 속에서 마녀는 이쪽으로 시선을 보냈다.

그러나.

그곳에는 나에 대한 혐오감도 조소도 없었다.

기쁨과 슬픔이 있었다.

"……모니카 씨."

그녀가 내 이름을 불렀다.

©Azure

내가 잘 아는 얼굴이 그곳에는 있었다.

"……사야."

내 단 한 명뿐인 친구가, 그곳에 있었다.

○

나는 당시의 일을 어제 일처럼 떠올릴 수 있습니다.

"마법 총괄 협회는 기본적으로는 마법과 관련된 사건과 사고 해결을 위해 요청을 받지만, 그중에는 애초에 그것이 마법사에 의해 일어난 것인지 불분명한 채로 의뢰되는 일이 있다. 그것이 내 담당 과목이다. 잘 부탁한다."

내 스승님인 실라 선생님은, 내 스승님인 동시에 신인들의 강사이기도 했습니다.

담당하는 과목은 살인 사건.

주르륵 늘어선 자리에 앉은 신인 마법사들을 앞에 두고 그녀는 교탁에서 담담히 이야기했습니다.

"마법 총괄 협회에 들어오는 의뢰 중에서도 살인 사건은 가장 성가신 분야라고 할 수 있다. 의뢰받은 시점에서는 범인이 마법 사인지 어떤지조차 알 수 없기 때문이다."

흐음흐음, 과연. 나는 다 안다는 얼굴로 고개를 끄덕였습니다.

"그런데 살인 사건을 의뢰받았을 때 가장 먼저 해야만 하는 일은 뭐라고 생각하지? 사야."

"엑? 어째서 저인가요?"

"아니 방금 고개를 끄덕이길래."

"…………."

다 안다는 얼굴 같은 걸 하는 게 아니었습니다……. 갑자기 질문받은들 모르겠습니다만…… 처음 듣는 강의이기도 하고.

가만히 바라보는 실라 선생님의 시선에 허둥대는 나. 그래도 계속 바라보는 실라 선생님. 어서 대답하라고, 어이 대답하지 않으면 어떻게 될지 알고 있겠지? 하고 위협하듯 눈빛이 날카로워지는 선생님. 계속 허둥대는 나. 이윽고 울상이 되는 나. 만사 끝나버린 나.

이윽고 내 책상 위에서 펜이 덜그럭덜그럭 떨리기 시작했습니다. 처음에는 내 떨림이 책상에 전해진 것인가 생각했습니다만, 그러나 펜이 공중에 떠올라 글자를 새기기 시작했을 때, 그것이 마법이라는 것을 깨달았습니다.

펜은 자아냈습니다.

말하길.

"문화 체계를 조사할…… 것?"

글자를 그대로 소리 내 읽은 직후에 실라 선생님은 고개를 끄덕였습니다.

"그 말대로. 사건이 일어났을 때, 우선 먼저 그 지역의 문화 체계를 확인하는 것이 가장 중요하다. 예를 들면 마법사가 없는 나라에서 연쇄살인이 일어났을 경우엔 범인은 마찬가지로 마법사가 아닌 경우가 많다. 마법사가 없는 나라에 마법사가 있으면 눈에 띌 테니까. 반대도 마찬가지다. 살인 사건── 특히 연쇄살인에서는 기본적으로 방문자가 살인을 벌이는 경우는 드물다. 범인은 그 나라 내부의 인간이라 여기는 편이 좋을 테지——."

그렇게 말하며 선생님은 그대로 강의에 들어가 버렸습니다.

그러자 문자를 멋대로 자아냈던 펜은 탁하고 노트 위에 떨어졌습니다. 아무래도 나는 도움을 받은 모양입니다.

옆자리에 앉은 모니카 씨에게.

"…………."

그녀는 내게 보이지 않도록 살그머니 지팡이를 집어넣었습니다. 그러나 다 보였습니다. 나는 그녀에게 다가가 아무에게도 들리지 않도록 조용히 귓속말을 했습니다.

"……예습한 건가요?"

"대강."

그녀는 고개를 끄덕였습니다.

"도와줘서 고마워요."

"딱히."

그녀는 그대로 고개를 돌려버렸습니다.

대략 그런 식으로, 나와 그녀는 그 후로 평범하게 대화를 나누게 되었고, 함께 행동하게 되었습니다.

"모니카 씨! 점심, 같이 드실래요?"

"딱히."

"같이 먹어도 괜찮다는 뜻이죠? 그렇군요!"

점심밥은 그 후로 둘이서 먹게 되었습니다.

"모니카 씨! 쉬는 시간인데, 이야기할까요?"

"딱히."

"좋다는 뜻이죠? 그렇군요! 그런데 모니카 씨는 휴일엔 무얼 하시나요?"

"아무것도."

쉬는 시간도 그녀와 함께 보내게 되었습니다.

"모니카 씨는 어느 나라 출신이신가요?"

"사람이 사는 마을 에마데스트린."

"이 신인 연수 기간이 끝나면 고향으로 돌아가서 일을 하시는 건가요?"

"돌아갈 마음은 없어."

"그럼 어디 다른 나라에서 일하실 건가요?"

"생각 안 해봤어."

"…………."

"…………."

귓갓길도 우연히 함께 하는 일이 많아졌습니다.

…………

아니, 어쩌면 내가 일방적으로 귀찮게 하고 있을 뿐인지도 모릅니다만.

그러나 그녀도 특별히 누구와도 이야기하고 싶지 않아서 혼자 있던 것은 아니었던 것일 테지요. 누구와도 사이좋아질 마음이 없어서 창밖만 보고 있던 것은 아니었던 것일 테지요.

시간이 흐르면서 그녀의 태도는 서서히 부드러워져 갔으니까요.

"모니카 씨, 휴일엔 무얼 하시나요?"

"일어나서, 책을 읽고, 공부하고, 자. 요컨대 아무것도 안 해."

그녀는 그렇게 대답했습니다.

"그런가요……."

으으음, 저는 고민했습니다.

협회에서 강의를 듣기 시작한 지 약 한 달이 지났습니다. 강의와 마녀가 되기 위한 특훈의 날들이 평일 휴일 할 것 없이 계속되었습니다만, 그날의 다음 날은 오랜만에 찾아온 진정한 의미의 휴일이었습니다.

실라 선생님이 이웃 나라에서 응원 요청을 받고 말았던 것입니다. 선생님은 "진짜 귀찮네"라는 대사를 내뱉으며 휴일 특훈을 쉰다는 뜻을 내게 전해왔습니다. 그러니까, 휴일 특훈 예정이 백지가 되어버린고로, 내 빽빽한 스케줄에도 갑작스럽게 구멍이 뻥 뚫렸다는 뜻입니다.

그러니, 모처럼이니 하숙집과 협회 지부 이외의 곳에도 가볼까 생각했습니다만——상황을 보니 모니카 씨도 나와 마찬가지로 하숙집과 협회 지부를 왕복하기만 할 뿐일 테죠?

"……휴일은 언제나 아무것도 안 하지만, 그래도, 정말 한가할 때는, 거리로 나가서 어슬렁거리기도 해."

그러나 예상외로, 내 마음을 읽은 것처럼 그녀는 제안해주었습니다.

"……이 나라 관광을 하고 싶은 거라면, 같이 가줄 수 있는데."

기쁜 제안이었습니다.

언제나 무뚝뚝한 그녀가 그런 말을 해준 것도 포함해서.

"그럼 이 나라 안내를 좀 해주시겠어요?"

그래서 나는 그녀에게 어리광을 부렸습니다.

그 이후의 날에도, 나는 그녀에게 어리광을 부렸습니다.

그녀는 싫은 얼굴을 하면서도 내 부탁을 들어주었습니다.

무뚝뚝하지만, 그녀는 좋은 사람이었습니다.

뒷골목에 놓여 있던 시신을 이 나라의 의료 기관에 인도한 다음, 나와 모니카 씨는 관청으로 향했습니다.

이 나라에는 마법 총괄 협회의 지부가 없는지, 그 대신에 부서로서 마법에 관한 사건과 사고 대응을 관청에서 하고 있는 모양이었습니다.

아니, 부서라고 할까.

"마법에 관한 사건과 사고는 기본적으로 나 혼자서 대응하고 있어. 보는 대로."

안내된 방에는 응접용 소파와 자료가 어질러진 책상이 놓여 있었습니다. 이 나라에도 마법사는 나름대로 있는 모양이지만, 그들은 관청에서 근무하기 싫어하는 것일까요?

"마법사의 대부분은 의료 기관에서 일하고 있어. ……나 같은 일을 하는 건 드물어."

아무래도 모니카 씨는 이곳에서 먹고 자고 하는 모양인지, 소파에는 모포가 놓여 있었고, 갈아입은 옷이 주변에 흩어져 있었습니다. 관청 안의 공간인 것치고는 너무나도 생활감이 넘쳤습니다.

"……혼자서 일을 다 처리할 수 있나요?"

"적어도 지난 반년을 빼면 그랬어."

네에? 정말인가요?

방 상태를 보면 의심으로 눈을 찌푸리게 됩니다만…….

"좋을 대로 써도 된다고 해서……."

내 시선에 조금 부끄러운 듯 눈을 돌리는 모니카 씨.

"……괜찮은 건가요? 제대로 자고 있나요?"

"최근엔 그다지."

사건 탓에 수면 시간을 줄일 수밖에 없었을 테지요.

"사건이 얼른 해결되면 좋겠네요."

"정말이야."

그녀는 하품을 한 번 하고서 소파에 앉았습니다. "앉아"라고 하기에, 나도 그녀 맞은편 자리에 앉았습니다.

그리고 그녀는 내 얼굴을 새삼스레 빤히 바라보았습니다.

"그나저나, 너였구나. 이 나라에 파견된 마녀가."

놀랐어, 하고 말했습니다. 그런 것치고는 그다지 놀라지 않은 듯 보이는 것은 예전부터 부족했던 표정 탓일 테지요. 그녀는 신인이었던 무렵과 전혀 달라지지 않은 모양입니다.

"나도 놀랐습니다. 모니카 씨의 고향에서 응원 요청이 왔다고 들었으니까요——."

모니카 씨가 사건에 대처할 수 없을 법한 상황에 놓인 것인가 생각했었습니다. 그녀는 나 같은 것보다 훨씬 우수하고, 나무랄 데 하나 없는 마법사였으니까요.

마녀라고 하는 칭호를 내걸고서 여전히 꼬맹이인 나 같은 것보다, 훨씬.

"…………."

그녀는 다소 무거운 침묵을 유지하고서 "……나로서는 해결할 수 없었던 사건이야"라며 시선을 돌렸습니다.

"상세한 건 자료로 이미 읽었어요. 상당히 성가신 연쇄살인인 것 같더군요."

"그렇지 않다면 응원 같은 건 부르지 않았을 거야."

나도 그녀도 신인이었던 무렵의 강습으로 대략적인 살인 사건에 관한 지식과 나름대로의 해결책을 배우기는 했습니다만, 그래도 이 사건은 어려웠습니다.

뻔뻔하게 솔직히 말씀드리자면, 내가 이 나라에 오는 것을 내켜 하지 않았던 것은 모니카 씨의 고향이기 때문, 이라는 이유도 있었지만, 난해한 사건의 예감밖에 들지 않았기 때문이라는 이유도 있었습니다.

"이제 어떻게 할래?"

그녀는 고개를 갸웃거렸습니다.

"아무것도 모르는 상황이지만, 하지만 해야 할 일은 정해져 있죠."

"……뭔데?"

강의 시간에 배운 내용을 떠올려보죠. 살인 사건을 마주했을 때, 마법 총괄 협회의 사람으로서 우선 가장 먼저 해야만 하는 일이 있습니다.

그것은 바로, 나라의 문화 체계를 조사하는 것.

즉.

"이 나라를 좀 안내해주시겠어요?"

●

지금 나는 마을 사람들에게 미움을 받는 자 그 자체이니, 가능하다면 사야와 함께 길을 걷고 싶지는 않았지만, 그녀가 그것을 바란다면 할 수 없다고 생각했다.

나는 그녀를 데리고서 마을 곳곳으로 걸음을 옮겼다.

우선 첫 사건이 일어났던 곳, 민가 사이에 있는 평범한 뒷골목. 그다음에 찾아간 곳이 레스토랑 근처의 뒷골목. 그 후에 빵 가게 근처의 뒷골목. 다음은 민가의 뒷골목. 또 뒷골목. 그리고 뒷골목에 가고, 뒷골목에도 갔다.

"뒷골목뿐이잖아요!"

열 곳 정도 돌았을 때 사야가 뒷골목에서 "정말!" 하고 목소리를 높였다.

나는 고개를 저었다.

"사건 현장이 전부 이런 곳인걸."

그리고 그렇게 대꾸했다.

"현장 이외에 어딘가 갈 만한 곳은 없는 건가요?"

신인 시절에 배웠던 것을 따른다면, 문화 체계를 조사하기 위해 거리를 돌아볼 필요가 있다. 그녀가 그것을 위해 마을을 안내해달라고 말했던 것도 잘 이해하고 있다. 하지만.

"뒷골목을 중심으로 돌았지만, 마을 분위기는 잘 알았을 텐데."

나는 말했다.

"이 나라는 특별히 치안이 나쁜 것도 아냐. 마법사도 제법 있고, 그렇지 않은 사람도 아주 많지."

"…………."

그녀는 내 말에 귀를 기울이며 어둠 속에서 보이는 큰길을 오가는 사람들을 바라보았다.

"하지만 빈부의 차이는 상당히 심한 모양이네요."

밝은 곳을 걷는 것은 이 도시의 주민들. 사야는 잠시 거리를 걷고 눈치챘는지도 모르지만, 그야말로 그 말대로였다.

하지만 빈부의 차가 심하다기보다는, 어느 쪽인가 하면.

"마법사가 부자가 되기 쉽다, 라고 말하는 편이 옳을지도 모르겠네."

행인들 사이에 섞인 마법사들은 모두가 휘황찬란한 차림으로 몸을 감싸고 있는 듯 보였다. 삼각 모자는 금으로 장식한 것을 썼고, 목에는 보석 목걸이를 한 자도 있었다. 한눈에 봐도 돈이 남아도는 듯했다.

그러나 그것도 당연했다. 애초에 이 나라는 마법사가 득을 보기 쉽도록 되어 있었다.

마법사 쪽이 할 수 있는 것이 많으니까.

마법사밖에 할 수 없는 일이 있으니, 할 수 없다.

"……그래서, 현장 이외에 돌아볼 곳, 어디 없나요?"

사야는 여전히 큰길 쪽을 보고 있었다.

나는 고개를 끄덕였다.

"딱 한 곳."

이 나라에 사는 마법사의 대부분이 일하는 곳. 의료 기관.

약 개발과 부상, 병의 치료—— 그리고 시신 해부를 도맡아 하는 의료 기관이 이 나라의 중심에 있다.

마법사들의 대부분이 그곳에서 일하고 있으며, 에마데스트린에 사는 사람들에게 도움이 되고 있다. 이제 이 나라에 없어서는 안 될 존재이며, 아마도 나 따위보다도 훨씬 민중에게 신뢰를 받고 있을 것이 틀림없었다.

동시에, 사건이 일어날 때마다 시신과 함께 내가 찾아가는 것을 그들이 지긋지긋하게 여긴다는 것도 틀림없었다.

그래서 가능하다면 사야와 함께 가는 것만큼은 하고 싶지 않았는데.

"안내해주세요."

그러나 그녀는, 나를 돌아보며 웃었다.

"얼른 일을 끝내고, 둘이서 맛있는 밥이라도 먹으러 갈까요?"

그저, 나는 그 미소에 가슴이 옥죄어들었다.

사람이 사는 마을 에마데스트린에서 가장 크고 오래된 건물을 갖추고 있는 곳이 바로 이 나라의 의료 기관이었다. 길 안내를 할 것도 없이 나는 "저기가 의료 기관"이라고만 말하고, 그대로 그녀를 데리고서 걸었다. 대화도 없이, 도착하기까지 그다지 시간은 걸리지 않았다.

안에 들어가자, 내 모습을 발견한 한 의사가 곧장 달려와 "시신

해부는 끝났습니다"라고 차가운 목소리를 던졌다.

해부 담당의 프라우제였다.

그녀에게 안내를 받아 우리는 안치실로 향했다. 프라우제는 "뭐, 본들 뭘 알겠나 싶지만" 하고 사야에게는 들리지 않을 목소리로 독설을 내뱉고서, 뒷골목에서 쓰러져 있던 여성의 시신을 우리에게 보여주었다.

"보시는 바와 같이 외상은 없습니다. 독물도 검출되지 않았습니다. 아마도 죽인 후에 치료 마법이라도 걸었을 테죠. 이 시신에는 아무런 단서도 남아 있지 않았습니다."

"…………."

여기에 도착했을 때부터 줄곧 내게서 세 걸음 정도 뒤쪽에 있던 사야는 미간을 좁히고 시신에서 시선을 돌리고 있었다.

"즉, 예의 살인마 수법 그대로라는 겁니까?"

그 목소리는 왠지 모르게 괴로워하는 듯도 들렸다. 시신을 보는 일에는 익숙하지 않은지, 숨 쉬는 법을 잊은 듯 호흡이 조금 흐트러졌다.

프라우제는 고개를 끄덕였다.

"그 말대로입니다. 아마도 잠든 사이에 살해당하고, 몸의 상태만 원래대로 되돌려졌을 테죠. ……괴로워하는 일 없이 목숨을 잃었을 것이라는 점이 불행 중 다행이 아닐까 생각합니다."

살인마에게 당한 자는 마치 처음부터 생명을 갖고 있지 않았던 인형처럼 깔끔한 상태로 뒷골목에 방치된다. 한 번 목숨을 잃은 몸을 아무리 치료한들, 상처는 원래대로 돌아간다고 해도 목숨까지는 돌아오지 않음에도 불구하고.

"어째서 시신을 뒷골목에 두는 걸까요? 사람을 죽이는 것이 목적이라면 깨끗한 상태로 되돌려놓고서 밖에 방치하다니, 쓸데없는 고생을 할 뿐이라고 생각되는데요."

사야의 말에 프라우제는 고개를 저었다.

"저는 시신을 조사하는 것이 일이라, 거기까지는."

"…………."

"한시라도 빨리 사건 해결을 할 수 있도록, 저도 가능한 한 협력은 할 생각입니다. 하지만, 이 시신에서 읽어낼 수 있는 것은 가해자가 예의 살인마라는 것 이외에는 없습니다. 도움이 되지 못해 죄송합니다만……."

말하면서 프라우제는 시신을 천으로 덮었다.

그리고 그녀는 정중하게 인사를 한 번 하더니.

"아무쪼록 당신들이 한시라도 빨리 사건을 해결할 수 있도록, 저희도 전력을 다하겠습니다."

그저 담담히 겉치레뿐인 말을 했다.

이미 예상하고 있었지만, 오늘 발견된 시신에서 새로운 단서가 발견된다고 하는 형편 좋은 이야기는 있을 리 없었고, 우리의 조사는 일찌감치 암초에 걸렸다.

"역시 단서가 없는 건가요……. 시신을 보면 뭔가 알 수 있을지도 모른다고 생각했는데요……."

내 앞을 걷는 사야는 빠른 걸음으로 그곳을 벗어나려 했다.

단서가 없다고 한다면, 이제 이곳에 용건은 없다.

"관청으로 돌아갈까? 이제 여기에는 아무것도 없어."

"……그러네요."

이곳은 어색했다. 내가 이곳에 오고 싶어 하지 않았던 것은 단서가 없다는 사실을 알고 있었기 때문이기도 했지만, 그저 그뿐인 이유로 주저하거나 한 것은 아니었다.

내가 이곳을 싫어하는 이유는, 그저.

이곳에는 절망이 만연해 있기 때문이다.

"……여기, 병원이죠?"

사야는 복도를 걸으며 병실 하나하나에 시선을 주었다.

안에는 쇠약해진 환자가 침대에 누워 있는 모습이 있을 뿐이었다.

"리코리스병."

"……그게 뭔가요?"

"이 나라에서 전부터 유행하고 있는 병이야."

나는 뒤에서 이야기했다.

"어느 틈엔가 감염되고, 증세가 나타나면 처음에는 고열에 시달려. 열이 내리면 이번에는 몸이 움직이지 않게 되고, 그 후 서서히 몸이 말을 듣지 않게 되고, 의식도 잃고, 마지막으로는 식물인간 상태가 돼."

"…………."

"발열 전에 조기 발견한다고 해도, 그래도 발병을 늦추거나 하는 건 불가능해."

병이 몸을 좀먹고 있다는 사실이 판명된 시점에서 환자는 선택에 내몰리게 된다. 이 나라에서 내가 어딘가 다른 곳에서 죽을지,

혹은 막대한 치료비를 짊어지고 죽을지. 그러나 나라에서 나가기 위해서는 막대한 출국 비용이 필요하다. 결국 돈이 없는 평범한 사람들은 나라에 남는 것 외에는 선택지가 없었다.

그러나 이 나라에서 살인은 중죄로 여겨진다.

그것은 안락사도 마찬가지로, 병에 걸려 이미 의식이 있는지 어떤지도 불분명하다 해도, 투약을 멈추는 것은 의도적으로 사람을 죽이는 것과 같은 일이 된다.

의료 기관에서 일하는 마법사들은 그런 탓에 투약을 멈추지 못한다.

그래서 이곳에는, 절망이 만연해 있다.

"……즉, 병에 걸린 시점에서, 괴로운 말로를 걷는 게 확정되어 있다는 뜻인가요?"

"맞아."

나는 고개를 끄덕였다.

"죽을 때까지 계속되는 고통을, 그저 침대 위에서 견디는 것밖에 못 해."

그것은 아주 슬픈 일이었지만, 슬픔을 멈추는 일도 못 하고, 그저 이 도시의 의료 기관에서는 지금도, 의식이 있는지도 알 수 없는 사람들을 연명시키기 위해 약을 계속 투여하고 있다.

나는 이곳이 불편했다.

여기에는 이 나라의 모순이 온통 가득했기 때문이다.

"어머. 모니카가 왔었네." "어차피 또 사건 조사일 테지." "눈에 거슬린다니까." "아무것도 못 하는 주제에."

게다가 이곳에서는 내 무능을 비난하는 목소리가 거리낌 없이 울려오니까.

"아버지 같은 인간은 못 되네."

누군가의 목소리가 들려왔다.

걸음을 멈추고 뒤돌아보니, 그곳에는 나를 보고 있던 마법사 같은 건 한 사람도 없었고, 모두가 미리 짜기라도 한 것처럼 내게 등을 돌리고서 걸음을 옮기고 있었다.

"……모니카 씨, 왜 그러시나요?"

"……아니, 아무것도 아냐."

나는 고개를 젓고, 사야의 뒤를 쫓았다.

적어도 목소리 하나하나가 사야의 귀에 들어가지 않았던 것은 불행 중 다행이라고 생각했다.

한바탕 나라 안내를 마친 후에도 사야는 행동을 함께했다.

"자, 모니카 씨! 낮에는 청취 조사를 나가죠!"

"……단서 같은 건 없을 거라고 생각하는데."

"자자, 그런 말씀 마시고!"

그녀는 억지로 나를 밖으로 끌고 나갔고, 여러 사람에게 청취 조사를 시작했다. 낮부터 밤에 걸쳐, 아무튼 온 도시를 걸어 다녔다.

주민 중에 목격자가 있는지 없는지는 내가 한참 전에 이미 조사했기 때문에, 이런 일을 아무리 계속한들 아무런 성과도 올리지 못하리라는 것은 처음부터 알고 있었을 텐데도.

그러나 그녀는 그다음 날도, 또 그다음 날도 나를 데리고서 거리를 걸었다.

매일같이 그녀는 나와 함께 여러 곳을 방문하고는, 음식을 사먹고, 무대를 구경하고, 그런 식으로 노는 것으로만 보일 일을 하며, 가끔 생각난 것처럼 사건의 청취 조사를 했다.

"그럼, 모니카 씨. 다음은 어디로 갈까요?"

혼잡한 속에서 그런 식으로 웃는 사야의 양손에는 주변 노점에서 산 빵이 들려 있었다.

"……혹시 지금 장난치는 거야?"

애초에 우리가 지금 방문한 곳은 사건과는 아무런 관계없는 큰길. 청취 조사를 하기에는 너무나도 부적절해서, 헛수고로 끝날 것이 눈에 보였다.

아무런 의미가 없다.

"일단, 일도 하고 있어요."

의심스러워하며 눈썹을 찌푸리는 내게 그녀는 말했다.

"사건과 관계없는 곳에서 마을 사람들의 반응을 보고 있거든요."

"……무엇을 위해서?"

나는 고개를 갸웃거렸고, 사야는 담담히 답했다.

"사람은 제멋대로인 생물이니까, 자신과는 관계없는 곳에서 남들이 얼마나 괴로워하든, 그다지 신경 쓰지 않거든요."

그리고 빵을 하나 내게 떠넘기며 그녀는 말을 이었다.

"이 주변이라면 모니카 씨를 나쁘게 여기는 사람은 그리 많지 않아요."

무엇보다 사람이 너무 많아서, 누가 모니카 씨를 혐오하고 있는지 같은 건 알 수 없잖아요? 그렇게 사야는 당연하다는 듯이 말했다.

들키지 않도록 숨기고 있었을 터인 일을, 매우 당연하다는 듯이 알아맞혀 버렸다.

"…………."

그래서 나는 놀랐다.

"눈치챘었어?"

마치 마음을 읽힌 것처럼 느껴졌으니까.

"괴로운 얼굴을 하고 있었으니까 바로 알았죠."

"……나는 평소와 같은 얼굴을 하고 있었을 텐데?"

"나한테는 전혀 그렇게 보이지 않았는데요."

"그래?"

"그래요. 사람은 힘들 때일수록 시야가 좁아지고 이런저런 생각을 할 여유가 없어지죠."

덥석 빵을 베어 물고, 삼킨 다음 그녀는 말했다.

"모니카 씨가 평소와 같다고 생각했을 뿐, 하지만 옆에서 보면 전혀 그렇지 않아요."

"…………."

"괴로워지면 머릿속에 있는 걸 전부 내던지고, 아무런 관계도 없는 곳에서 아무것도 생각하지 않고 멍하니 있는 게 제일이에요. 그러니까 사건과는 관계없는 곳에서, 잠시 이렇게 멍하니 있지 않을래요?"

나는 내가 생각했던 것보다 훨씬, 피로가 쌓였던 모양이었다.

그녀가 억지로 떠넘긴 빵은 믿을 수 없을 만큼 맛있었다. 목을 지나가 텅 비어 있던 속으로 들어갔을 때, 며칠 전부터 제대로 식사도 하지 않았다는 사실을 떠올렸다.

"맛있죠? 무엇보다 내가 산 빵이니까요!"

의미를 잘 알 수 없는 이유를 늘어놓으며 의기양양해하는 사야가 내 옆에 있었다.

나는 웃었다.

"네 그런 점, 좋아해."

"부끄럽네요."

이런 식으로, 평화로운 시간이 언제까지고 계속되면 좋으련만.

그러나.

"……사건을 한시라도 빨리 해결해야 한다는 사명이 있다는 건 잊지 말아줘. 사야."

"그 점에 관해서는 문제없어요."

흥, 하고 잘난 척하며 의기양양해하는 사야.

"조사가 난항을 겪을 때는 역시 사건과 아무런 관계도 없는 곳에 와봐야 하는 법이에요."

그리고 그녀는 길가를 가리켰다.

행인이 많은 곳에는 다양한 것과 사람이 모인다.

장을 보는 손님. 맛있는 음식 냄새. 짐을 싣고 나르는 마차. 일하러 가는 어른. 길을 걸으며 음식을 먹는 마법사. 사람은 목적을 갖고서 오간다.

그리고 있을 곳도 이름도 버린 노숙자도 큰길에는 모습을 드러낸다. 사야가 가리킨 곳에는 길을 가는 사람들에게 구걸을 하려는지 나무 상자를 앞에 두고 앉은 노숙자의 모습이 있었다.

"분명 첫 피해자는 노숙자였죠?"

그녀는 길가에 주저앉은 노숙자를 바라보며 약간 흥분한 듯 보였다.

"게다가, 보세요. 그가 하고 있는 동작은 피해자들이 하고 있던 기도와 비슷하지 않은가요?"

즉, 돈을 구걸할 뿐인 노숙자에게서 사건과의 관련성을 찾아낸 모양이었다.

나는 한숨을 내쉬었다.

"……저건 기도가 아니야."

"네? 그럼 뭔가요?"

나는 대답했다.

"구원을 바라는 거야."

다른 이에게 구원을 바라는 것도, 누군가에게 기대를 하는 것도, 나는 지금까지 해본 적이 없었다.

무의미하다고 느꼈으니까.

내가 철이 들기 전에 어머니는 집을 나갔고, 의사를 하던 아버지는 매일 늦게까지 일을 하느라 나는 언제나 집에 혼자 방치되어 있었다. 아버지는 돌아와서도 술을 마실 뿐. 어릴 때 아버지와 논 기억은 내 안에 없었다.

요리도 가사도 언제나 나 혼자서 해왔다. 아직 열 살도 안 되는 어린아이가 장을 보는 모습을 바라보며 주변 어른들은 "불쌍하다"라며 자주 미간을 모았다. 그러나 아버지가 진심으로 나를 사랑해주었다는 것은 잘 알고 있었다. 그저 멀리서 지켜보며 불쌍해할 뿐인 다른 사람들보다도, 훨씬.

내가 어릴 때부터 아버지는 이 나라를 나가기를 바랐다.

"너는 마법 재능이 있으니까." "네 힘은 이런 좁은 곳에서 발휘하기엔 아까워."

그런 말을 자주 들었다. 아버지는 내가 이 나라를 떠나기를 바랐고, 나도 그 마음에 답하고 싶다고 어느샌가 생각하게 되었다.

그래서 누구보다도 노력했다. 이 나라의 마법사 집안에서 태어난 아이는 모두 의사를 목표로 했지만, 나만은 마법 총괄 협회에 소속되기 위해 공부를 시작했다. 주변에서는 신기한 걸 보는 듯한 시선을 보냈다. 이상한 사람이라고 여겨지는 일도 있었고, 아버지의 꼭두각시라며 업신여김당한 일도 있었다.

그래도 나는 아버지의 기대에 답하려는 듯이 공부를 계속했다.

그럭저럭 공부를 했기 때문인지, 아니면 나의 고향에서 마법 총괄 협회에 소속되기 위해 나라를 나가는 아이 같은 건 나 한 사람밖에 없었기 때문인지, 간단히 합격한 나는 협회 소속을 위해 나라를 나가게 되었다.

아버지는 믿을 수 없을 만큼 큰 금액의 출국 비용을 나를 위해 지불했고, 나를 나라에서 내보냈다.

일이 바쁜지 배웅은 와주지 않았다.

마지막으로 아버지와 나눈 말은, 이 나라를 떠나는 날에 갑자기 전해진 말뿐.

"두 번 다시 돌아오지 마라."

배웅에 걸맞은 말은, 단 한마디도 없었다.

아버지가 그때 보내온 시선에는 얼굴도 모르는 내 어머니를 향한 감정이 담겨 있었다.

사실은 아버지처럼 사람의 목숨을 구하는 삶을 살고 싶다고 생각했지만, 나는 끝까지 그 말을 하지 않았다.

나는 어릴 때부터 다 알고 있었다.

아버지와 같은 삶을 사는 것을, 아버지가 원치 않는다는 것도 누구보다 잘 알고 있었다.

그래도 결국, 나는 돌아오고 말았지만.

마법 총괄 협회에 소속이 정해지고 처음 수개월은 신인들과 한데 모여 강의를 들어야 했다.

쓸데없는 일이라고 생각했다.

같은 방에 모인 마법사들은 모두 긴장감이 없는 아이들뿐이었고, 강의가 끝나면 무얼 먹으러 가자느니, 어디로 놀러 가자느니, 관광 기분으로 그곳에 머물러 있는 그런 아이들뿐. 앞으로의 일을 생각하기보다도, 오히려 어떻게 하면 강의실을 자신에게 있어 편안한 곳으로 만들까 생각하는 아이들뿐이었다. 성실하게 공부하려 하는 아이 같은 건 내가 보기엔 한 사람밖에 없었다.

"나는 반드시 마녀가 될 거야 나는 반드시 마녀가 될 거야 마녀가 될 거야 마녀가 될 거야 마녀가 될 거야 마녀가 될 거야 마녀가 될 거야 마녀가 될 거야……."

옆자리에서 중얼중얼 주문을 외우고 있는 이상한 아이 한 사람밖에 없었다.

"…………."

처음 자기소개 시간에 긴장으로 얼굴을 굳히면서, 그녀는 본인을 사야라고 소개했다. 이상한 분위기를 가진 아이였다. 그녀는 여행을 하면서 협회에 소속되고 싶다고 했다.

적어도 이곳에 모인 신인들은 강의가 끝나면 바로 고향으로 돌아가 각지의 지부에서 일하게 되기 때문에, 그녀처럼 고향에 머물기를 선택하지 않는 인간은 한층 두드러져 보였다. 물론 그것은 나도 마찬가지였지만. 그 탓인지 그녀는 주변에 그다지 녹아들지 못한 것처럼도 보였다. 매일 당장에라도 죽을 것 같은 얼굴로 나타나, 쉬는 시간에도 누구와도 이야기하지 않고 공부만 할 뿐. 하루의 강의가 끝나도 곧장 어딘가로 달려가 버렸다. 그녀에게 함께 놀자고 권하려 했던 아이도 몇 명인가 있었지만, 결국 말을 거는 것조차 불가능했던 모양이었다. 점점 그녀는 주변에서 이상한 사람 취급을 받게 되었지만, 그녀는 그것조차 신경 쓰지 않았다.

나라에 있던 무렵의 나도 주변 마법사들에게 그러한 시선을 받았기 때문인지, 이상하게도 그녀에게는 친근감이 들었다.

언젠가 이야기해보고 싶다고 생각했지만, 흥미를 느끼고 있었지만, 애초에 누구와도 이야기해본 적 없는 나한테 그런 기회는 분명 찾아오지 않을 거라고 생각했다.

그래서 공부를 마치고 돌아가는 길에 우연히 그녀와 처음으로 이야기했을 때의 일을, 나는 지금도 잘 기억하고 있었다.

그날부터, 혹은 그다음 날부터, 그녀는 나에게 이런저런 말을 걸어오게 되었다. 강의 도중에 오시랖을 부렸기 때문인지도 모른다.

쉬는 시간에도, 강의가 끝난 다음에도, 그녀는 질리지도 않고 내게 말을 걸어주었다.

그때마다 나는 적당히 그저 차가운 말을 돌려주었다. 본심과는 반대로.

내게 다가오는 아이라고 해봐야 공부를 잘하는 나를 이용하려 하는 교활한 생각을 감추려고도 하지 않는 아이들뿐이었기 때문에, 경계심이 풀릴 때까지는 상당한 시간이 필요했다. 그래도 그녀는 내게 말을 걸어주었다.

나는 기뻤다.

이윽고 나와 그녀는 친구 사이가 되었다.

"──그래서 말이죠, 나를 그때 도와준 게 일레이나 씨라는 마녀님인데요, 그 사람이 정말 어찌나 좋은 사람인지──."

그녀는 자주 자신을 구해준 마녀님의 이야기를 했다.

정말로 자주 했다.

"……그 이야기 벌써 열 번째."

거의 질릴 정도로 했다.

"그럼 앞으로 백 번 정도 할게요!"

"…………."

그녀가 말하길 일레이나라는 사람은 그녀가 마녀를 진심으로 목표로 삼게 된 계기가 된 마녀라고 한다.

끝없이 같은 이야기를 반복하는 그녀에게 몹시 지루하다는 얼굴을 하면서도 나는 그녀에게 영향을 준 마녀를 진심으로 부럽게 생각했다.

나도 누군가에게 영향을 줄 수 있는 삶을 살 수 있다면, 그런 생각을 했다.

그녀와 당시 나누었던 말들은 아주 시시해서, 일부러 떠올릴 필요도 없을 정도로 별것 아니었다고 단언할 수 있을 만큼은 평범한 시간이었다.

그러나 나는 그녀와 지냈던 그 시간이 좋았다. 언제나 무뚝뚝한 표정밖에 못 지었지만, 나는 그녀가 자기 자신의 이야기를 해주는 시간이, 나와 함께 있어주는 시간이 좋았다.

강의가 끝난 다음에는 함께 돌아가게 되었다.

"오늘도 엄청나게 시달렸어요⋯⋯."

스승인 실라 선생님은 상당히 엄격한지, 그녀는 언제나 피폐해졌다. 그렇게까지 해서 마녀가 되고 싶은 것인지, 일레이나 씨라는 사람을 따라잡고 싶은 것인지, 나로서는 그 이유까지는 알 수 없었지만, 지칠 대로 지치는 것도 개의치 않고 훈련에 애쓰는 그녀는 적당히 흘려보내며 강의를 듣고 있는 다른 아이들보다도 훨씬 생생하게 보였다.

"⋯⋯밥, 괜찮으면, 먹으러 갈래?"

"갈래요!"

속마음이 얼굴에 나타나기 쉬운 아이인지, 그녀가 생각하는 것

은 얼굴을 보면 바로 알 수 있었다. 뒤가 없는 아이인지, 배가 고
프면 그런 얼굴을 하고, 기쁘면 얼굴을 활짝 밝히고, 슬프면 그
반대.

그녀가 이야기하는 말은 언제나 본심이었고, 그래서 누구보다
도 신뢰할 수 있었다. 그래서 함께 있을 수 있었다.

"너는 솔직한 사람이네."

"배가 고픈데 거짓말을 할 이유 같은 건 없잖아요?"

그녀는 태연하게 대답했다. 그리고.

"실은 저도 옛날엔 거짓말을 했던 적이 있었는데 전부 간파당
했거든요——."

"일레이나 씨였지? 알아."

"말했던가요?"

"열 번 정도."

"그럼 앞으로 백 번 정도 더 할게요!"

"그만둬, 귀가 썩어."

언제나, 몇 번이고, 그녀는 자신의 이야기를 잔뜩 들려주었다.

어느 날 쉬는 시간 중에 평소처럼 별 볼 일 없는 이야기를 꽃피
우고 있을 때, 나는 그녀에게 딱 한 번 물은 적이 있었다.

"……어째서 너는 네 얘기를 나한테 하는 거야?"

그때 그녀는 이상하다는 표정을 지으며, 역시 평소처럼 거짓
없는 말을 돌려주었다.

"? 친구가 자신에 대해 알아주길 바라는 건 당연한 거 아닌가요?"

"…………."

그런 건가 생각했다.

친구 같은 건 있었던 적이 없었고, 누군가가 나에 대해 알아주길 바란다고 생각했던 적도 없었고, 깊게 알고 싶다고 생각했던 사람도 없었으니까.

나한테는.

그 누구도 신뢰할 수 없었으니까.

"……친구에 관해 받아들이는 것도, 당연해?"

스스로도 무슨 말을 하고 있는 건가 싶었다. 이런 말을 갑자기 뱉어낸들 당황스러울 뿐이니까. 눈앞의 사야도 이상하다는 듯이 고개를 갸웃거리고 있을 뿐. "무슨 말을 하는 거지?"라고 생각하고 있다는 것쯤 얼굴을 보면 바로 알 수 있었다.

그러나 그녀는 그 직후에 아무렇지 않게 대답했다.

"잘 모르겠지만, 당연한 거 아닐까요?"

그것도 역시 그녀의 진심이었고, 거짓 없는 말이었다.

"…………."

일종의 망설임이 생겨난 것은, 이때였다.

어쩌면, 그녀라면, 나를 이해해주지 않을까 싶었다. 눈앞의 그녀라면, 진짜 나를 알아도 곁에 있어 줄지도 모른다고, 생각했다.

그래서.

"저기 있지, 나——."

나는, 그녀에게, 말하려 했다.

사실을.

나에 관한 것을.

하지만.

"휴식은 끝이다. 강의 시작할 테니 자리에 앉아."

타이밍이 나빴다. 내가 입을 연 직후에 실라 선생님이 강의실 문을 몹시 나른하다는 듯이 열었다.

"앗! 미안해요! 나중에 봐요."

스승님에게는 꼼짝할 수 없는지, 그녀는 재빠르게 자신의 자리로 돌아가고 말았다.

결국, 내 비밀은 그때 그녀에게 밝히지 못했다.

아직 누구에게도, 부모에게조차 이야기한 적 없는 비밀을 가슴속에 감춘 채, 강의는 시작되었다.

○

"연쇄살인 사건의 범인상은 크게 둘로 나눌 수 있다."

내 스승님인 실라 선생님의 강의에서 연쇄살인범은 수렵형, 충동형으로 분류되어 있었습니다.

"하나는 살인을 즐기는 자. 일정한 지능이 있고, 그것이 사회 윤리에 반한다는 사실을 알면서도 살인을 범하는 타입의 인간이다. 기본적으로 이 부류의 살인마는 머리가 좋고, 커뮤니케이션 능력도 탁월하다. 대체로 양친은 건재하고, 상류계급에 태어나는 경우가 많다. 이러한 특징을 갖춘 살인마는 종종 살인을 취미의 하나로 인식하는 경우가 많다. 즉, 사냥꾼이다."

하지만, 하고 선생님은 말을 이었습니다.

"또 하나의 타입은 그 정반대다. 애초에 살인을 즐기지 않고, 그것이 나쁘다는 것도 이해하지 못한다. 기본적으로 이 타입은 지능이 낮고, 커뮤니케이션 능력도 부족하다. 부모는 편부모인 경우가 많고, 빈곤층에서 태어난 경우에 많다. 이러한 특징을 갖고 있는 살인마는, 환각과 환청으로 괴로워하는 일이 많으며, 그러한 괴로움 끝에 살인을 저지르는 일이 많다. 즉, 이 충동형에게는 사물을 해체하기 위한 수단의 하나로서 살인이 있다, 라는 것이다── 하지만 이러한 분별에 포함되지 않는 연쇄살인범도 그 중에는 있다. 알겠나? 모니카."

갑작스레 지명을 받은 모니카 씨는, 그러나 크게 동요하는 일 없이 지극히 태연한 표정으로 대답했습니다.

"두 개의 특징을 다 갖고 있는 인간입니다."

직후에 실라 선생님은 고개를 끄덕였습니다. 정답인 모양입니다.

"그 말대로다. 그리고 이 타입의 연쇄살인범을 잡는 것이 가장 어렵다고 할 수 있지. 수렵형 살인범의 경우는 사냥감을 취향에 따라 고르는 경향이 있다. 흉기도 미리 준비하는 경우가 많아서 피해자, 사용된 도구를 바탕으로 찾아내면 용의자는 추려내기 쉽다. 충동형은 취향에 따라 고르지 않고 그때그때 충동적으로 사람을 죽이는데, 주변에서 발견한 도구를 흉기로 쓰고 현장을 어지럽히는 데다, 증거를 여기저기에 남기는 경향이 있어서 현장을 조사하면 용의자는 추려낼 수 있다. 그러나 이 두 타입의 특성을 가진 인간은 별개다."

요는 현장에 아무런 증거도 남기지 않고, 그러면서 피해자의 경향도 파악할 수 없다, 라는 것일까요?

"솔직하게 말해서 분류 외에 있는 살인범은 무엇을 생각하고 있는지 전혀 예상할 수가 없다. 그래서 수사는 난항을 겪게 되지."

과거에 그러한 살인마와 대치한 적이라도 있는 것일까요? 실라 선생님은 교탁 앞에서 어깨를 으쓱이며 한숨을 내쉬었습니다.

"시간이 흘러도 잡지 못하는 탓에, 어쩌면 도시의 주민들에게 무능하다며 비난받는 상황이 될지도 모른다."

이 부류의 살인범과 마주쳤을 때는, 각오하는 편이 좋다──라고 당시의 선생님은, 위협하듯이 우리에게 그렇게 말했습니다.

그리고 실제로 그 말대로였습니다.

입국 후로 며칠에 걸쳐 이 나라를 조사하며 안 사실은, 범인의 단서 따위는 아무것도 없다는 것. 어디선가 나타나서는 사람을 죽이고 아무런 증거도 남기지 않고 사라지는 살인마의 특징은커녕 성별도 나이도 전혀 알지 못한 채, 시간만이 흘러갔습니다.

살인 사건이 일어나지 않도록, 나와 모니카 씨는 둘이서 순찰을 하기 시작했습니다. 일단, 이 나라의 병사들도 순찰을 하고 있지만, 마법사 상대는 마법사밖에 할 수 없다고 여겼으므로 나는 모니카 씨를 데리고서 매일 밤늦게까지 밖을 돌아다녔습니다.

이 나라에 온 지, 그렇게 일주일이라는 시간이 흘러갔습니다.

변함없이 수사에 진전은 없음.

그리고 아무도 죽지 않은 채, 오늘도 하루가 끝나려 하고 있습니다.

이대로 시간만이 흘러가 준다면, 얼마나 기쁠까요. 이대로 살인이 일어나지 않게 되어준다면, 얼마나 행복할까요.

"수렵형이자 충동형이기도 한 연쇄살인범이란, 즉 높은 지능을 갖고 있으면서, 사람을 죽인다고 하는 수단을 강요당한 사람이라는 것인가요?"

"두 타입의 특성을 겸비했다고 한다면, 그런 거 아닐까?"

"어째서 사람을 죽이지 않으면 안 되었던 걸까요?"

"글쎄."

모니카 씨는 차가운 목소리를 냈습니다.

"어째서일까."

그녀가 그런 말을 하는 것은 매우 드문 일이었습니다. 대부분의 일을 알고 있고, 지식이 풍부하고, 설령 강의에서 모르는 것이 있다고 해도 그녀는 간단히 해결해주었으니까요.

그녀에게 모르는 일 같은 건 없다고 여겼기 때문입니다.

"모니카 씨, 내일은 어디로 가나요?"

나는 그녀를 향해 웃어 보였습니다. 옆에서 보는 그녀의 안색은 고민으로 가득한 것처럼 보였기 때문입니다.

또 피로가 쌓인 거라면, 또 어딘가로 놀러 가면 된다고 생각했습니다.

나는 모니카 씨가 조금 더 즐거운 얼굴로 있어 주길 바랐습니다.

그러나 그녀는 그런 내 마음을 꿰뚫어 보고 고개를 저었습니다.

"내일도 일. 지난번처럼 사건과 관계없는 곳에 가거나 하지 않을 거야."

"하지만."

"안 가."

그리고 그녀는 걸음을 멈추었습니다.

"…………."

나는 뒤늦게 걸음을 멈추었습니다. 돌아보니, 가로등 아래에서 고개를 숙인 모니카 씨의 모습이 있었습니다.

빛 속에 있는 그녀의 안색은 침울했고, 당장에라도 어둠 속으로 녹아들 것만 같았습니다.

나는.

"……그럼, 적어도, 고민이 있다면, 내게 상담해주지 않을래요?"

그녀에게 말했습니다.

"모니카 씨를, 나는 친구라고 생각해요. 어째서 혼자 고민하나요? 어째서 아무것도 이야기해주지 않나요? 괴로운 일이 있는 거죠? 그런데——."

어째서, 그렇게 혼자 고개를 숙이고 있는 건가요?

얼굴을 보면 바로 알 수 있습니다. 아무리 표정이 부족해도, 아무리 감정 기복이 없어도, 설령 몇 년 만의 재회라고 해도, 신인 시절에 함께 보냈던 시간 속에서 그녀는 나에게 한 번도 지금 같은 표정을 보였던 적이 없었습니다.

얼굴을 보면 압니다.

이 나라에 와서, 그녀와 만난 직후에 알았습니다.

모니카 씨가 어찌할 도리도 없는 고민을 갖고 괴로워하고 있다는 것쯤.

그렇게 말하고 나는 그녀를 똑바로 바라보았습니다.

그러나 그녀는, 내게서 시선을 돌렸습니다.

"내일부터는 따로 행동하자. 우리는 함께 있어선 안 돼."

"……안 돼요. 함께 행동할 거예요."

"어째서?"

"…………."

나는 말했습니다.

"내버려 둘 수 없어요. 모니카 씨를. 이런 상태로 혼자가 되면 살인마에게 습격당할지도 모르고——."

"괜찮아. 습격당하는 일은 없을 거야."

"하지만."

"아니면, 나를 혼자 두면 너에게 불이익이라도 있는 거야?"

"…………."

꿰뚫어 보는 듯한 시선에 나는 반사적으로 시선을 피했습니다.

어둠이 시야를 뒤덮었습니다. 시야 끄트머리에 보이는 빛 쪽에서, 자그맣게, 한숨이 흘러나왔습니다.

낙담하는 듯한, 슬퍼하는 듯한 목소리가 울린 것은 그 직후의 일이었습니다.

"이제 옛날의 네가 아니구나."

●

하루의 강의가 끝난 뒤.

사야는 마녀가 되기 위한 특훈이 있었고 나도 남아서 공부를 하고 있었기 때문에 자연스럽게 귀갓길에 오르는 타이밍이 겹치는 경우가 많았고, 그렇게 강의를 듣는 날들이 계속되면 계속될수록 함께 돌아가는 일이 늘었다.

그날도 나와 그녀는 둘이 나란히 해가 지는 길을 걸었다.

"그러고 보니 낮에, 무슨 말을 하려고 했던 건가요?"

길에 핀 피안화를 바라보고 있으려니, 그녀는 불쑥 내 시야로 끼어들어 와서 고개를 갸웃거려 보였다.

실라 선생님의 강의가 시작되기 전에 내가 꺼내려던 말의 다음을 궁금해하고 있다는 것은 금세 알았다.

그러나 이제 와서 다시 말하려니 조금 부끄러워서.

"무슨 말?"

그렇게 나는 시치미를 뗐다.

"나한테 뭔가 말하려고 했잖아요? 그거, 무슨 말을 하려던 건가요?"

"딱히 아무것도 아니야."

"네? 거짓말. 분명 뭔가 말하려고 했잖아요. 무슨 말을 하려던 건가요? 연애 고민인가요?"

"아냐."

"그럼 뭔가요?"

"그러니까, 딱히 아무것도 아니라고."

"……흐음, 그런가요?"

그녀의 성격상 억지로라도 내게서 비밀을 끌어내려 할 거라며 경계했지만, 사야는 금세 물러났다.

"뭐, 딱히 말하고 싶지 않다면 됐어요——."

하지만, 하고 그녀는 말을 이었다.

"말하고 싶어지면, 말해주세요. 저, 의지가 안 될지도 모르지만, 고민이 있다면 도움이 되고 싶으니까요."

모니카 씨를, 좀 더 알고 싶으니까—— 그렇게 말해준 그녀의 말에는, 아무런 거짓도 없었다.

그저 올곧게 생각한 것을 그대로 말했다.

그래서.

"……절대로 아무한테도 말하지 않을 거지?"

깨닫고 보니 입을 열고 있었다.

"내 이 비밀, 아무한테도 말한 적 없어. 지인에게도, 부모님에게도, 누구에게도."

"말 안 해요. 당연하잖아요."

자신 가득한 얼굴로 그녀는 시원스레 고개를 끄덕였다.

이 아이라면, 진짜 나를 알아도 받아들여 줄 것 같은 기분이 들었다.

나를 알아주었으면 하고 바랐다.

"나는——."

그리고.

그날, 그녀에게, 비밀을 밝혔다.

단 한 마디, 나는 줄곧 누구에게도 말하지 않았던 비밀을, 밝혔다.

"…………."

황혼 속에서 그녀는 잠시 침묵하고, 잠시 사이를 두고서 내가 농담을 한 것이 아닌가 하고 미간을 좁혔다. 그러나 내 얼굴을 보고 농담이 아니라는 것을 깨닫고, 이윽고.

"그런, 가요……."

다소 모호한 말과 함께 "그건…… 조금, 저, 부끄럽네요……"라며 살짝 뺨을 붉혔다.

나를 기분 나쁘다고 여기지 않고, 내 말을 그대로 믿으며, 그녀는 웃었다.

기뻤다.

"좋아해."

자연스럽게 새어 나온 쑥스러운 말을 얼버무리듯이, 나는 사야에게 웃어 보였다.

"네 그런 점, 좋아해."

노력가에, 근면하고. 상냥한. 남을 상처 입히지 못하고. 거짓말을 하지 않고. 얼버무리지도 않고. 그저 올곧게 지금을 살아가는 그녀가, 나는 눈부셨다.

그녀처럼 살 수 있다면, 하고 진심으로 바랄 만큼.

그녀에게 있어서 가장 소중한 사람이 될 수 있다면 하고 바랄 정도로.

"너는 변하지 말아줘. 사야."

그러나 그녀의 마음 가장 깊은 곳에는 다른 사람이 있다는 것 정도는, 이미 알고 있었다. 내가 머물 곳 같은 건 그곳에는 없다는 것쯤, 알고 있었다.

나는 어릴 때부터, 무엇이든 알고 있었다.

슬플 정도로.

○

이 나라에── 사람이 사는 마을 에마데스트린에 도착한 직후
에, 나는 모니카 씨와 얼굴을 마주하고 무척 놀랐습니다.

그녀의 고향에서 일어나고 있는 사건이 해결되지 않았다고 하
는 점은, 즉 모니카 씨가 어떤 사정으로 사건 해결을 위해 움직일
수 없게 되었거나, 혹은 이미 모니카 씨가 이 나라에 없기 때문이
라 생각했던 것입니다.

내가 애초에 이 의뢰를 받은 것도, 그녀의 신변을 걱정했기 때
문이라는 측면이 컸습니다.

그래서 놀랐습니다.

그녀가 나라에 있으면서 사건이 해결되지 않았다니, 이상합니
다. 있을 수 없는 일입니다.

그녀는 뭐든 다 알고 있으니까요.

내가 아는 모니카 씨에게는, 해결할 수 없는 사건은 거의 존재
하지 않으니까요.

수년 전에 그녀는 아무에게도 밝힌 적 없을 터인 비밀을, 내게
만 이야기해주었으니까요.

"──나는, 사람의 마음을 읽을 수 있어."

진짜 모니카 씨를 내게만 가르쳐주었으니까요.

나는 이 나라에 와서, 모니카 씨와 얼굴을 마주한 직후부터 의도적으로 마음을 낮았습니다.

억지로 사건에 대해 잊고, 전혀 관계없는 번화가에 가거나, 엉뚱한 추리도 피로해 보였습니다.

아무튼, 아무것도 생각하지 않으려 애썼습니다.

거짓말도 했고, 얼버무리기도 했습니다.

설령 그것이 그녀가 바라지 않는 일이라고 해도, 내가 무얼 생각하고 있는지를 그녀에게 읽힐 수는 없었습니다.

"당신이 낮이고 밤이고 상관없이 나를 데리고 다니는 건, 나를 혼자 두면 사람을 죽여버릴지도 모르니까――잖아?"

"…………."

모니카 씨가 이 나라에 여전히 있고, 그러면서도 사건 해결을 하지 못했다고 한다면, 진상은 둘 중 하나.

어떠한 이유로 범인을 잡을 수 없다. 예를 들면 범인이 그녀를 협박하고 있다든가, 범인이 모니카 씨의 지인, 이라든가.

혹은 그녀 자신이 범인. ――그중 하나일 터였습니다.

그러나 전자일 가능성은 바로 사라졌습니다.

한바탕 조사하고 안 것은, 살인마의 정보가 너무나도 적다는 것이었습니다.

마치 마을 사람 전부의 마음을 내다보고, 누구에게도 의심을 받지 않도록 숨어 있기라도 한 것처럼.

반년도 전부터 사건이 일어났는데도 목격자가 한 명도 없다니, 이상한 일입니다. 병사가 순찰을 하고 있을 터이고, 수상한 인물이 있으면 바로 소문이 날 터입니다.

그러나 소문 하나 들을 수 없었습니다.

이런 일은 충동형 살인마는커녕 수렵형 살인마에게도 가능할 리가 없습니다.

모니카 씨 이외에는, 누구에게도.

"……뭔가 고민이 있는 거죠? 죽이지 않으면 안 되는 사정이, 있었던 거죠……?"

무언가 사정이 있을 것이 당연합니다. 그러지 않으면 안 될 정도로 내몰리고 말았을 것이 틀림없습니다.

그래서 저는, 그녀의 도움이 되고 싶다고 바랐습니다.

"너랑은 관계없어."

내 마음은, 안타깝게도 다다르지 못했습니다.

모니카 씨는 지팡이를 쥐고, 이미 그것을 내 얼굴을 향해 들고 있었으니까요.

"이대로 나를 내버려 둬 준다면, 너는 그냥 봐줄 수도 있어."

바꿔 말하자면, 그것은.

"……방해를 한다면, 죽이겠다는 건가요?"

"이해가 빨라서 다행이야."

"…………."

모니카 씨는 누구의 마음이든 간단히 읽을 수 있으니, 아마도 내가 지금 무슨 생각을 하는지도 이미 알고 있을 테지요.

이대로 물러날 생각 같은 건 눈곱만큼도 없다는 것 정도는.

"……그래."

그녀의 얼굴에도 슬픈 빛이 떠올랐습니다.

"……유감이야."

그리고 지팡이를 휘둘렀습니다.

무수한 불덩어리가 그녀 주변에 나타났습니다. 눈부심과 함께 아주 조금의 열기가 내 피부를 스쳤습니다.

내가 지팡이를 꺼내기도 전에, 그녀는 손목을 가볍게 흔들었습니다. 그 작은 몸짓에 응하듯이 모든 불덩어리가 잇따라 나를 향해서 날아왔습니다.

"윽――."

얼굴에 닿기 직전.

내 지팡이가 불덩어리에 물을 날렸습니다.

"기다려주세요…… 모니카 씨……! 나는――."

하나하나 빛이 사라지듯이, 물 덩어리를 정면에서 날려 열기를 지웠습니다.

그녀에게 무언가 할 말은 없을지, 그녀를 말릴 방법은 없을지. 이리저리 머리를 굴리며 다가가자 그녀는 그것을 거부하듯이 또다시 지팡이를 휘둘렀습니다.

나는 그녀를 아프게 할 마음은 물론이고, 죽일 마음도 없었습니다. 그래서 살상력 높은 마법은 쓸 수 없었습니다.

모니카 씨가 고드름을 꺼내 보이면 나는 그것을 산산이 부숴 보였고, 그녀가 가로등을 뽑아서 그대로 던지면, 궤도를 틀어 길에 떨어뜨렸습니다.

내 쪽에서 공격다운 공격은 거의 하지 않았습니다.

기껏해야 주변에서 쓰레기통이니 화단이니 하는 것을 끌어와 던질 뿐인, 위협이라고도 할 수 없는 어중간한 공격정도.

그러나 그런 것으로 그녀를 제지하기는 불가능했습니다.

"마녀가 된 것치고는 상당히 별 볼 일 없는 마법을 쓰네."

"그렇게 보이나요?"

"응."

키득 웃고서, 내가 던진 것을 그대로 예외 없이 산산이 부수었습니다.

"나를 죽일 마음으로 마법을 걸지 않으면, 나는 멈추지 않을 거야. 사야."

잡동사니를 긁어모아 그녀를 구속하려 해도, 생각을 마쳤을 때는 이미 그녀는 주변에 흩어져 있던 잡동사니들에 불을 붙여버렸습니다.

무얼 하려 해도, 그녀는 내 마법을 받아 넘겨버렸습니다.

"…………."

그러나.

결코 내가 열세라는 뜻은, 아니었습니다.

"……이런 짓, 모니카 씨에게는 하고 싶지 않았어요."

손끝에 힘을 싣고, 나는 그녀를 향해 지팡이를 들었습니다.

그녀는 상대의 마음을 읽을 수 있으니, 내가 어떠한 마법을 쓰려 하는지도 알고 있을 테니, 그러니 어중간한 마법으로 그녀를 멈추는 것은 아마도 어려울 테지요.

 그러나 그것은 그녀에게 절대 이길 수 없다는 뜻이 아닙니다.

"──미안해요."

 그리고 내 지팡이에서 마법이 날아갔습니다.

 처음에 날아간 것은 불덩어리로, 그녀는 그것을 어렵지 않게 물 덩어리로 꺼버렸습니다. 그러나 직후에 바람 덩어리가 닥쳐들었습니다. 물론 그녀는 그것도 읽었기 때문에 간단히 피했습니다. 그러나 머리 위에서 떨어지는 고드름 비에 대한 반응은 조금 늦어졌습니다. 그때 그녀의 등 뒤에서 폭발음이 들렸습니다. 바람 덩어리가 민가의 벽을 파괴하면서 파편이 그녀의 등에 몇 갠가 날아가 부딪혔습니다. 통증에 얼굴을 찡그릴 틈도 없이, 이번에는 아무런 꾸밈도 없는 마력 덩어리가 그녀의 눈앞까지 날아들었습니다만, 마찬가지로 마력 덩어리를 맞부딪쳐 그녀는 그것을 상쇄했습니다. 한순간 시선을 돌린 틈에 지면에 깔린 벽돌을 부수고 덩굴이 뻗어 나가 그녀를 잡았지만, 그녀는 그것도 냉정하게 잡아 찢었습니다. 부서진 벽돌이 그대로 그녀의 얼굴을 노리고서 날아갔지만, 맞는다고 해도 별다른 대미지는 없었을 테지요. 조금 불만스러운 얼굴을 한 정도였습니다. 그러나 그것도 마력 덩어리와 마찬가지로 한순간의 눈속임이라는 것을 깨닫기까지는 조금 시간을 필요로 했을 터입니다.

 공격의 손길이 한순간 느슨해진 틈에 반격을 하기 위해 뻗은 그녀의 손에, 이미 지팡이는 쥐어져 있지 않았으니까요.

"............!"

나는 그녀가 놀라는 얼굴을, 이때 처음 보았습니다.

그저 벽돌이 얼굴에 가볍게 맞은 틈에, 나는 그녀의 손에 있는 지팡이를 튕겨내 버렸던 것입니다. 지팡이가 없다는 사실을 깨닫고 당황하고 있는 그녀의 발밑에서 다시 덩굴을 감아, 이번에야말로 나는 그녀를 구속했습니다.

"……미안해요."

다시, 나는 사과했습니다.

그녀가 내 마음을 전부 읽을 수 있다는 사실은, 처음부터 알고 있었습니다. 모니카 씨와 싸우게 되었을 때, 어찌하면 그녀를 멈출 수 있을지도, 나는 알고 있었습니다.

아주 단순하게.

사고를 읽어도 막을 수 없을 정도로 마법을 계속해서 날리면 됩니다.

그저 그것만으로, 그녀를 멈출 수 있다는 것은 알고 있었습니다. 마음이 내키지 않았던 것은, 그녀를 상처 입히고 싶지 않았기 때문입니다.

"…………."

그녀는 지금 내가 무슨 생각을 하고 있는지도, 알고 있을 테지요.

구속되어 꼼짝도 할 수 없는 상황에 놓인 그녀는.

"마녀한테 당해낼 수 있을 리가 없지."

단념한 듯이, 그 한마디를 하고 웃었습니다.

○

치안을 지키기 위해 일하고 있었을 터인 마법사 모니카 씨가 연쇄살인범이었다고 하는 정보는 금방 온 나라에 퍼졌습니다.

모두가 공포에 떨고, 혹은 분노를 드러냈습니다. 사건의 피해자 유족분들은 물론이고, 관계자도, 그리고 지금까지 아무리 사건이 일어나도 무관심했던 사람들까지도 빠짐없이 그녀를 비난했습니다. 사람들을 지켜야 하는 입장의 사람이 사람들의 생활을 위협했다는 사실을 알게 되었으니, 당연하다고도 할 수 있는 반응이었습니다.

마을은 그녀에 대한 혐오로 가득했습니다.

"이번엔 감사했습니다. 사야 님."

태연한 말투로 사무적인 감사를 늘어놓는 관리님도, 아마도 마찬가지.

"사야 님이 아니었다면 살인마는 여전히 사람을 죽이고 다녔을 테죠. 정말로 무어라 감사를 드리면 좋을지⋯⋯."

분명 내가 모니카 씨와 같이 마음을 읽을 수 있었다면, 나는 그녀의 얼굴조차 제대로 보지 못했을 거라고 생각합니다.

"저는 일을 했을 뿐입니다."

고개를 저으며 나는 말했습니다.

"모니카 씨── 그녀는 이제 어떻게 되나요?"

"이 나라의 법에 따라 처벌을 받게 될 겁니다."

"⋯⋯⋯⋯⋯."

"말할 것도 없이, 그녀가 범한 것은 가장 무거운 죄. 살인입니다. 극형에 처해지는 것이 당연하겠지요."

마법 총괄 협회 소속 마법사가 파견되어 사건을 해결한 경우, 범인을 잡은 후에 나올 수 있는 결말은 두 가지.

범인을 협회 본부까지 데려가 적정한 처벌을 받게 한다.

혹은, 그 나라의 법에 따라 처벌을 받게 한다.

대체로 전자는 마법사에 관한 법이 갖춰져 있지 않은 나라에서 적용되는 특례이기 때문에, 기본적으로 범인의 앞날은 그 나라에 맡기는 형태가 됩니다. 협회 소속 마법사로서도 그쪽이 일이 빠르게 마무리되기 때문에 편합니다. 그러나 이번만큼은, 모니카 씨의 처우를 남에게 맡기는 것에 관해서는 매우 저항을 느꼈습니다.

"……그녀는 사형을 당하게 되나요?"

살인마의 정체는 알았습니다.

체포하는 데도 성공했습니다.

그러나 그녀가 어째서 사람을 죽여왔는지── 그 점에 관해서는, 그녀가 완고하게 입을 다물고 있는 탓에 여전히 무엇 하나도 알지 못했습니다.

"우리나라의 극형은 사형이 아닙니다."

어폐가 있었는지, 관리님은 고개를 저었습니다.

"우리나라에서 살인은 용인되지 않습니다. 자살도 타살도 예외 없이 중죄로 여깁니다. 그것은 사형도 마찬가지입니다. 살인자를 사형시킨다면 우리나라의 법이 모순되어 있다고 말하는 것이나 다름없다고 생각하지 않으십니까?"

"…………."

그러나 그렇다면.

"그럼 이 나라의 극형은 뭔가요?"

관리님은 매우 간단히 대답했습니다.

"추방입니다."

멍하니 나는 거리를 걸었습니다.

이미 일은 끝났습니다. 이 나라에도 이제 용건은 없습니다. 해야 할 일을 끝냈으니까요. 어서 다음 나라로 빗자루를 타고 날아가는 것이 순서겠지요.

그러나 어찌해도 나는, 이 나라에서 나갈 수가 없었습니다.

모니카 씨.

그녀가 어째서 사람을 죽여야만 했는지, 결국 나는 그 답을, 목적을, 여전히 몰랐습니다.

나는 그녀와 다시 한번 만나고 싶었습니다.

그래서 나는 멍하니 거리를 걸었습니다.

"……사야 님, 이시죠?"

그러던 때였습니다.

누군가가 말을 걸어왔습니다. 돌아보니 마법사가 한 사람, 서 있었습니다.

한 번밖에 만난 적 없지만, 기억하고 있었습니다. 이름은 분명.

"……프라우제, 씨…… 였던가요?"

해부를 담당하는 의사 선생님이었을 터입니다. 의료 기관에 갔을 때 얼굴을 마주한 정도이니 내가 말한 이름도 맞는지 어떤지 자신이 없었습니다만.

"네. 해부의 프라우제입니다."

아무래도 맞았던 모양입니다.

"지금, 시간 괜찮으신가요?"

"…………."

그녀의 표정은 어두웠습니다.

그 얼굴은, 이 도시에 있는 많은 사람들과는 전혀 다른 감정을 품고 있는 듯도 보였습니다.

"말씀드릴 게 있습니다. 모니카 씨에 관해."

"……뭔가요?"

그녀는 대답했습니다.

단 한 마디.

"**우리**는 범인의 목적을, 쭉 알고 있었습니다."

알고 있으면서, 줄곧 입을 다물고 있었습니다. 하고.

그것은 너무나도 슬픈 고백이었습니다.

●

아버지의 바람에 따라 이 나라를 떠난 나는, 두 번 다시 이곳으로 돌아오는 일은 없으리라고 생각했다. 두 번 다시 아버지와 만나는 일도 없으리라고, 생각했다.

그래서 연수 기간이 끝나면 고향으로 돌아갈 셈이냐고 사야에게 질문받아도, 나는 언제나 한결같이 같은 대답을 했다.

"고향으로 돌아갈 마음은 없어."

그 말에 거짓은 없었다.

연수 기간이 끝날 무렵── 내가 사람의 마음을 읽을 수 있다는 사실을 안 후에도 함께 있어 준 사야는, 만난 지 얼마 안 되었을 때 나누었던 말 같은 건 잊어버리고 말았는지.

"연수가 끝나면, 모니카 씨는 고향으로 돌아갈 건가요?"

같은 말을, 나에게 물었다.

나는 정직하게 대답했다.

"······돌아가지 않으면 안 되나 봐."

연수가 끝나기 직전.

사람이 사는 마을 에마데스트린에서 편지가 한 통 왔다.

편지에는 길고 사무적인 문장이 쓰여 있었다. 그러나 요약하면, 즉.

『당신 아버지가 사람을 죽였습니다. 추방 처분을 받았습니다. 위자료 문제로 해야 할 이야기가 있습니다. 서둘러 나라로 돌아와 주십시오.』

그저 그러한 내용을 전하기 위한 것이었다.

두 번 다시 내가 고향으로 돌아가는 일은 없으리라고 생각했었다.

그러나 마음 한편으로 생각했었다.

어쩌면 언젠가, 이런 날이 올지도 모른다고.

나라로 돌아온 나를 기다리고 있던 것은 범죄자의 외동딸을 향한 호기심 어린 눈빛이었다.

나라의 관리들은 내가 돌아오자마자.

"당신 아버지는 의사이면서 환자에게 일부러 위험한 약을 투여하여 목숨을 빼앗았습니다. 그는 연쇄살인마였던 겁니다. 안타깝게도."

내 아버지가 어떠한 인간이었는지를 가르쳐주었다.

"당신이 이 나라에 있을 때부터 쭉 계속했을 테지요. 피해자 수는 이제 셀 수 없을 정도입니다. 위자료 쪽도──."

제시된 금액은 나 혼자서는 도저히 감당할 수 없을 정도의 액수였다.

범죄자 아버지에게 살해당한 피해자들의 마음의 상처를 돈으로 해결하라고, 나라의 관리는 말했다. 이미 아버지는 추방 처분을 받은 후. 나 혼자서 감당할 수밖에 없었다. 아버지가 저축했던 돈을 전부 내놓아도, 집을 내놓아도 부족할 어마어마한 빚을, 나는 끌어안게 되었다.

이때 나라의 관리에게 한 가지 제안을 받았다.

"우리나라에서 일하는 건 어떻겠습니까? 빚 변제가 끝날 때까지, 우리나라의 치안 유지를 위해 애써보는 건?"

이 나라의 마법사들은 대부분 의료 기관에서 일하기 때문에, 나라에서 일할 마법사를 전부터 구하고 있었던 모양이었다.

덤으로 나는 마법 총괄 협회의 브로치도 달고 있다. 나라에서 일을 시키기에 안성맞춤이었던 것인지도 모른다.

"당신이 아버지와 사이가 안 좋았다는 것은 이 나라의 많은 사람이 알고 있습니다. 어릴 때부터 학대를 받았고, 견디지 못해 나라를 떠난 것이죠? 당신의 상황을 동정하는 자는 많습니다. 도시 사람들도 당신을 거부하는 일은 없을 겁니다."

관리는 그렇게 말하며 내 어깨에 손을 올렸다.

그러나 나는 알고 있다.

아버지가 누구보다도 나를 깊이 사랑해주었다는 것을, 알고 있다.

사람의 마음을 읽어서 좋았던 일 같은 건 단 한 번도 없었다.

길을 걸으면 사람들의 불평불만이 끊임없이 울려 퍼졌다. 예를 들면 웃는 얼굴로 대화를 나누는 사람들이 마음속으로는 서로를 업신여기고 있는 것도, 손을 잡고 걷는 연인이 서로 사랑하고 있지 않다는 것도, 가까이에서 걸으면 바로 알 수 있었다.

나에게 모르는 일 같은 건 아무것도 없었다.

사람들이 가슴속에 감추고 있는 분노도 고통도, 기쁨도 슬픔도, 나는 전부 손에 잡힐 듯이 알 수 있었다.

의사로서 일했던 아버지가 사람들을 죽여왔다는 것도, 당연히 알고 있었다.

그러나 동시에 이 나라에 있는 누구보다도 괴로워하고 있다는 것도 알았다.

아버지는 결코 자신의 쾌락을 위해 사람을 죽였던 것이 아니다. 그렇다고 해서 윤리관이 망가져서 정상적인 판단력을 잃었던 것도 아니다. 충동적인 인간도 사냥꾼도 아니었다.

그리할 수밖에 없는 상황에 내몰려 있었기에, 죽이지 않을 수 없었던 것뿐이었다.

이 나라에서 만연하고 있는 리코리스병은 내가 어릴 때 이 나라에서 유행하기 시작했고, 그러나 아직까지도 명확한 치료법조차 확립되어 있지 않았다. 한 번 걸리면 죽지 않도록 일단 연명 치료를 할 수밖에 없는 상황이었고, 그러기 위해 필요한 치료비는 막대한 금액이 된다.

도저히 서민들이 감당할 수 없을 정도의 금액이 환자 친족들을 짓누른다. 그러나 이곳에서는 자살과 타살은커녕, 안락사조차 용서받지 못한다. 죽지 않도록 약을 계속 투여해야만 한다. 그때마다 빚은 늘어만 간다. 그러나 죽는 것을 허락받지 못한 채, 환자에게도, 그 가족에게도, 기다리는 것은 끝나지 않는 고통뿐.

아버지는 그런 절망 속에 내몰린 사람들을 구하기 위해, 약을 투여하며 안락사를 시켰다. 아무에게도 들키지 않도록, 아무에게도 밝힐 수 없는 괴로움을 끝없이 받아들이며, 아무에게도 감사받는 일 없이, 그저 한결같이 평안히 잠들 수 있도록 해주었을 뿐이었다.

아버지는 매일 정신을 소모했다. 돌아올 때마다 술에 빠지고, 때로는 내게 손찌검을 하는 일도 있었다. 그러나 아픔을 느낀 적은 단 한 번도 없었다.

뺨을 맞은 나보다도, 아버지의 마음이 깊게 상처 입은 것을 알았으니까.

홀로 비밀을 끌어안고 살아가는 아버지처럼, 나는 자신의 마음과 비밀을 눌러 죽이며 살아왔다. 사람들의 한탄을 외면하며 살아왔다.

내가 열다섯 살이 되었을 때 아버지는 말했다.

"너한테는 마법의 재능이 있다. 이 나라에 있기엔 네가 아까워."

그러나 본심은 달랐다.

아버지는 알고 있었다. 언젠가 자신이 한 짓이 밝혀지리라는 것도, 이 나라에는 행복 따위 없다는 것도. 꾸며낸 말을 늘어놓으며 아버지는 나를 나라에서 쫓아내려 했다. 그러나 그것은 내가 미웠기 때문도, 하물며 방해가 되기 때문도 아니었다.

그저, 행복이 없는 이 나라에 계속 머무르는 것에 의미를 찾을 수 없었기 때문이었다.

"두 번 다시 돌아오지 마라."

나라를 떠나기 직전에 했던 말조차도, 거짓말이었다.

사실은 알고 있었다. 아버지가 나와 함께 있고 싶다고 바랐던 것도, 마음속으로는 언젠가 돌아와 주길 바랐던 것도, 그러나 그 마음조차 눌러 죽이고 있다는 것도.

그래서, 결국.

이 나라에서 협회로 편지가 전달되었을 때, 나는 이 나라로 돌아오기로 정하고 말았다.

사실 모든 사람이 이 나라는 이상하다고 생각하고 있었다.

이 나라에 의문을 가지면서도, 그러나 그것을 말하지 않았다. 이상하다고 느끼는 자기 자신이 이상한 것이라며 눈을 돌리고 살았다.

그래서 입을 다물고, 어떤 불합리함도 견뎌냈다.

그러나 나한테는, 모든 것이 들렸다.

나라에서 일하게 된 내 귀에 끊임없이 울린 것은, 여전히 나을 조짐이 보이지 않는 리코리스병으로 고민하는 사람들의 괴로움과 해결책 하나도 찾아내지 못한 마법사들의 고뇌뿐이었다.

누군가가 말하지 않으면 안 된다. 이런 세상은 잘못되었다고.

누군가가 구하지 않으면 안 된다. 끝나지 않는 고통 속에서, 사람들을.

누군가가 희생하지 않으면 안 된다.

나는 알았다.

비밀을 밝히고 마음을 말로 전해도, 반드시 불행해지는 것은 아니라는 사실을, 알고 있었다.

내가 사람들의 마음의 소리를 들을 수 있다는 걸 알면서도, 나를 변함없이 대해준 그녀가, 가르쳐주었으니까.

그래서 나는, 아버지가 자신과 같은 삶을 살기를 원하지 않았다는 것을 알면서도, 결국 같은 길을 걸었다.

○

"의료 기관에서 일하는 마법사 사이에서는 유명한 이야기입니다."

프라우제 씨가 말한 것은 모니카 씨의 아버지 이야기였다.

"그녀의 아버지는 나라의 법에 반한다는 것을 알면서, 환자들을 안락사시켰습니다. 표면적으로는 위험한 약물을 처방해온 쾌락 살인자로 취급되고 있지만── 적어도 의료 기관에서 일하는 마법사들 사이에서 그녀의 아버지는 동경의 대상이었습니다. 아무도 해내지 못한 일을 해냈으니까요. 막대한 의료비로 인해 사고가 정지되고, 가족을 죽이는 사람도 지금까지 몇 명이나 봐왔습니다. 그는 그렇게 되기 전에 사람들을 구했던 것입니다. 나라의 상중부에서 강한 함구령이 내려와서, 이 진실이 표면적으로 알려지는 일은 없었지만……."

"…………."

침묵으로 답하는 나에게, 그녀는.

"해부를 해보면 대부분의 것은 알게 됩니다. 지금까지의 피해자들이 리코리스병에 걸렸다는 것도, 알고 있었습니다."

"……입을 다물고 있었다는 건가요?"

시신에서 알 수 있는 건 아무것도 없었다── 그녀는 그렇게 말했었습니다. 가능한 한 협력도 하겠다고, 분명히 말했을 터입니다.

"저만이 아닙니다."

아주 약간 강한 어투로 말하며 프라우제 씨는 나를 바라보았습니다.

"피해자가 된 사람들 모두가 리코리스병에 걸린 환자였다는 사실은 이 나라의 많은 마법사들이 어렴풋이 느끼고 있었습니다."

"……그렇다면."

어째서 아무것도 가르쳐주지 않았던 건가요──.

목에서 나오려던 말은, 프라우제 씨에게 가로막혔습니다.

"우리는 그녀가 사건을 해결해주길 바라지 않았습니다. 설령 나라의 상층부에 그녀가 그러한 기대를 받고 있다는 것을 안다고 해도."

해결해버리면, 리코리스병으로 괴로워하는 환자들은 또다시 아무런 구원도 받지 못한 채 절망을 끌어안고서 살아갈 수밖에 없어지니까.

그래서 잠자코 있는 것 외에는 방법이 없었다고. 그래서 사건을 해결하기 위해 냄새를 맡고 다니는 모니카 씨를 탐탁지 않게 여겼던 것일까요?

그러나 리코리스병에 걸린 환자들을 구하고 있었던 것은, 다름 아닌 모니카 씨였습니다. 마을 사람들에게 사건을 해결하지 못한 무능한 사람이라며 비난당해도, 의료 기관의 마법사들에게 아무리 미움을 받아도, 그래도 아무에게도 자신의 속내를 밝히는 일 없이, 모니카 씨는 혼자 싸우고 있었던 것입니다.

"사야 님……."

우리가 모든 것을 알았을 때는 이미, 그녀는 손이 닿지 않는 곳에 있었습니다.

"우리는, 그녀에게 심한 짓을……."

견디기 힘든 후회 속에서, 그녀는 무너져, 눈물을 흘렸습니다.

『최근, 내가 여행하다 만난 사람 중에, 조금 이상한 사람이 한 명 있었어요.』

하나, 떠오르는 기억이 있었습니다.

내가 존경하는 마녀인 일레이나 씨와 일전에 만났을 때, 그녀는 내게 한 여행 이야기를 들려주었습니다.

어느 나라에서 만난, 신기한 여성의 이야기를.

『그 사람은 아무래도 미래의 일이 보이는지, 다음 날, 그다음 날, 더 먼 미래에 마을에서 무슨 일이 일어날지, 사람의 생활이 어떻게 변할지를 사전에 알고 있었어요.』

『효오. 편리한 능력이네요. 그런 힘이 있으면 나, 돈을 버는 데 쓸 것 같아요.』

적당히 대꾸하는 나에게 그녀는 평탄한 어투로 계속해서 이야기해주었습니다.

『하지만 그녀는 그런 사리사욕을 위해 힘을 쓰지 않았어요. 그녀는 그 힘을 써서, 사람들에게 예언을 하고 다녔어요. 어떤 사람에게는, "내일 당신은 사고를 당한다"고 말하고, 어떤 사람에게는 "당신은 앞으로 한 달 후에 죽는다"라고. 그리고 실제로 그 말대로 되었어요. 미래가 보이니, 뭐 당연한 일이지만요.』

『……요컨대, 남들이 싫어할 얘기를 하고 다녔다는 건가요?』

『그러네요. 대략 그러한 행동을 한 셈이죠.』

『…………』

『어째서? 라고 생각했죠? 저도 의문으로 여겼어요. 대체 어째서 그녀는 그런 식으로 사람들에게 미움받을 만한 짓을 했던 걸까요?』

의미가 없는 것처럼 여겨졌습니다. 대체 누가 좋아서 남들에게 증오를 받고 싶어 할까요.

내 생각은 아무래도 그대로 표정에 드러났는지, 일레이나 씨는 『뭐, 하지만 결코 그녀는 아무런 생각도 없이 그러한 행동을 했던 게 아니랍니다』하고 입을 열었습니다.

『그녀는, 사람들에게 미움받음으로써 그 이상으로 나쁜 결말을 맞는 일을 회피했던 겁니다. 불행한 미래를 피할 수 없다고 깨달은 그녀는, 그래도 최저한의 불행으로 끝내기 위해, 일부러 남들을 괴롭히는 듯한 짓을 하며 다녔습니다.』

그리고 일레이나 씨는, 말했습니다.

말하길.

『그녀는――.』

어째서, 지금 그 일을 떠올린 것일까요.

그저 즐겁기만 했던 추억에, 어째서 이렇게나 가슴이 옥죄어드는 것일까요?

나는 숨이 차오르도록 달리면서 머릿속에 스쳐 가는 일레이나 씨와의 대화를 떨쳐냈습니다. 자기 자신의 어리석음을 저주하며, 모니카 씨 곁으로 달려갔습니다.

내가 아는 모니카 씨는, 좋아서 사람을 죽일 법한 사람이 아닙니다. 하물며 필요에 내몰렸다고 해서, 간단히 그런 선택지를 택할 만한 사람도 아니었을 터입니다.

그녀는 나보다도 훨씬 머리가 좋고, 다정한 사람이니까요.

"――저기!"

달리면서 소리를 높였습니다. 길을 걷는 관리님의 모습이 눈에 들어왔던 것입니다. 나는 관리님을 멈춰 세우고 호흡을 정리할 틈도 없이 붙잡았습니다.

관리님은 갑자기 나타난 나를 보고 놀라 눈을 크게 떴습니다.

"아, 사야 님…… 어쩐 일이십니까?"

그리고 고개를 갸웃거렸습니다.

꾹, 손에 힘을 싣고, 나는 말했습니다.

"저기……! 모니카 씨는……! 그녀는 지금 어디에 있나요……?!"

나는 그녀와 이야기를 해야만 합니다. 그녀의 진의를 확인해야 할 의무가 있습니다.

만약 프라우제 씨의 말이 진실이라면── 만약 모니카 씨가 정말로, 이 나라에 사는 사람들을 구하기 위해 그러한 방법을 고를 수밖에 없는 상황이었다면.

그렇다면 그녀가 이 나라에서 처벌을 받는 것은 잘못된 일이라고 말할 수밖에 없지 않을까요?

모니카 씨는 아무런 잘못도 없지 않습니까.

"안타깝게도 그녀는 이미 이 나라에 없습니다."

그러나, 매달리는 나를 거부하듯이 관리님은 고개를 저었습니다.

"조금 전, 정식으로 추방 처분이 결정되었습니다. 아마도, 그녀는 이미 나라 밖으로 끌려나갔을 겁니다."

대수롭지 않게, 담담히, 그렇게 말하고, 나라 바깥쪽으로 시선을 돌렸습니다.

그녀는, 이미, 이 나라에는 없다──.

그저 그뿐인 진실은, 그러나 내 가슴을 그저 술렁이게 했습니다.

일레이나 씨의 말이 머릿속을 스쳐 갔습니다.

『그녀는 그저, 사람의 아픔을 너무 잘 이해했던 겁니다.』

안 좋은 예감이 들었습니다.

사람을 죽여서는 안 되는 이 나라에서, 살인범은 반드시 추방 처분을 받게 된다. 나라의 규범을 등진 인간 따위 나라에는 필요 없다는 뜻인가 보다.

그러나 아무도 모른다.

추방 처분이 의미하는 것이 무엇인지를.

"멈춰라."

지팡이를 꺼내지 못하도록 손가락까지 사슬로 고정된 나는 등 뒤에서 들려온 목소리에 그대로 따랐다.

등 뒤쪽에는 병사가 둘. 나를 나라 밖으로 내보내기 위해 동행했던 그들은, 범죄자인 나와 대화를 나누는 일도 없이, 일방적으로 말을 던질 뿐이었다.

나도 그들의 마음속까지 다 알고 있었기 때문에, 지금부터 내가 어떠한 운명을 따르게 될지조차 알고 있었기 때문에, 일부러 말을 거는 일도 없었다.

"…………."

눈앞에는 붉은 꽃이 가득 피어 있었다.

지면에서 곧게 뻗은 줄기. 그 끝에서 터지듯이 펼쳐진 선명한 꽃. 숲속, 올려다보면 푸른 하늘이 펼쳐지고, 지상에는 셀 수 없을 정도의 피안화가 흐드러지게 피어 있었다.

그것은 마치 꽃의 호수처럼도 보였고, 혹은 피의 바다처럼도 보였다.

내 아버지도, 과거에 이곳에 왔으리라 생각하자 **아버지가 마지막으로 있던 곳**과 같은 곳에 서 있는 것이라 생각하자, 신기하게도 복받쳐 오르는 것이 있었다.

사람을 죽인 큰 죄인이 나라 밖에서 살아가는 것을 허락받을 수 있을까? 고작 추방되는 정도로 죗값을 치른 것이 될까?

그럴 리 없다.

내 아버지도, 아마도 지금까지 에마데스트린에서 큰 죄를 범했던 자 모두가, 분명 이 결말을 맞이했으리라. 추방 처분 따위는 그저 살인을 금지하고 있는 나라의 방편일 뿐이다.

나는 모든 것을 알고 있었다.

나 자신이 마지막에, 어떠한 최후를 맞이할지조차.

"마지막으로 뭔가 남길 말은 없나?"

내 등 뒤편에서, 병사가 감정 없는 목소리를 던져왔다.

나는 돌아보고, 그리고 고개를 저었다.

"아무것도."

"그런가."

그리고, 두 병사가 걷기 시작했다.

피안화를 짓밟으며.

창끝을 이쪽을 향해 들면서.

처음에는 노숙자였다.

그 몸이 병들었다는 것은 그의 마음이 가르쳐주었다. 리코리스병에 걸렸다는 것을 안 그가 가족을 버리고 신분도 버리고, 스스

171

로 고독해지는 길을 고른 것도, 이야기하지 않아도 마음이 이야기해주었다.

그래서 나는 제안했다. 마법으로 잠을 재우고 목숨을 빼앗겠다고.

그는 바로 고개를 끄덕였다.

두 번째 사람은 순풍에 돛을 단 배와 같은 삶을 살던 가게 주인이었다. 의료 기관의 검진으로 리코리스병에 걸렸다는 사실을 안 그는 절망의 늪에 빠졌다. 나는 제안했다. 그는 바로 고개를 끄덕였다.

세 번째 사람은 성실한 여학생. 리코리스병에 걸린 그녀는 스스로 죽음을 선택하려 했다. 나는 말렸다. 대신에 괴롭지 않도록 내가 끝을 내주겠노라 약속했다.

몇 명이고, 몇 명이고. 나는 자신의 손으로 그 생애를 끝내왔다.

그 죄는 속죄하지 않으면 안 된다.

"──고마워."

그들이 최후에 지은 표정이 웃는 얼굴이었다 해도, 최후에 한 말이 나에 대한 감사였다 해도, 그런 것은 사소한 문제에 지나지 않았다.

"미안합니다──."

아무런 위로도 되지 않을 말을 이미 숨이 끊긴 그들에게 내가 던졌다고 해도, 눈물을 흘렸다고 해도, 내가 사람을 죽인 결과는 달라지지 않는다.

대가를 치러야만 한다.

그래서 나는, 꽂히는 창끝을, 받아들였다.

깨닫고 보니 눈앞에 푸른 하늘이 펼쳐져 있었다.

발소리는 멀어져갔다.

두 병사는 내 숨통을 완전히 끊지 않고, 그저 치명상만을 입히고 멀어져갔다. 분명 이것이야말로 추방 처분이리라 생각했다.

사람을 죽인 자가 마지막에 괴로워하는 일 없이 생을 마치다니 있어서는 안 된다.

오래오래, 가능한 한 괴로워하도록.

그들은 어중간하게 나를 살려둔 채 돌아갔다.

모두가 떠나고, 고독해진 나는 하늘로 손을 뻗었다. 지금까지 죽여왔던 사람들에게 그리 해왔듯이.

그리고.

"……살려줘—— 누군가, 사야, 살려줘……."

줄곧 가슴속에 감추어왔던 말을, 내뱉었다.

그러나 사슬로 묶인 손으로는, 구원을 바라는 것조차, 불가능했다.

○

사람이 사는 마을 에마데스트린에서 조금 떨어진 위치에, 피안화가 흐드러지게 핀 숲이 하나 있었습니다.

모니카 씨가 좋아했던 것으로 가득한 곳이, 하나 있었습니다.

나라를 나선 나는 그녀를 찾아서 빗자루를 몰았습니다. 어디에 있는지도 몰랐고, 이미 벌써 다른 나라로 갔는지도 몰랐지만, 피안화가 가득 핀 그곳을 발견했을 때, 나는 그곳에 그녀도 있으리라 확신했습니다.

그리고 분명, 그곳에 그녀의 모습은 있었습니다.

"……모니카 씨."

붉은 꽃 속, 그녀는 푸르른 하늘을 올려다보며 쓰러져 있었습니다.

빨려들 듯한 눈동자를 크게 뜬 채, 그저 그녀는 쓰러져 있었습니다.

붉은 꽃은 피로 젖어 있었습니다.

"……사야."

아직, 숨은 있었습니다. 힘겹게 고개를 기울이고 그녀는 눈물로 젖은 눈으로 이쪽을 바라보았습니다.

"……왔, 구나."

나는 서둘러 그녀를 안아 일으켰습니다.

아직 숨이 있다면.

"기다려주세요! 지금 바로 마법으로——."

구해줄게요. 그렇게 나는 지팡이를 꺼냈습니다. 아직 살릴 수 있다면, 설령 그녀가 나라 안에서 죄인으로 여겨진다 해도, 나는 그녀를 살릴 의무가 있다고 생각했습니다.

나는 그녀의 친구니까요.

"안 돼……."

그러나 그녀는, 거부했습니다. 사슬과 피로 젖은 손으로, 내 지팡이를 쳐냈습니다.

"무슨 짓을——"——하는 겁니까. 죽고 싶은 겁니까.

"안, 돼."

그녀는 단호하게 답했습니다.

"어차피, 나는 이제 얼마 못…… 가니까."

"……네?"

"——리코리스, 병."

짧고, 간결하게 그녀는 말했습니다. 단 한마디. 그저 그것만으로, 나는 그녀가 거부한 이유를 알았습니다.

이제 얼마 못 간다.

이미, 그녀의 몸을 병이 좀먹고 있는 것일 테지요. 에마데스트린에 사는 많은 사람을 괴롭히고 있는 병에, 그녀도.

"……하지만 나는, 당신이 살아주었으면 좋겠어요. 1초라도 더. 그러니까——."

그러니까 지팡이를 들고, 나는 그녀를 강제로라도 치료하려 했습니다. 그녀의 피로 물든 손으로, 다시 한번 지팡이를 쥐었습니다. 손끝은 떨렸고, 제대로 겨눌 수 없었습니다. 시야도 평소와 다르게 흐릿해졌고, 그제야 자기 자신이 흐느껴 울고 있다는 사실을 알았습니다.

그런 내게, 그녀는, 천천히 고개를 젓고.

그리고, 말했습니다.

"잠시, 쉬게 해줘."

그래서 나는.

"······안 돼요. 더 일해주세요. 앞으로도, 쭉, 계속──."

계속 살아 있어 주길 바랐습니다. 그녀에게는, 앞으로도, 살아 있어 주길 바랐습니다. 옆에 있어 주길, 나는 바랐습니다.

흐릿한 시야 속에서 그녀는 고개를 저었습니다.

"······이걸로 됐어."

그리고 사슬로 고정된 손끝으로 내 뺨을 부드럽게 쓰다듬었습니다.

"좋아하는 것에 둘러싸인 채 끝을 맞이하다니──더할 나위 없을 만큼, 행복한걸."

그러니까, 됐어.

고마워.

그녀는, 그렇게 말하며, 마지막에 웃었습니다.

나는 그녀에게 말을 걸려 했습니다. 마법도 걸려 했습니다. 그러나, 그렇게 손을 뻗었을 때는, 그녀는 이미, 그곳에는 없었습니다.

두 번 다시 깰 리 없는 잠에, 그녀는 빠졌습니다.

긴 안식 속에 빠진 그녀의 얼굴은 어딘가 평온해 보였습니다.

이제 그녀는 아무런 말도 해주지 않았습니다.

"······뭔가."

그래도 나는, 그녀에게 말을 걸었습니다.

"······뭔가 말해주세요──."

이제 그곳에 그녀는 없건만.

"모니카 씨──."

©Azure

이제 그녀는 돌아올 리 없건만.

"두고 가지 말아요⋯⋯."

그래도 나는, 그녀에게 계속 말을 걸었습니다.

정말로 좋아했던 그녀의 손을 꼭 움켜쥐며.

○

소문으로 들은 이야기이므로, 진실은 모릅니다.

그 후 사람이 사는 마을 에마데스트린은, 얼마 지나지 않아 붕괴를 향해 갔다고 들었습니다. 마법사들이 전부 반란을 일으켰다든가, 모니카 씨를 흉내 내어 병에 걸린 사람을 죽이기 시작했다든가, 병이 만연하여 손을 쓸 수 없게 되었다든가, 다양한 소문을 들었습니다만, 실제로 어째서 나라가 붕괴해간 것인지를 알 기회는, 안타깝게도 없었습니다.

나는 이제, 두 번 다시 그 나라에 가까이 갈 일이 없었으니까요.

"──해안선에 있는 나라에서 들어온 의뢰다. 가는 동안이어도 괜찮으니, 의뢰서는 훑어봐 두도록."

변함없이, 마법 총괄 협회에는 각국에서 의뢰가 들어옵니다. 나 같은 편리한 마녀는 역시 성가신 일을 떠맡게 되는 경우가 많은지, 그날 확인한 의뢰도 상당히 성가실 듯한 것이었습니다.

내 스승님인 실라 선생님도 그것은 이해하고 있는지.

"정말이지 터무니없는 소리나 해댄다니까⋯⋯."

그렇게 독설을 내뱉으며, 내게 의뢰서를 건넸습니다.

"……알았습니다."

슬쩍 훑어본 다음 나는 의뢰서를 품에 넣었습니다. 들은 말대로, 빗자루를 타고 날면서 찬찬히 읽기로 했습니다.

기본적으로 내가 대처하는 일은 서둘러야 하는 경우가 많은지라, 나는 곧바로 발길을 돌려 걷기 시작했습니다.

어쩌면 그 모습은 언제나 불만만 늘어놓는 나치고는 이상했는지도 모릅니다.

"……너, 괜찮은 거냐?"

실라 선생님은 내 등을 향해 그렇게 말을 걸었습니다.

"…………."

안타깝게도, 나는 자신이 평소와 같은 자신이리라는 확신을 갖고 있지 않았습니다.

그러나 스승님에게 괜한 걱정을 끼치고 싶지 않았습니다.

"네."

그래서 나는 돌아보며, 웃어 보였습니다.

"괜찮아요."

모니카 씨가 줄곧 끌어안고 있던 고통에 비하면, 일이 바쁜 것쯤, 아무렇지도 않으니까요.

그러니 괜찮은 게 당연합니다.

마법 총괄 협회 지부를 나와, 나는 곧장 나라를 나섰습니다.

나라의 문 옆에는 자그마한 꽃이 피어 있었습니다.

지면에서 곧게 뻗은 줄기. 그 위에서 터지듯이 핀 선명한 꽃.

피안화.

어디에나 피어 있는 그 꽃은, 지면에 깔린 벽돌 사이에서 고개를 내밀고, 바람에 흔들리고 있었습니다.

분명 나는 그 꽃을 볼 때마다 떠올릴 테지요.

고독하게, 그러나 무엇보다도 아름답게 활짝 피었던, 그녀를.

성 가까운 마을에서 사는 리즈레트는 마음씨 착한 소녀였습니다.

그녀의 어머니는 그녀가 어릴 때 타계. 남겨진 아버지가 남자 혼자서 그녀를 키웠지만, 아버지의 다정함을 닮은 것인지 그녀는 매우 마음씨 고운 아이로 자랐다고 합니다.

그녀는 아버지와 둘이서 행복하게 살았습니다.

그런 그녀의 순탄하다 할 수 있는 생활이 갑자기 무너져버린 것은, 지금으로부터 1년 정도 전의 일이었습니다.

아버지가 재혼을 했던 것입니다.

재혼 상대인 여성은 아무래도 리즈레트가 마음에 들지 않는지, 집의 잡다한 일들을 시키는 것뿐만 아니라 집요한 괴롭힘을 반복했습니다. 새어머니는 아이를 둘 데려왔는데, 역시 새어머니의 딸답게 리즈레트을 싫어하는 모양인지, 새어머니에게 구박당하는 리즈레트를 도와주려 하지도 않았고, 오히려 두 사람은 새어머니와 함께 리즈레트를 계속 못살게 굴었습니다.

집 청소는 전부 리즈레트에게 떠넘겼습니다.

"우리 방을 청소해줘."

언니는 방 청소를 못 하는 게으른 여성이었기 때문에, 방을 어지르고는 리즈레트에게 정기적으로 청소를 시켰습니다.

"아, 네…… 언니……."

스스로 하면 좋으련만, 하고 생각하면서도 리즈레트는 시키는 대로 했습니다.

새어머니가 데려온 또 한 명의 아이는 리즈레트보다 나이가 아래였지만, 그러나 언니와 마찬가지로 리즈레트를 마구 부려먹었습니다.

"저기. 내 옷 벗겨줄래? 목욕하고 싶거든."

게으른 여동생은 어째선지 목욕할 때면 반드시 리즈레트에게 옷을 벗기게 했습니다.

"오, 옷은…… 직접 벗었으면 하는데……."

서로 한창때의 여자아이인지라 리즈레트는 주저했습니다.

"싫어! 벗겨주지 않으면 목욕 안 할 거거든! 머리도 감겨줘!"

그러나 제멋대로인 여동생은 거절하는 리즈레트를 그저 괴롭히며 곤란하게 했습니다.

"알았어……."

곤혹스러워하면서도 리즈레트는 언제나 옷을 벗겨주었습니다.

그러나 방 청소나 목욕을 하기 위해 옷을 벗기게 하는 괴롭힘은, 표면상으로는 얼굴을 찌푸리게 하지만 그래도 귀여웠습니다. 리즈레트는 그 일들을 결코 진심으로 싫어하지는 않았습니다.

그녀가 가장 싫어했던 것은, 새어머니에게 매일같이 부탁받는 일뿐이었습니다.

"애야, 난로 청소를 해주겠니?"

새어머니는 매일, 아침 해가 뜰 무렵이면 리즈레트에게 그런 부탁을 했습니다. 난로 청소입니다. 재투성이 난로를 깨끗하게 하고 불을 피울 수 있도록 정리해야만 합니다. 리즈레트는 이 작업을, 새어머니가 집에 살기 시작한 얼마 후부터 매일같이 떠맡고 있었습니다.

재투성이 난로를 청소하고 나면 머리카락에 재가 묻습니다. 그녀의 아름다운 금발이 재투성이가 되는 탓에 그녀는 새어머니가 하는 부탁을, 싫어했습니다.

"으으……."

얼굴을 찌푸리면서도 그녀는 매일같이 잠자코 새어머니에게 괴롭힘을 받았습니다. 매일 아침부터 난로를 청소하고 나면, 그녀의 머리카락은 언제나 재투성이. 자랑인 머리카락이 더러워지는 것은 그녀에게 있어서는 제법 스트레스가 쌓이는 일이었습니다. 매일 머리카락이 더러워지는 탓에 눈동자는 탁해지고, 표정은 흐려지고, 입에서 흘러나오는 것은 한숨뿐.

그녀는 그 겉모습으로 인해 이렇게 불렸습니다.

재투성이.

피가 섞이지 않은 가족들의 괴롭힘을 견디는 그녀에게는, 한 가지 꿈이 있었습니다.

그녀가 끝없이 고통스러운 하루하루를 버틸 수 있는 것도, 그녀가 갖고 있는 꿈 덕분이라 해도 과언이 아니었습니다.

"에헤헤헤헤…… 헤헤……."

그녀를 위해 준비된 방 하나. 그 안에 틀어박히는 것이 그녀의 몇 안 되는 즐거움이었습니다. 누구에게도 폐를 끼치는 일 없이, 고독과 서로를 사랑할 수 있는 공간 구석에 몸을 웅크리고, 그녀는 혼자서 거친 숨을 몰아쉬고 있었습니다.

"왕자님…… 왕자니이이임…… 에헤헤…… 쪼아…….."

피가 섞이지 않은 가족들의 괴롭힘을 견디는 고독하고 기특한 소녀는 대체 어디에? 혼자 있는 방에서 남몰래 흥분하고 있는 리즈레트의 손에는, 이 나라 왕자님의 사진(도촬)이 쥐어져 있었습니다. 게다가 벽 여기저기에 왕자님 사진(도촬)이 붙어 있었습니다. 누가 어찌 보아도 스토커의 방 그 자체였습니다.

리즈레트는 왕자를 진심으로 사랑하고 있었던 것입니다.

신분이 하늘과 땅 차이인 왕자님과 이야기해본 적은, 없습니다. 지금까지의 인생을 돌이켜보아도 몇 번인가 왕자님을 멀리서 바라본 적이 있는 정도로, 아마도 왕자님 쪽은 리즈레트의 존재조차 알지 못할 테지요.

그러나 어릴 때 왕자님을 한 번 보았던 그 날부터, 리즈레트의 머릿속은 왕자님으로 가득해졌습니다. 피가 섞이지 않은 가족들의 괴롭힘 따위, 솔직히 말하자면 리즈레트에게는 고통도 뭣도 아니었습니다. 왕자님의 사진(도촬)을 바라보고 있는 것만으로, 그녀의 마음에 생겨난 약간의 그늘 따위는 날아가 버리고 말았던 것입니다. 뭐, 딱히 어찌 되든 상관없다고 생각하게 되고 마는 것입니다. 강철 같은 강인한 정신력을 자랑하는 리즈레트였습니다.

"에헤헤…… 기다려요, 왕자님…… 이제 곧 만나러 갈게요…… 에헤헤…… 헤헤…….."

특히 최근 리즈레트의 이 강인한 정신력에 박차가 가해지고 있었습니다. 예를 들면 "오늘 밤 저녁밥 재료를 사 오렴! 오늘 메뉴와 다른 재료를 사 왔다간 저녁밥은 없을 줄 알아"라는 의미를 알 수 없는 얼토당토않은 요구에도, "방의 가구 배치를 바꿔줘. 재투성이"라는 말을 언니에게 들어도, "재투성이 언니. 내 머리를 말려줄래?"라며 부탁을 받아도, "얼마든지…… 에헤헤……" 하고 함박웃음을 지으며 고개를 끄덕일 정도로 강인함이 폭주하고 있다고 말할 수 있었습니다. 도를 넘은 강인함은 그야말로 마조히즘 경향을 보이고 있는 느낌조차 자아냈습니다.

이제 곧, 리즈레트의 비원이 이루어지는 것입니다.

"무도회…… 기대돼…… 에헤헤……."

올해 성년이 되는 왕자님은 재력과 권력이 넘쳤고, 시간도 넘쳐, 며칠 전 갑작스럽게 "이제 슬슬 나도 결혼해야 하는 거 아냐?"라는 투정을 부리고, 무도회를 열기로 했던 것입니다.

"누구든 부담 없이 참가하라. 성에서는 고급 요리도 준비하지. 결혼은 어디까지나 최종적인 목표다. 딱히 무도회 중에 결혼 상대를 반드시 고를 셈은 아니다. 그러니 가벼운 마음으로, 씩씩하게 참가하도록. 아, 하지만 참가는 귀여운 아이 한정이야."

과연 누구든 부담 없이라는 건 뭐였던 것인지. 귀여운 여자아이가 아니면 인간 취급을 할 마음이 없는 것인지. 그러한 민중들의 격렬한 비난이 일기도 했습니다만, 결국 무도회는 왕자님이 권력을 구사하여 각 신문사를 입 다물게 하고 불만을 내뱉는 민중에게 돈을 쥐여주는 것으로 중지를 면했고, 다음 날 개최가 결정되었습니다. 이 나라 민중은 돈과 권력에 약했던 것입니다.

그런고로 리즈레트는 들떠 있었습니다. 무도회에 참가하면 왕자님과 춤출 수 있는 것입니다.

그래서 다소의 괴롭힘을 매일같이 받고 있다고 해도, 그 정도는 그녀에게 아무렇지도 않았던 것입니다.

"에헤헤…… 에헤헤……."

그리고 오늘도 그녀는 평소처럼 틈만 나면 방에 틀어박혀 왕자의 사진(도촬)을 핥듯이 바라보고, 아니, 평범하게 핥고 냄새를 맡고 입 맞추고 하는 등, 온갖 방법으로 애정을 기울였습니다. 이미 사진은 침으로 축축했지만, 그래도 그녀의 흥분은 가라앉을 줄을 몰랐습니다.

이제 마음은 다른 곳에 있었습니다.

리즈레트의 머릿속은 무도회 이야기가 나온 그 날부터 왕자님과의 달콤한 결혼 생활을 망상하는 것으로 가득했던 것입니다.

"…………."

그런 리즈레트의 모습을 몰래 엿보면서.

"재투성이……."

언니는 안색이 파래졌고.

"언니……."

동생은 눈물을 흘렸고.

"……이건 정말 심각한걸."

새어머니는 탄식했습니다.

빈말로도 제정신이라고는 말하기 힘든 리즈레트의 심각한 망상벽 때문에 피가 섞이지 않은 가족들의 취급법이 나날이 조잡해져 가는 것도, 어쩌면 당연한 귀결이라 말할 수 있을지도 모릅니다.

©Azure

○

다음 날로 다가온 무도회를 위해, 성 근처 마을은 우리가 입국한 그 순간부터 이미 들떠 있는 듯 느껴졌습니다.

높다란 왕궁에 예의를 갖추듯 키 작은 건물이 처마를 맞대고 늘어선 거리 곳곳에, 왕궁에서 열리는 무도회 전단이 붙어 있었습니다. 쓰여 있기를, 『왕자님 주최 무도회입니다. 여성은 참가 무료(※단 귀여운 아이 한정)』. 노골적일 만큼 속셈이 빤히 보였습니다.

저는 이 나라에 온 지 얼마 안 되었다고 할까, 문을 통과해 적당히 숙소를 찾고 짐을 두고 나온 참이기 때문에, 평소 이 나라가 어떠한 모습을 하고 있는지 하는 건 전혀 모르지만, 그러나 이러한 풍경을 볼 수 있을 것 같지는 않았습니다.

"후후후…… 어때? 나, 내일 무도회는 이 차림으로 갈 거야."

호화로운 드레스를 입은 여성이 친구에게 자랑하거나.

"……에헤헤…… 이 미약만 있으면 왕자도 식은 죽 먹기……."

혹은 히죽히죽 혼자서 웃으며 장을 보고 있는 소녀가 있거나.

"그거 알아? 왕자님은 발이 예쁜 여자아이를 좋아한대.""들었어. 특히 힐을 신은 아이를 좋아한다나 봐.""어째서 힐?""밟히고 싶은 거 아닐까?""왕자……."

소곤소곤 소문을 이야기하며 신발 가게에서 힐을 고르는 여성들이 있거나.

"우리 딸이 무도회에 나가려나 봐.""호오. 우리 딸도야.""하하핫. 아마 우리 딸이 선택될걸." "아니아니 우리 딸이." "아니아니." "아니아니아니."

그런 불온한 분위기를 띠고 대화를 나누는 아저씨들이 있거나.

그런 느낌으로 거리는 무도회 일색으로 물들어 있었습니다.

아무래도 마을 여성들은 높다란 왕궁에 꿈의 셀럽 생활이 기다리고 있다고 생각하고 있는 모양입니다. 이번 무도회는 일확천금의 기회라고 여기고 있는 것일 테지요.

"일레이나."

거리를 멍하니 바라보고 있으려니, 옆에 선 프랑 선생님이 제 어깨를 손가락으로 콕 찔렀습니다.

"일레이나는 이제 어떻게 할 건가요?"

어떻게, 라니요?

"……혹시 무도회에 저도 참가할 거라고 생각하고 계신 건가요?"

"아뇨, 그게 아니라."

고개를 젓는 프랑 선생님.

"실은 저, 이 나라에서 좀 해야만 하는 일이 있어서요. 잠시 따로 행동해야 할 것 같아요."

"흐음, 해야 하는 일인가요."

왠지 불분명한 말투가 저는 조금 신경 쓰였습니다.

"혹시 무도회에라도 가시는 건가요?"

"일을 부탁받았어요. 저는 꽃가마에는 흥미 없답니다."

"오호라."

뭐 딱히 하루 종일 딱 붙어 있어야 하는 것도 아니니, 특별히 거절할 이유도 없습니다. 그렇다고는 해도 대체 무얼 위해 혼자 있어야만 하는지를 가르쳐주지 않는 데는 약간 섭섭함을 느꼈습니다. 하지만.

"괜찮아요. 알았습니다."

나는 일단 그렇게 고개를 끄덕였습니다.

"⋯⋯그나저나, 일이라는 건 뭔가요?"

아마도 가르쳐주지는 않을 테지만.

"비밀이에요."

예상대로, 우후후 하고 웃으며 프랑 선생님은 검지를 입술에 가져다 댔습니다.

그리고 프랑 선생님은.

"밤에는 돌아올 거라고 생각하니까, 그때는 같이 밥이라도 먹죠. 제가 살게요."

그렇게 말하며, 제게서 등을 돌리고 걸음을 내디뎠습니다.

"⋯⋯⋯⋯⋯."

나도 선생님에게 손을 흔들었습니다.

어찌 생각해도 왕궁을 향해 가는 것으로 보이는 프랑 선생님에게 손을 흔들었습니다.

"⋯⋯⋯⋯⋯."

이 사람은 비밀스러운 일을 참 못하는군요⋯⋯.

자, 그러한 전말을 거쳐 저의 단독 행동이 막을 올렸습니다.

혼자서 어슬렁거리는 거리는 넓었고, 지금까지의 여행 중에 줄곧 그러했을 터이건만, 어째선지 옆자리가 쓸쓸하게 느껴졌습니다. 지루함을 느꼈습니다. 이야기할 상대가 갑자기 사라졌기 때문일까요?

그렇다고는 해도, 저도 결코 항상 언제나 혼자 있기를 좋아하는 것은 아니기 때문에, 지금까지도 이렇게 고독과 지루함이 싫어지는 일은 몇 번이고 있었습니다. 그런 때는 대체로, 빗자루를 인간 모습으로 바꾸어 시간을 보내는 데 도움을 받기도 했습니다만, 왠지 모르게 지금 빗자루를 인간 같은 모습의 빗자루로 바꿔버리면 "어머나 어머나 혹시 스승님이 없어져서 쓸쓸해지신 건가요?"라며 잔소리를 들을 것 같은 기분이 강하게 들었습니다.

빗자루 씨에게 의지하는 것은 그만두기로 하지요——.

"언니, 큰일이에요…… 이대로라면 우리 재투성이 언니가……."

"그래…… 이런 때 도움이 되어줄 마법사가 있다면……."

…………

물론 저는 보잘것없는 여행자이기 때문에 한가하다고 해서 성가신 일에 고개를 들이밀고 곤란해하는 사람을 도우려 하는 생각을 하지도 않습니다.

그런고로, 길가에서 훌쩍훌쩍 눈물을 흘리고 있는 두 여성을 발견했어도 저의 대응은 그냥 그대로 지나치는 것뿐이었습니다.

"언니, 큰일이에요…… 이대로라면 우리 재투성이 언니가……."

"그래…… 이런 때 도움이 되어줄 마법사가 있다면……."

…………

뭔가 똑같은 대사가 시야 밖에서 들려온 듯한 기분이 들렸습니다만 역시 저는 무시했습니다. 지나쳤을 터인데 어째서 같은 말이 들려오는 것일까요? 메아리인가요?

"언니, 큰일이에요…… 이대로라면 우리 재투성이 언니가……."

"그래…… 이런 때 도움이 되어줄 마법사가 있다면……."

…………

같은 말이 세 번째 반복되었을 무렵에야 겨우 저는 고개를 돌렸습니다.

아무리 저라도 일방적으로 시비를 걸고 있다는 사실을 눈치채지 못할 만큼 어리석지는 않습니다. 아무래도 그대로 지나칠 때 뒤를 따라붙었던 것일 테지요.

제 바로 뒤에 서 있던 두 사람은 빤히 값을 매기듯이 저를 바라보았습니다.

"언니…… 이 사람이라면……."

"써먹을 수 있겠어…… 꽤 귀여우니까……."

그런 말을 소곤소곤 나누고 있었습니다.

불만스레 미간을 좁히면서도 저는 말했습니다.

"무슨 용건입니까?"

"아, 아뇨! 용건이라고 할 정도는 아닌데요!"

언니 쪽이 고개를 저었습니다.

"용건이 없는데 제 뒤를 따라온 겁니까?"

위험한 녀석이지 않습니까.

"조금 귀여운 여자아이다 싶어서 따라온 것뿐인데."

딱히 주눅 드는 기색도 없는 여동생.

"과연."

귀여워서라면 어쩔 수 없죠.

"그래서 귀여운 당신에게 부탁이 있는데."

바로 전에 한 말을 통째로 잊어버린 것인지, 언니는 제게 꾸벅 고개를 숙였습니다.

결국 용건이 있어서 스토킹한 거 아닙니까…… 아니 당연히 알고 있었습니다만.

"……뭐, 이야기 정도라면 들어보죠. 애석하게도, 저도 한가한 건 아닌지라 요청을 받아줄 수 있을지 어떨지는 알 수 없지만요."

거짓말입니다만. 한가합니다만.

"어머나! 정말?"

그러나 제가 이미 그녀들의 요청을 승낙했다고 여기는 것인지, 언니는 얼굴을 환하게 빛내며 "실은──" 하고.

이야기하기 시작했습니다.

"…………."

그것은 참으로.

의미를 알 수 없고, 적당히 이상하고, 그러나 틀림없이 지루하지 않은 이야기였습니다.

●

"……죄송합니다. 다시 한번 처음부터 설명해주시겠습니까?"

아아, 일레이나는 지금 무얼 하고 있을까요. 그 아이이니 혼자서 마음껏 시간을 보내고 있을 테지만, 관광이라도 하고 있을 테

193

지만, 때때로 운 나쁘게 성가신 일에 휘말리는 성격이라 어쩌면 지금도 이상한 사람이 말을 걸어와 얼굴을 찌푸리고 있을지도 모릅니다……. 어쩌면 재미있는 이야기를 듣고 참견을 해버리고 있을지도 모릅니다……. 선생님은 몹시 걱정입니다…….

그런 생각을 하고 있던 탓일까요?

왕좌에서 왕자님이 손짓, 발짓을 섞어가며 과장되게 이야기했을 터인 의뢰 내용은, 제 머릿속에 전혀 들어오지 않았습니다. 마치 나비처럼 팔랑팔랑 날아가 버린 것만 같았습니다.

"으음…… 다시 한번 처음부터 하지 않으면 안 되는 것이냐……? 그다지 몇 번이고 할 이야기가 아니다만…… 극비 의뢰이기도 하고."

왕자님은 한숨을 내쉬었습니다.

윤기 흐르는 금발의 왕자님은 묘하게 색기 있는 몸짓으로 머리카락을 쓸어 넘기더니 "뭐…… 할 수 없지……"라며 숨을 내쉬었다.

그리고 거드름을 부리며, 이야기했습니다.

"간단하게 말하자면, 마녀님에게는 내 결혼 상대 찾는 일을 도와줬으면 한다! 요컨대, 내 조언자를 맡아줬으면 한다는 말이지!"

극비인 것치고는 상당히 목소리를 높여서 이야기했습니다.

"…………."

아아 그래요 그래요. 그런 이야기였지요. 생각났습니다.

너무나도 하찮──은 게 아니라, 신분에 비해서 속된 의뢰 내용이었던 탓이 완전히 머릿속에서 날아가 버렸던 것입니다. 반성해야겠군요.

말하길, 왕자님은 아무래도 시간이 남아도는지, 최근 들어 "여자아이와 결혼하고 싶어" 같은 욕구를 느끼게 되었다던가요? 그러던 때, 왕자님은 번뜩였다고 합니다. "무도회를 열어서 여자아이를 유혹하고 싶은걸……" 하고.

뭐, 요건대 결혼하고 싶다고 하는, 그저 그뿐인 성담이었던 것입니다만.

"네네, 결혼 상대 말이죠. 그럼 맞선 같은 건 어떠신가요?"

저는 일반론을 늘어놓았습니다.

"훗."

아무래도 온실 속에서 자란 왕자님에게 일반론은 통용되지 않는 모양입니다.

"나는 자유연애 지상주의라서……, 맞선 같은 건 주의에 반한다. 애초에 나 같은 신분의 자가 맞선 같은 걸 봤다간 돈을 노린 여자밖에 안 나올 테지."

"그렇다면 신분을 감추고 맞선을 본다든가."

"어이어이, 나한테서 신분을 빼면 뭐가 남는단 것인가."

이런 이런 이 마녀는 대체 무슨 말을 하고 있는 거람 하고 말하듯 왕자는 어깨를 으쓱이고 "후……" 하고 탄식했습니다. 애처로운 남자로군요…….

"왕자님, 기다려주십시오!"

그때였습니다. 왕좌 사이로 한 사람, 노인이 뛰어들었습니다.

"조언자 같은 걸 언제 고용하신 겁니까! 이 할아범은 인정 못합니다!"

할아범이라며 나선 이 노인은 아무래도 왕자님의 비밀 의뢰를 몰래 훔쳐 들은 모양이었습니다.

"할아범, 입 다물게!"

짐짓 목소리를 높이며 왕자님은 대답했습니다.

"나는 일국의 왕자다! 최고의 여자아이와 결혼하기 위해서는 어떤 수단이든 써 보이겠다."

당당한 태도와 달리 말의 내용은 평범한 망할 자식인지라 곤란하군요.

저는 한숨을 내쉬었습니다.

"저기…… 그렇게까지 해서 결혼하고 싶은 겁니까……?"

"하고 싶지. 하고 싶은 게 당연하지."

왕자님은 시종 당당한 태도였습니다.

"그나저나 마녀님, 마법사는 미약 같은 걸 만들 수 있나? 아니 물어만 본 것뿐이네."

야비한 속마음까지 당당하게 말할 필요는 없습니다만…….

"왕자님, 안 됩니다! 미약 따위 할아범이 용서하지 않을 겁니다!"

폭주하는 왕자를 제지하는 할아범님.

"……참고로, 마녀님. 미약은 만들 수 있는 겝니까……?"

할아범님…….

아니, 그보다.

"약 같은 건 자유연애와 상당히 거리가 멀다고 생각됩니다만……."

"자유란 갑갑한 감옥 속에 있기에 의미가 있다."

그건 이미 자유라고 부를 수 없는 게 아닌지.

하지만 뭐, 이야기가 상당히 탈선하고 말았습니다만, 왕자님이 저를 이곳에 부른 이유라는 것은, 간단히 말하자면.

"요컨대 무도회에서 여자아이를 유혹할 수 있도록 힘을 빌려달라는 말이라고 이해하면 되겠습니까?"

중요한 용건이 있으니 마녀님에게 도움을 받고 싶다──라는 요청을 받아 저는 일부러 성까지 걸음을 옮겼건만, 뚜껑을 열어보니 그저 성욕으로 머릿속이 가득한 사춘기 왕자님에 의한 사춘기 특유의 품위 없는 의뢰를 그저 들어야만 한다고 하는, 참으로 울고 싶어지는 전말이었습니다.

이런 일이라면 일레이나와 둘이서 마을 관광을 하는 편이 훨씬 유의미했을 것 같군요…….

"아니다! 자네는 내 말을 어떻게 들은 것인가!"

왕좌에 주먹을 내리치며 분노를 드러내는 왕자님. 어라 어라? 혹시 지금까지 했던 이야기는 그저 잡담 정도인 시시한 농담이었던 것일까요? 아니, 분명 일국의 왕자가 일부러 무도회에서 도와달라는 이유만으로 마녀를 불러들인다는 것은 이상한 이야기입니다. 그런 건 이미 왕자라기보다 평범한 망할 자식이니까요.

"나는 딱딱한 힐로 나를 짓밟아줄 여자아이를 찾고 싶다. 단순한 결혼 상대가 아냐. 정정해주게."

그냥 망할 자식이었습니다.

"왕자님, 안 됩니다!"

할아범이 또다시 언성을 높였습니다.

"그건 할아범의 바람입니다."

할아범님…….

"가능하다면 쓰레기를 보는 듯한 차가운 눈초리로 밟아줬으면 좋겠군요."

"그렇지."

왕자님…….

용케도 이 나라가 지금까지 나라로서 기능해왔군요…….

"그런고로 잘 부탁하네. 마녀님."

"…………."

그런고로라고 말씀하신들.

"협력하지 않으면…… 안 되는 걸까요……?"

그러자 왕자님은 "하하핫" 하고 실로 유쾌하게 웃으며 대답했습니다.

"아니, 거부해도 상관없다. 그저 그때는 출국할 수 없게 될 테지만."

"…………."

그것은 요컨대 거부권이 없다는 말이 아닌지……?

아무래도 왕자님은 틀림없는 망할 자식인 모양입니다.

○

"일국을 다스리는 왕자가 망할 자식……? 정말인가요?"

제가 길에서 만난 자매가 말하길, 자매의 집에서 1년 전부터 함께 살기 시작한 리즈레트 씨라는 분이 왕자님에게 푹 빠진 모양인데, 그걸 어떻게든 해줬으면 한다는 의뢰를 하고 싶다고 했습니다.

저는 그만 일국의 왕자에게 주제도 모르고 반해버린 여자아이를 설득하는 데 힘을 빌려달라든가, 무도회에 참가해도 왕자님은 가질 수 없다고 가르쳐주었으면 한다든가, 마법 파워로 이렇게저렇게 잘 처리해달라든가, 그런 종류의 이야기이라고 짐작하고 있었습니다만, 그러나 현실은 소설보다 이상했습니다.

그녀들의 집에 초대되어 들은 진상은, 제 상상과는 전혀 달랐습니다.

"사실 우리 일가는 옛날에 왕가에서 메이드로 일한 적이 있어. 그때 왕자님의 방을 청소한 적이 있는데……."

언니가 훌쩍훌쩍 울기 시작했습니다.

여동생은 그런 언니의 어깨에 손을 올리면서 말했습니다.

"……침대 아래에 변태적인 잡지가 잔뜩 있었던 거야……."

"…………."

그게 울 정도의 일인 것일까요?

"뭐, 한창때 남자아이이니까 그런 데 흥미가 있는 것도 특별할 것 없지 않나요?"

그러나 언니는 뚝뚝 눈물을 흘릴 뿐.

"지극히 평범한 책이었다면 이렇게 당황하거나 하지 않아! 하지만, 그런…… 그런 추잡한 왕자님일 거라고는 생각 못 했어……."

아무래도 두 사람도 사실은 리즈레트 씨처럼 왕자님에게 동경을 품었던 시기가 있었던 모양입니다만, 침대 아래의 그것을 본 이후, 품고 있던 연모는 완전히 식어버렸다고 합니다. 이제 왕자의 가죽을 뒤집어쓴 짐승으로밖에 보이지 않는다고 말했습니다.

"그래서, 왕자님에게 반해버린 리즈레트 씨가 눈을 뜰 수 있게, 협력해주기를 바란다는 겁니까?"

제 말에 여동생이 그렇다며 고개를 끄덕였습니다.

"우리 귀엽고 귀여운 재투성이 언니를 그 행실 나쁜 남자에게 줄 수는 없어! 협력해줘! 마녀님!"

"직접 설득하면 되지 않나요?"

애초에 이 정도의 문제, 마녀에게 부탁할 정도의 일일까요? 심히 의문스럽습니다.

"……우리도, 처음에는 설득했어. 그 남자가 얼마나 지독한 남자인지를, 하나부터 열까지 빠짐없이 그 아이에게 가르쳐줬어……."

언니는 눈을 내리깔며 이야기했습니다.

그것은 그녀들의 어머니가, 리즈레트 씨의 아버지와 재혼한 직후의 일.

『뭐? 리즈레트는 왕자님을 좋아하는, 거야……?』

가족이 된 지 얼마 안 되었을 때, 리즈레트 씨의 방에 초대된 언니는 다소 질려 하며 말했습니다.

『앗? 어떻게 안 거예요? 언니.』

벽 한 면에 왕자의 사진(도촬)이 붙어 있었기 때문입니다.

이 얼마나 통탄스러운 일일까요. 순결하고 아름다운 소녀가, 외모만 그럭저럭 괜찮고 속은 썩은 왕자에게 열을 올리고 있었던 것입니다. 이것은 안 될 일입니다.

언니는 친절한 마음으로 가르쳐주었습니다.

『리즈레트, 저기 있지──.』

그리고 그녀는, 왕자 곁에서 일하던 때 보았던 것을, 가르쳐주었습니다. 상당히 변태적인 취미를 갖고 있으며 조금 외설스러운 느낌의 인간성을 가진 남자라는 것을.

왕자의 인간성을 들으면 그녀도 포기하리라고 생각했던 것입니다.

그러나.

『너무해! 언니는 제 사랑을 방해하려는 거군요! 언니 같은 거 정말 싫어!』

결과적으로 언니는 리즈레트 씨에게 미움을 받게 되었습니다.

처음 봤을 때부터 리즈레트 씨의 귀여운 외모에 두근두근했던 언니에게 있어 그 한마디는 그야말로 사형 선고나 마찬가지였고, 그녀는 사흘 드러눕기에 이르렀습니다.

그 일이 있은 후부터, 이 방법 저 방법으로 리즈레트 씨의 눈을 뜨이게 하려 했습니다. 사사건건 왕자의 악평을 들려주었습니다. 여동생과 새어머니도 변변치 못한 왕자에게 마음을 품고 있는 그녀가 눈을 뜰 수 있도록, 리즈레트 씨를 설득했습니다. 그러나 그녀는 전혀 들으려 하지 않았던 것입니다.

결과적으로 그녀들은 마음 아파하면서도 리즈레트 씨를 괴롭히듯이 매일 일을 떠넘기게 되었습니다. 바쁘게 만들어 왕자를 잊게 하려 했던 것입니다.

그것이, 상황의 전말인 모양입니다.

과연, 그렇군요.

"그거 역효과였겠군요."

"역효과일까?"

그런가? 하며 고개를 갸웃거리는 언니.

"사랑은 장애가 있을 수로 불타오르는 법이니, 방해하면 할수록 그녀의 마음은 뜨겁게 타오르기만 했을 테죠."

"…………."

언니는 매우 침울해졌습니다.

"그럼 우리가 해왔던 일은 쓸데없었다는 거야……?"

"뭐, 현 상황을 듣는 한은."

무도회에 참가하고 싶어 한다는 것은, 틀림없이 왕자님에 대한 마음을 접지 못했다는 뜻일 테지요. 오히려 뜨겁게 활활 타오르고 있을지도 모릅니다.

"아무튼! 마녀님! 부탁이야! 우리는 그 아이를 왕자님에게 넘길 수 없어! 협력해!"

매달리는 언니.

"나도 부탁할게요! 재투성이 언니가 없어지면 누가 내 머리를 감겨주나요?!"

직접 감으면 되지 않나요……?

"…………."

저는 잠시 생각했습니다.

한가하니 협력하는 것은 딱히 상관없지만── 그러나.

"요컨대 무도회에서 왕자님이 반하지 않으면 되는 거잖아요? 그렇게까지 걱정할 만한 일인가요?"

간결하게 이 이야기를 비유하자면 "싫어하는 녀석이 복권을 샀어! 이대로는 그 녀석이 부자가 되고 말 거야! 용서할 수 없어!"라며 분개하고 있는 겁니다. 즉, 이런 이야기를 가져온들 저는 어찌하면 좋을지 당황스러울 따름입니다.

그러나 제 말에 언니는 아주 몹시 화를 냈습니다.

"무슨 말을 하는 거야! 그 아이가 무도회에 참가하면 무도회가 엉망진창이 될 거야! 귀여우니까!"

당신이야말로무슨말을하는겁니까의미를모르겠군요, 라고는 말할 수 없는 분위기였던지라 저는 그저 "아, 하하……" 하고 애매하게 웃었습니다.

"재투성이 언니는 최고로 귀여우니까 반할 게 분명하잖아. 바보야?"

그리고 여동생에게도 통렬한 비난을 받고 "아, 그렇…… 군요……" 하고 저는 그저 먼눈을 하기에 이르렀습니다.

"아무튼 마녀님한테는 시급하게 그 아이가 왕자를 포기하게 해줬으면 해."

언니는 단호하게 말했습니다.

"…………."

아니, 그보다 애초에.

"무도회에 못 가게 하면 되는 거 아닌가요?"

일반론을 꺼내 보았습니다.

그러나 이미 왠지 모르게 느끼고는 있었습니다만 아무래도 이 두 사람은 변태적인 왕자님 탓에 이미 일반론 따위는 통하지 않는 분이 되어 계셨습니다.

단호하게 말했습니다.

"멍청한 소리 하지 마!" "우리는 가능하면 재투성이의 드레스 차림을 보고 싶단 말이야!"

"…………."

혹시 왕자님의 침대 아래 있었던 책에는 읽으면 머릿속이 이상해지는 성분이라도 포함되어 있던 것일까요?

그러나 일은 일이니, 떼를 써본들 어찌할 수 없습니다. "역시 귀찮으니 무리입니다 죄송합니다 안녕히" 같은 말을 했다면 되었을 테지만, 평범과는 상당히 거리가 먼 곳에 있는 두 사람에게 그러한 말을 해버렸다간 무슨 짓을 당할지 알 수 없었습니다.

지금은 단단히 마음을 먹을 수밖에 없을 테지요.

"저게 우리 재투성이야."

소곤소곤 저와 함께 그림자에 숨어 주방을 엿보는 언니. 시선 끝에는, 금색의 아름다운 머리카락을 재로 더럽혀가며 열심히 난로를 청소하는 소녀의 모습이.

바로 뒤에서는 새어머니로 보이는 여성이 가만히 서서 그녀를 지켜보고 있었습니다.

"……하아, 하아……."

그러나 몹시 괴로워 보였습니다. 대체 어찌 된 것일까요?

"저기, 당신들의 어머니는 뭔가 지병이라도 갖고 계신 겁니까?"

자매는 단호하게 고개를 저었습니다.

"아뇨, 병 같은 게 아니에요"라는 언니.

그럼 어째서일까요?

"저건 일을 하는 재투성이 언니가 좋아서 어쩔 줄을 몰라 하는 거야."

과연 병이로군요.

"아무튼 부탁할게. 마녀님. 어떻게든 저 재투성이를 행복하게 해줘……!"

"…………."

이 집에 있는 한 재투성이 씨가 행복해지는 일은 없을 것만 같습니다만…….

뭐, 됐습니다.

일을 하기로 하지요.

"안녕하세요."

저는 두 사람의 바로 뒤에 불쑥 나타났습니다.

"어머나. 당신은?"

새어머니는 빙글 돌아보았습니다. 그곳에 방금까지 거친 숨을 몰아쉬던 모습은 전혀 없었습니다. 아무래도 재투성이라는 사람을 보고 있을 때만 예의 그 흥분 상태가 발휘되는 모양입니다.

"당신 따님분들의 친구입니다."

"…………."

새어머니는 제 뒤에 서 있는 자매와 시선을 마주하더니.

"그래, 반갑구나. 무슨 용건이니?"

그렇게 제게 부드럽게 웃어 보였습니다. 직전의 수상쩍던 모습만 없었다면, 평범하다 할 수 있는 어머니의 모습이었습니다.

"잠시 리즈레트 씨와 이야기를 해도 괜찮을까요?"

제가 그렇게 말하며 고개를 갸웃거리자.

"그럼, 물론이지. 이 아이도 우리 집의 소중한 딸이니까, 사이 좋게 지내주렴."

새어머니는 그렇게 말하며 고개를 끄덕이고 재빨리 그림자 속 두 사람과 합류.

"저 아이 꽤 귀엽네……." "그러게. 나의 재투성이만큼은 아니지만." "응. 재투성이 언니는 내 거지만."

"…………"

전부 들립니다만…….

등 뒤에서 피어난 불온한 공기에서 도망치듯 저는 한 걸음 앞으로 나서서 조금 전부터 난로 청소를 하고 계신 리즈레트 씨의 어깨를 두드렸습니다.

"안녕하세요."

"꺅!"

마치 작은 동물처럼 깜짝 놀라 어깨를 떨며 그녀는 고개를 돌렸습니다.

"……아, 아, 안녕하세요."

겁먹었습니다.

"재투성이 귀여워." "재투성이 언니 귀여워." "하아…… 하아……."

등 뒤에서 이상한 목소리가 들려왔습니다만 저는 애써 들리지 않는 척을 했습니다.

이런 곳에 오래 있었다간 저까지 이상해지고 말 것만 같군요…….

서둘러 일을 끝내버리기로 하지요.

"당신, 왕자님에게 반했나요?"

"……!"

직후에 그녀는 아주 매우 알기 쉬운 반응을 돌려주었습니다.

"어, 어떻게 그걸……! 어디에서 들었나요?! 누구한테?!"

꾸욱 제 치맛자락을 잡는 리즈레트 씨.

"저기, 좀…….''

이 녀석 무슨 짓입니까.

"아니, 보면 압니다…….''

그녀의 손을 찰싹찰싹 때리는 저.

"보면 안다니…… 무얼요? 마녀님은 사람을 보기만 해도 그 사람이 어떤 사람인지 안다는 건가요?"

"아…… 네. 그럼 그런 걸로 하죠."

찰싹찰싹 손을 계속 때리는 저.

"참고로 저는 왕자님이 어떤 인간인지도 안답니다."

"……!"

그제야 그녀는 겨우 손을 뗐습니다. 자세를 바르게 하며, 저는 재투성이 씨를 내려다보았습니다.

"알고 싶은가요?"

"…………!"

끄덕끄덕 그녀는 망가진 인형 같은 움직임으로 고개를 끄덕였습니다.

그렇다면 가르쳐드리기로 하죠.

"그는 쓰레기 같은 자식입니다."

"쓰레기 같은 자식……."

"그리고 매우 짐승입니다."

"매우 짐승……."

"게다가 특수 성벽을 가졌습니다."

"특수 성벽……."

"힐에 밟히면 좋아한다고 합니다."

"힐에 밟히면 좋아해……."

도중부터 저의 각색이 들어갔습니다만 대체로 왕자님은 그런 느낌의 인간일 테지요.

자매에게 듣는 왕자님의 악평은 아무래도 그녀의 머릿속에서 『내가 싫어서 일부러 짓궂은 말을 한다』고 멋대로 변환되는 모양이었습니다만, 그러나 제삼자에게 들으면 어떨까요?

아무래도 그녀의 마음에도 다소는 영향을 주지 않을까요?

"……그렇, 구나……."

추욱 고개를 떨구는 리즈레트 씨.

아무래도 성공인 모양입니다. 저는 그대로 돌아서서, 우리의 모습을 살피고 있던 자매와 새어머니 곁으로 걸어갔습니다.

"어쨌든 이걸로 일단 포기할 겁니다."

마법을 쓸 것까지도 없었군요── 저는 우쭐한 표정을 지었습니다.

그러나.

"…………."

언니가 제 등 뒤로 시선을 주었습니다.

"타인에게 몇 마디 들은 정도로 포기할 리가 없잖아……."

시선 끝에는 리즈레드 씨가 있었습니다.

"후후후……."

어째선지 웃고 있었습니다.

"왕자님인데 쓰레기라니 최고…… 좋아……."

뭐가 뭔지 알 수 없는 말을 하고 계셨습니다.

과연, 이미 무슨 말을 해도 긍정적으로만 해석하는 지경까지 다다른 모양입니다.

사랑에 완전히 눈이 멀었습니다.

"…………."

저는 자매를 돌아보았습니다.

"저 사람 왕자님과 꽤 잘 맞지 않나요?"

"그래서 곤란한 거야."

언니는 한숨을 내쉬었습니다.

아무래도 왕자님에 대한 리즈레트 씨의 호감도는 제 상상을 뛰어넘는 모양인지, 이제 무슨 일이 있어도 열기가 식는 일은 없을 듯했습니다.

저도 그때부터 울컥해서 왕자님의 악평을 리즈레트 씨에게 늘어놓았습니다만.

"아시나요? 왕자님은 여성 관계가 깨끗하지 못하대요."

예를 들면 그런 거짓말을 해도, "그렇게나 멋진 사람인걸……
어쩔 수 없지……" 간단히 허용해주는 넓은 마음을 보여주고.

"왕자님은 체취가 지독하대요."

그런 말을 해도, "꺄앙" 어째선지 설레하는 지경.

"왕자님한테는 좋아하는 사람이 있대요."

그렇게 돌려 말해서 포기하게 하려 해도.

"기정사실만 만들어버리면……" 같은 무시무시한 발상으로 내
달리는 지경. 요컨대 간단히 말하자면.

"이거 이제 손댈 여지가 없는데요."

두 손을 들 수밖에 없었습니다. 완전 글렀습니다. 뭡니까? 혹
시 왕자님에게 미약이라도 받아 마신 겁니까?

"이걸로 알았지? 정공법으로 나선들 전혀 효과가 없어……."

너무나도 난처해하며 한숨을 내쉬는 언니.

"이대로는 우리 재투성이 언니가 남자에게 가버릴 거야……."

곤란하게도 자매도 자매대로 리즈레트 씨에 관한 것밖에 머릿
속에 없는지, 이렇게까지 했는데도 소용이 없었음에도 "마녀님
어떻게든 해줘!"라며 울며 매달렸습니다.

저는 곤혹스러웠습니다.

솔직한 마음을 말씀드리자면 이대로 도망치고 싶을 지경이었
습니다. 그러나 이미 발을 들였으니 도망칠 수도 없습니다.

하지만 이만큼 했는데도 무리라면 이제 그른 게 아닐지……?

"역시 마녀님한테도 무리인 일이었나 보네……."

떼를 쓰는 자매 뒤에서 새어머니는 탄식했습니다.

"아무래도 마지막 수단을 쓸 수밖에 없을 것 같아——."

그렇게 말하는 새어머니의 시선은, 제게 쏟아졌습니다.

"…………?"

왜 그러시는지? 하고 제가 고개를 갸웃거리고 있으려니.

"우리 재투성이를 왕자의 마수에서 지키기 위한 가장 손쉬운 방법이 있어."

새어머니는 그렇게 말했습니다.

오호라. 그렇다면 처음부터 그 방법을 쓰면 되는 거 아니었습니까?

자매도 서로 얼굴을 마주 보았습니다.

"어머니…… 그걸 할 셈이신가요?"

언니는 두려움이 담긴 시선을 어머니에게 보냈습니다.

그나저나 그거라니 뭔가요?

"산 제물을 바칠 셈이시군요……."

여동생은 눈물 가득한 눈동자로 어머니를 올려다보았습니다.

그나저나 산 제물이라니 뭔가요?

"어쩔 수 없어…… 우리 재투성이를 지킬 방법은 이제, 그것뿐 이야……."

그리고 새어머니는 자리에서 일어났습니다.

"…………."

그나저나 어째서 저를 보고 계신 건가요?

●

"지쳤어요……."

사람은 사랑에 빠지면 이성을 잃어버리는 것일까요? 성인인 것
치고는 머릿속이 한창 사춘기인 듯한 왕자님의 의뢰를 한바탕 들
은 후, 저는 숙소로 돌아왔습니다.

끝없는 망상을 들은 끝에 "일단 내일은 여자아이를 대량으로 무
도회에 초대할 예정이니, 마녀님은 무도회장에 숨어들어서 여자
아이에게 미약을 먹이게"라는 제안을 받는 지경에 이르렀습니다.

"아니 저 미약 같은 건 못 만드는데요."

"하하핫. 마녀씩이나 되는 자가 미약 따위를 못 만들 리 없지!
거짓말은 좋지 않아."

"아니 정말로 못 만드는데요."

"아무튼 내일은 부탁하네."

"…………."

요컨대 왕자님은 미약을 만들게 하기 위해 저를 부른 모양입니
다만, 과대평가가 지나칩니다. 애초에 연애 면에 둔한 제게는 그
런 약을 만들 기회도 시험할 기회도 없었기 때문에, 왕자님의 기
대에 부응하는 일은 영원히 없을 겁니다.

뭐, 도시의 모습을 보는 한 왕자님의 무도회에 참가하고 싶어
하는 여자아이는 셀 수 없을 만큼 많은 모양이니, 미약 같은 건
만들 필요도 없으리라 생각합니다만.

무도회에 참가할 예정인 여자아이 중에 진짜로 왕자에게 빠진
여자아이를 찾아 내밀면 왕자님도 납득할 테지요.

"…………."

그러나 사랑을 하는 여자아이를 찾는 일── 그것이 너무나도 어려웠습니다.

애초에 사랑이란 가슴속에 남모르게 품고 있는 것이지 않습니까? 누가 누구를 사랑하고 있는지는 타인은 알 수 없는 법입니다.

어쩌면 사랑을 하고 있을지도 모르는, 그러나 아직 그 마음에 어찌할 바를 모르는, 그런 고민이 극에 달하여 묘하게 고민스러운 한숨이 되어 흘러나오는 일이 있기는 하지만, 기본적으로는 겉모습만 봐서는 알 수 없는 법입니다.

"……하아."

예를 들면 지금 창밖을 바라보며 한숨을 내쉰 일레이나처럼 갑작스럽게 분위기가 바뀌거나 하면, 그것은 어쩌면 사랑을 하고 있는 것일지도 모르지만 말이죠.

오래 알고 지낸 사이라면 사소한 변화에 눈치채리라 생각하지만, 외지인인 저로서는 왕자를 사랑하는 여자아이를 발견하는 것이 가능할 리 없습니다.

"어머, 일레이나. 왜 그러나요? 고민이라도?"

제가 말을 걸자, 그제야 일레이나가 이쪽을 돌아보았습니다.

"아…… 선생님. 오셨어요. 어서 오세요."

"…………."

예를 들면 사랑에 빠지면 주변이 보이지 않게 되어, 시종 다른 사람의 말을 건성으로 듣거나 하는데, 그야말로 예를 든다면 지금의 일레이나 같은 모습입니다만, 어라? 아니 아니…… 네?

213

"……무슨 일인가요?"

참고로 사랑을 하는 사람은 그러한 부류의 고민을 그리 간단히 밝히지 않는 법입니다.

"……아뇨, 딱히."

"…………."

어머나 어머나.

그리고 밝히지 않는 것치고는 고민스러운 한숨을 내쉽니다.

"……하아."

이런 느낌으로.

"…………."

어머나 어머나.

제가 자리를 비운 사이에 대체 무슨 일이 있었던 것일까요?

"선생님…… 미약 같은 거 만들 줄 아시나요?"

"??????????"

어머나아아아아아아아아아?

정말로 무슨 일이 있었던 건가요……?

"이, 일레이나……?"

겨우 반나절 정도 떨어져 있던 사이에 대체 일레이나에게 무슨 일이 있었던 것일까요 아닐 거라고는 생각하지만 만에 하나도 있을 수 없다고 생각하지만 혹시 거리에서 발견한 남성에게 반해버린 것일까요 아니아니 다름 아닌 일레이나이니 설마 그런 일은 있을 수 없다고 생각하지만 생각하고 싶지만 그러나 눈앞의 일레이나는 그야말로 사랑에 애태우는 여자아이의 모습 그 자체라 저

는 이제 어찌하면 좋을지 전혀 알 수가 없어서 무어라 말을 걸면 좋을지도 망설여지는 지경이라 할 수 없이.

"저기……? 제가 없는 사이에 무슨 일이 있었나요……?"

그렇게 머뭇머뭇 말을 거는 것이 고작이었습니다.

"…………."

일레이나는 한참 동안 공포스러운 침묵을 지키고서, 한마디.

"……딱히, 아무것도 아니에요."

"…………."

그러나 사랑에 빠졌다고 한다면 상대는 대체 어디의 말 뼈다귀입니까?

"그러고 보니, 선생님은 오늘 왕자님을 만나러 가셨던 거죠?"

"네? 네…… 그러, 네요……."

"왕자님은 어떤 사람이었나요?"

"!"

왕자님한테, 반한 겁니까……? 정말입니까……?

"일레이나……."

줄곧 성장을 지켜보아 온 애제자가 겨우 반나절 만에 망할 자식이라고밖에 말할 수 없는 남자에게 마음을 준 현실에 두들겨 맞은 저는 훌쩍훌쩍 눈물을 흘렸습니다. 이렇게나 슬픈 현실이 과연 있어도 되는 건가요……?

"응? 어라……? 어째서 우시는 거죠……? 무섭게……."

이런 일이 될 줄 알았다면 왕자님의 의뢰 같은 건 내팽개치고 일레이나와 거리를 산책하는 편이 나았다고 크게 후회하면서, 제가 그날 잠자리에 든 것은 말할 것도 없을 테지요.

○

그날은 아침부터 기분이 최악이었습니다.

"마녀님, 잘 어울리는걸! 이거라면 왕자도 한 방이야!"

제 드레스 차림에 새어머니와 자매는 입을 모아 "귀여워!"라고 말씀하셨습니다.

"가슴이 조금 부족한 것 같지만, 뭐 괜찮네!"

쓸데없는 한마디도 하셨습니다. 드레스를 벗어 던지고 싶은 충동을 느끼면서 저는 한숨을 한 번 내쉬었습니다.

대체 어째서 이런 일이 되어버린 것인지.

그것은 단적으로 말씀드리자면, 어제, 새어머니가 하신 마치 쓰레기 같은 제안에 기인합니다.

"마녀님이 무도회에 참가해서 왕자님을 유혹하면 되는 거 아닐까?"

아니 대체 뭐가 된다는 것인지 저는 매우 당황했습니다만, 새어머니가 말하길.

"왕자님을 홀딱 반하게 하고, 결혼하는 척을 한 다음에 호되게 차버려 줘. 그러면 얼굴이 다인 여자아이를 골라도 행복해질 수 없다고 생각하지 않을까?"

흡사 좋은 아이디어를 떠올렸다는 듯한 얼굴로 대체 무슨 말을 하고 있는 겁니까. 그보다 얼굴이 다인 여자라니.

그러나 콩 심은 데 콩 나고, 팥 심은 데 팥 나는 법이라, 자매는 모두 "그거라면 아무도 불행해지지 않아!"라는 말을 지껄일 뿐.

제가 불행해집니다만……?

"뭐, 결혼이 정해진 다음에 도망치면 되잖아요"라는 언니.

"도망치는 김에 돈이 되는 걸 얼마쯤 슬쩍해도 괜찮겠네요."

그리고 악마 같은 말도 속삭였습니다.

대체 이 두 사람은 나를 뭘로 보는 것일까요?

"돈이 되는 걸 얼마쯤 훔치다니, 그런 짓을 할 리가 없잖습니까."

우습게 보면 곤란합니다. 저는 마녀입니다.

"훔칠 거라면 전부 훔칠 겁니다."

사실 그때의 저는 저대로 이 일가의 독기에 완전히 당해버렸는지 의외로 흥미가 일었습니다만, 그러나 숙소로 돌아와 다시 생각하면 할수록 왕궁에 있는 돈 되는 것의 매력보다도 왕자와 한 번 위장 결혼을 해야만 한다고 하는 성가심이 더욱 커져서 자꾸만 한숨을 내쉬는 지경이 되었습니다.

그런고로 오늘, 새어머니와 자매가 입힌 드레스 차림을 하고 있다고 해도 역시 기쁘지 않았고, 그저 끝없이 "귀찮은데요……" 하고 중얼중얼 불만을 늘어뜨리기에 이르렀습니다.

"자자, 그런 말 하지 말고."

새어머니는 톡 하고 제 어깨에 손을 올려놓았습니다.

"재투성이에 관한 거라면 맡겨둬. 그 애가 무도회에 가지 못하도록 엄청나게 일을 몰아줘서 어떻게든 시간을 벌 테니까. 당신은 그사이에 왕자를 함락해."

"……네."

탄식으로 저는 답했습니다.

아무튼.

그런 연유로 저는 무도회에 참가하게 되었던 것입니다.

●

해가 저물기 시작한 해 질 녘.

왕궁의 문이 열리고 휘황찬란한 옷을 몸에 걸친 여성들이 일제히 밀려들었습니다. 돈에 눈이 먼 여성들의 행진은 그야말로 먹이를 찾아 대이동을 반복하는 야생동물 무리 같았습니다.

과연 저 중에 왕자님 취향의 귀여운 여자아이가 있을까요? 제 눈에는 전부 똑같아 보였습니다.

"알겠나? 마녀님. 내 마음에 드는 여자아이가 있으면, 잘 손을 써서 나와 마주하게 해줘. 어디까지나 우연을 가장해서 접근하고 싶어. 여자에 굶주렸다는 걸 들켰다간 환멸당할 테니까. 부탁해."

"…………."

아니 이미 무도회를 연 시점에서 감출 수 없을 텐데요……?

회장에 계속해서 모여드는 여자아이들. 그렇다고는 해도 무도회라고 주장하고 있는 만큼, 남자가 왕자 한 사람이어서는 곤란합니다. 뒤늦게 남성들도 차례차례 모여들기 시작했습니다.

"참고로 남자는 전원 내 입김이 닿은 엑스트라다."

말하길, 무도회에 참가한 여자아이 중에 취향이 아닌 아이는 일단 엑스트라라도 붙여두자는 속셈인 모양입니다. 시원스러울 정도로 망할 자식의 면모를 발휘하는 왕자님이었습니다.

"······그나저나 엑스트라 중에 어르신 한 분이 섞여들어 온 모양입니다만?"

"할아범도 참가하고 싶었던 모양이다."

"할아범님······."

말하길, 무도회에 참가하기로 하면서 "늦었지만 제 세상에 봄이 왔습니다" 같은 말을 하셨다고 합니다.

"그나저나, 어떤가? 마녀님. 괜찮은 여자아이가 있는 것 같나?"

"글쎄요······."

무도회가 시작되기 전부터 테이블에 차려진 요리에 정신이 팔린 여자아이밖에 없었습니다.

무리입니다. 야생동물이 무리를 이루어 요리를 먹어치우고 있습니다······.

아무래도 이곳에 정말로 왕자님과의 만남을 바라며 찾아온 아이 같은 건 거의 없는 모양입니다.

그런고로.

"왕자님에게 걸맞은 아이는 없군요."

뭐, 단적으로 말하자면 그렇게 됩니다. 거짓말은 하지 않았습니다. 그저 이 자리에 있는 목적이 너무 다른 것뿐입니다.

"그런가······."

고개를 떨구는 왕자님. 그러나 곧바로 눈을 빛냈습니다.

"아니, 잠깐. 있기는 있다."

글쎄요? 이 왕자와 결혼하고 싶다고 생각하는 어리석은 자가 있으리라고는 쉽게 믿기 힘듭니다만?

"자, 저기다! 저기를 봐라!"

저는 왕자의 손가락이 가리키는 곳을 시선으로 좇았습니다.

"…………"

겉모습은 10대 후반 정도. 머리카락은 잿빛. 눈동자는 유리색. 아름다운 하얀 드레스를 차려입었고, 그 손에는 지참한 큼직한 자루가 하나.

호화로운 고기 요리 따위엔 시선도 주지 않고, 장식 정도로 놓인 빵을 자루에 모조리 쓸어 담고 있는 수상한 사람이 그곳에는 있었습니다.

그런데 그 너무나도 눈에 익은 여자아이는 대체 누구인가.

…………

어디를 어떻게 보아도 일레이나였습니다.

"저 아이는 꽤 괜찮군……."

무슨 말씀을 하시는 겁니까?

"저 아이는 안 됩니다."

"어째서지?"

"저 아이는 남자보다도, 어느 쪽인가 하면 빵과 돈 쪽을 좋아합니다."

"그럼 뭐하러 이런 데 온 거지?"

"빵과 돈을 털러 온 겁니다."

"완전 쓰레기 자식이 아닌가."

221

"그러니까 그만두는 편이 좋을 겁니다."

거짓말은 하지 않았습니다.

그나저나 역시 무도회에 왔군요……. 대체 무얼 위해서일까요? 정말로 왕자님에게 반해버린 것일까요? 아니면 지금, 제가 보고 있듯이 빵에 정신이 팔려 있을 뿐인 걸까요?

그녀의 진의를 잘 알 수 없었습니다.

"하지만 귀엽군……."

어라? 뭐라고 하셨습니까?

"무도회에 와서 빵을 훔치는 그런 아이입니다."

"그런 엉뚱한 점도 좋군."

아무래도 눈이 장식으로 달린 모양입니다. 그리고 왕자님은 "잠시 저 아이에게 말을 걸어봐 주겠나?" 하고 말씀하셨습니다.

"…………."

더할 나위 없이 귀찮았지만, 뭐 좋습니다.

"알았습니다."

왕자의 말에 따르는 척하고 몰래 도망치도록 하지요.

○

저는 정신없이 빵을 회수하고 있었습니다. 왕궁에서 열린 무도회에 차려진 빵인 만큼, 거리의 노점에 진열된 것과는 차원이 달랐습니다. 폭신폭신하고 따뜻해서 이거라면 언제까지라도 먹을 수 있을 것 같은 기분이 들었습니다.

이건 좋은 빵이로군요…….

심지어 이대로 새어머니과 자매의 의뢰를 내팽개치고 바로 돌아가 버리고 싶을 정도입니다.

"일레이나…… 못써요…….."

제가 빵을 어느 정도 자루에 채워 넣었을 무렵이었습니다. 갑자기 어디선가 귀에 익은 목소리가 울렸습니다.

"일레이나…… 그런 교양 없는 짓은 그만두세요…….."

돌아보아도 목소리 주인의 모습은 보이지 않았고, 주변을 둘러보아도 제게 시선을 보내는 사람 같은 건 없었습니다.

"…………?"

어라 어라? 이건 대체 어떻게 된 일일까요?

"……누구십니까?"

어쩐지 프랑 선생님의 목소리와 비슷한 것 같은 기분이 듭니다만.

수수께끼의 목소리는 제게 답했습니다.

"나는 당신의 양심입니다."

"제 양심……?"

"무도회에서 빵 도둑질을 하는 당신을 말리기 위해 당신 안에서 새어 나온 양심입니다…….."

…………

아니 어찌 생각해도 프랑 선생님이 어디선가 말하고 있다고밖에는 생각할 수 없습니다만.

"프랑 선생님, 뭐 하시는 건가요?"

어차피 마법으로 제 머릿속에 직접 말을 걸거나 하고 있는 것일 테지요.

"아닙니다나는당신의양심입니다. 프랑이아닙니다."

"안타깝게도 제 양심은 먼 옛날에 전사했습니다만."

"아뇨…… 있을 겁니다…… 당신에게도, 양심이……. 사실은 그렇게 도둑질을 하기 위해 여기에 온 것은──."

"우물우물."

"빵 먹는 걸 멈추세요."

"그런데 프랑 선생님 지금 어디 계시나요? 모습이 안 보이는데요."

"저는 조금 떨어진 곳에서 당신을 보고──아, 아닙니다거짓말입니다농담입니다. 나는 당신의 양심입니다."

어흠 하고 헛기침을 한 다음에 고쳐 말하는 프랑 선생님이 아니라 내 양심.

"당신의 마음속에서 말을 하고 있습니다."

역시 거짓말이 서툰가 봅니다.

"일이란 게 무도회에 참가하는 거였군요. 선생님."

"아닙니다. 도우러 온 겁니다."

"역시 프랑 선생님이시잖아요."

"앗……, 아니, 아닙니다. 그런데 당신은 어째서 이런 곳에 있는 겁니까? 혹시 정말로 빵을 훔치기 위해 온 겁니까?"

"제 양심이라면 제가 어째서 이곳에 왔는지도 알고 있을 텐데요?"

"…………."

입을 다물었습니다.

역시 아무래도 프랑 선생님은 이곳에 계신 모양입니다. 의심할 여지도 없이 선생님은 일이라는 것 때문에 이곳에 숨어 들어와 계신가 봅니다.

적어도 저와 같은 목적으로 이곳에 온 것은 아니리라고 생각합니다만.

"흐음, 자네. 우리 빵은 맛있나?"

제 표적이 불쑥 제 앞에 나타난 것은 그때였습니다. 아름다운 금발을 가진 지극히 일반적으로 말하자면 매력적으로 보이지 않는 것도 아닌 남성이, 걱정 없는 미소를 띠며 제 앞에 서 있었습니다.

"나는 이 나라의 왕자. 자네는?"

"우물우물."

"빵 먹는 걸 멈춰주지 않겠나?"

"일레이나입니다. 재의 마녀입니다."

우물우물하며 저는 대답했습니다.

"호오, 마녀인가!"

왕자님은 어째선지 기뻐했습니다.

"그런데, 마녀는 다양한 마법을 쓰거나 하는 건가?"

"그야 뭐, 마녀니까요."

"예를 들면 채찍으로 사람을 때리는 마법이라든가, 아픔을 3천 배로 하는 마법이라든가, 사람을 업신여기는 눈으로 보는 마법이라든가."

"…………."

"아앗! 당장 마법을 쓰지 않아도 되네! 하지만 그 눈은 좋군!"

"…………."

과연 이건 분명 상당한 망할 자식이로군요…….

"일레이나…… 일레이나."

그때 제 양심(프랑 선생님)이 다시 제 머릿속에 직접 말을 걸어왔습니다.

"도망치세요…… 그 남자는 최악의 망할 자식입니다……, 당신이 생각하는 정도의 남자가 아니에요……."

"아니 거의 예상대로의 남자인 것 같은데요……."

"세상에……! 남자를 보는 눈이 없군요……."

어째선지 매우 충격을 받으신 프랑 선생님이었습니다. 아무래도 무언가 착각을 하고 계신 모양입니다만.

"……저기, 딱히 저는 이 남자와 사랑에 빠질 예정 같은 건 없습니다만."

"아, 그랬군요."

냉큼 목소리가 다시 밝아진 프랑 선생님이었습니다.

"그럼 어째서 무도회에 참가한 건가요?"

"……이야기하자면 긴데, 저는 어떻게든 이 남자를 제게 반하게 해야만 합니다."

"………………………………………………………………그런가요."

무거운 침묵이 내려앉았습니다.

아무래도 어폐가 있었던 모양입니다.

"실은 일을 부탁받아서요."

"네."

프랑 선생님의 목소리에 감정이 실려 있지 않은 점이 신경 쓰였습니다만 저는 이야기를 계속했습니다.

　"글쎄 이런 왕자님을 진심으로 사랑해버린 특이한 여성이 한 명 있는데, 그녀는 새 가족들에게도 사랑을 받고 있는 모양이라, 아무튼 왕자님에게 그 여성을 빼앗기고 싶지 않으니 결혼하는 걸 막아달라더군요."

　"아 아이가 무도회에 왔다고 해도 왕자님을 넘어오게 할 수 있을지는 알 수 없지 않은가요?"

　"……저도 그렇게 말씀드렸지만, 말하길 왕자님 취향의 여성이라 절대로 왕자님은 반할 거라더군요."

　"과연, 말도 안 되는 이야기로군요."

　"……뭐 그렇죠."

　"하지만 왕자님이라면 있을 수도 있는 이야기로군요."

　"저도 그렇게 생각합니다."

　이야기로 들은 것 이상으로 왕자님은 머릿속이 여자아이에 관한 것으로 가득한 모양이니까요.

　"그나저나 너, 귀염군. 어디 살지? 애인은 있나?"

　조금 전부터 제가 소곤소곤 프랑 선생님과 대화하고 있건만 전혀 듣지 않고 있는 모양입니다. 어이가 없어 말도 나오지 않습니다.

　"……하지만, 그렇다는 건. 일레이나. 당신은 왕자와 진심으로 연애를 하기 위해 여기에 온 게 아니라는 건가요? 의뢰를 달성하기 위해 할 수 없이, 라는 거죠?"

　"그렇죠."

이미 프랑 선생님은 마음의 소리라는 설정을 잊으셨는지 평범하게 제 스승님으로서 말하고 계셨습니다.

"안심했어요. 저는 완전히 마을에서 그만 사랑에 빠진 건가 했거든요……."

"저는 그렇게 만난 지 얼마 안 된 사람에게 한눈에 반할 만큼 가벼운 여자가 아닙니다."

실례로군요.

"그런가요."

프랑 선생님의 목소리에 겨우 감정이 돌아온 것처럼 느껴졌습니다. 평소의 다정한 목소리로, 선생님은 말했습니다.

"하지만, 자기 자신을 희생해서 왕자님을 유혹하려 하는 건 그다지 좋다고 할 수 없겠네요. 당신이 그렇게까지 할 필요는 없잖아요."

"…………."

무도회에 참가하는 김에 돈이 되는 걸 몰래 슬쩍하려고 했던 것은 말하지 않기로 하죠.

"일레이나가 받은 의뢰 건 말입니다만, 딱히 일레이나가 왕자님을 반하게 할 필요는 없어요. 제 쪽에서 손을 써뒀으니까요."

의아해하며 미간을 좁히는 저.

잠시 침묵을 사이에 둔 후, 프랑 선생님의 맑은 목소리는 다시 제 머리에 울렸습니다.

"대역을 준비해두었으니까요."

"……대역?"

"네, 대역——이라고 할까, 그를 진심으로 좋아하는 기특한 여자아이를 찾아서 데려왔답니다. 왕자님의 성벽을 만족시키기 위해서는 그에 걸맞은 인간이 반드시 필요하니까요."

그렇게.

마침 그때였습니다.

"여, 여기가……! 무도회 회장이구나……!"

벌컥, 무도회장 문이 강제로 열렸습니다.

금색 머리카락을 가진 아름다운 여자아이가 에헤헤 하고 웃음 지으며 서 있었습니다. 어디선가 본 적이 있는 듯한 얼굴을 한 여자아이가, 그곳에는 있었습니다.

…………

"선생님."

"네."

저는 어디선가 보고 있을 선생님에게 한숨을 내쉬었습니다.

"제가 지켜달라고 의뢰받은 아이가, 바로 저 사람입니다."

무도회에 난입해 들어온 그녀는, 자신을 리즈레트라 밝히고, 그리고 왕자님 쪽으로 곧장 걸어왔습니다.

○

대체 어째서 애초에 면식도 없었을 터인 프랑 선생님이 리즈레트 씨를 데려오기에 이르렀는지를 이야기하지 않으면 안 되겠지요.

두 사람이 만난 것은, 정확히 무도회가 개최되는 당일 아침이었습니다.

왕자님에게 의뢰를 받고 너무나도 귀찮아서 무기력해진 프랑 선생님은 길을 걷고 있었습니다.

이대로 왕자님이 무도회를 열고 "저 아이가 좋겠군. 나한테 좀 반하게 하게" 같은 엄청난 요구를 해 오는 것은 선생님에게 가장 귀찮은 일이었기 때문입니다. 그렇다면 왕자님에게 이미 반한 여자아이를 잘 꾀어내 무도회에 참가시키고 왕자님과 붙여주는 편이 훨씬 유의미할 테지요.

그러저러하여 프랑 선생님은 길을 걸으며 왕자님에게 걸맞은 여자아이를 찾아다녔습니다.

실제로, 무도회에 참가하려 하는 여자아이들은 표면상으로는 왕자님에게 반해 있는 듯한 모습을 보이면서도, 사실 왕자님에게는 전혀 흥미를 보이지 않았고 "일단 반한 척을 하면 돈을 잔뜩 받을 수 있잖아? 최고야" 같은 생각을 하는 아이들뿐이었던 모양입니다. 혹은 "공짜로 밥을 먹을 수 있다니 최고잖아" 하고 생각하는 아이들뿐이었던 모양입니다. 당사자들은 그러한 불순한 동기투성이인 채로 무도회에 참가하려 하고 있었던 것입니다. 프랑 선생님은 그런 모습을 바라보며 "어머나 일레이나가 잔뜩 있네요" 같은 말을 지껄여댄 모양입니다만, 그건 일단 제쳐두고.

아무튼 대역 찾기는 난항이었습니다. 적당한 여자아이가 전혀 보이지 않았던 것입니다.

"에헤헤…… 이 일이 끝나면…… 무도회에 갈 수 있어…… 헤헤……."

정상적인 여자아이가 전혀 보이지 않았던 것입니다.

"…………."

거리의 여자아이들 대부분이 무도회를 그저 배를 채우기 위한 곳이라고 생각하고 있는 중에, 정말로 왕자님과 만나는 것을 기대하고 있는 아이가 있다면 그것은 그것대로 정상이 아니지 않을까 하고 생각하지 못할 것도 없었습니다.

잠시 거리를 어슬렁거리던 선생님이 발견한 그 아이는, 끊임없이 "왕자님 쪼아……"라는 도저히 이해할 수 없는 말을 중얼거리며 장을 보고 있는 이상한 여자아이였다고 합니다.

"…………."

프랑 선생님은 여자아이를 본 직후에 생각했습니다.

아아이이아이는분명왕자님에게반해있군요. 과연, 그렇군요──하고.

직후에 번뜩였습니다.

그래, 이 아이와 왕자를, 붙여줘 버리죠, 라고.

"저기, 실례합니다."

그런고로 곧바로 그녀의 어깨에 손을 올리는 프랑 선생님이었습니다.

"당신, 왕자님을, 좋아하나요?"

우직하다고 말해도 좋을 정도로 그렇게 숨김없이 물었습니다.

직후에 그녀── 리즈레트 씨는 "꺅" 하고 놀란 소리를 내고.

"어, 어떻게 그걸……! 당신은 누구신가요?"

그렇게 놀랐습니다.

"저는 지나가던 마녀랍니다."

그 말에 거짓은 없었습니다.

"곤경에 처한 당신을 못 본 척할 수 없어서 말을 걸고 말았답니다. 저는 좋은 마녀인지라."

이 부분부터 거짓투성이가 되었습니다만.

"당신은 왕자님을 사랑하면서도, 그것이 이루어질 수 없다고 생각하고 있다…… 아닌가요?"

"…………."

"혹시 괜찮다면 제가 힘을 빌려드릴까요?"

"힘을…… 빌려준다고요……?"

갑자기 눈앞에 나타난 수상한 마녀에게 그러한 제안을 받고 순순히 고개를 끄덕일 만한 인간이 과연 있을까요? 아뇨 아뇨 제대로 된 인간이라면 "네? 무슨 말을 하는 건가요 냉큼 꺼지세요" 하고 답할 것이 틀림없고 실제로 저도 그렇게 할 거라고 생각합니다. 상황에 따라서는 침을 뱉어버릴지도 모릅니다.

"저기…… 힘을…… 빌려주시는 건가요……?"

그러나 리즈레트 씨는 조금 그런 분이었던 모양인지 바로 고개를 끄덕였습니다.

"……기뻐요!"라며 감격하기까지 했습니다.

저는 그 부분에서 리즈레트 씨가 앞으로의 인생에서 수상한 사기니 뭐니에 당하지는 않을까 매우 걱정이 되었습니다만 그건 그렇다고 치고 일단 제쳐두기로 하지요.

"무도회에 참가해주세요. 그러면, 제가 서포트해서 당신과 왕자님을 결혼시켜드리죠."

"하지만…… 저한테는 일이……."

"일이라는 게 뭐죠?"

"장을 봐야 해요. 새어머니에게 부탁받아서……."

리즈레트 씨가 무도회에 참가하지 못하게 엄청나게 일을 떠넘기겠다며 새어머니와 자매가 상황을 꾸몄기 때문입니다.

"오호라, 장보기인가요. 참고로 당신 집은 어디인지?"

"저쪽이에요."

리즈레트 씨는 손가락으로 한 곳을 가리켰습니다.

"저쪽이란 말이죠."

프랑 선생님은 곧바로 지팡이를 휘둘렀습니다.

"…………."

집 쪽을 바라보는 리즈레트 씨. 뭔가 수상한 안개가 집 쪽으로 내려앉았습니다.

"저기, 저건?"

"이 주변 일대 주민을 잠재웠어요. 이걸로 당신에게 장보기를 부탁한 인간은 없어졌답니다. 자, 무도회에 참가해주세요."

상당히 강제적으로 리즈레트 씨의 심부름을 끝낸 프랑 선생님이었습니다. 그렇다고는 하나 안개를 만들었을 뿐이니 실제로는 잠들거나 하지 않았습니다만.

"……대단해! 이게 마녀님의 힘……!"

역시 리즈레트 씨는 조금 그런 분이었던지라 프랑 선생님의 말을 그대로 믿었습니다.

"옷도 갈아입어야만 하겠군요."

무도회에 참가하려면 적절한 차림을 하는 것도 필요할 테지요. 프랑 선생님은 지팡이를 그대로 리즈레트 씨를 향해 들었습니다.

프랑 선생님은 왕자님과 이미 만났고, 의뢰도 받았습니다. 당연히 왕자님의 위험한 성벽도 잘 알고 있었기 때문에 리즈레트 씨를 왕자님 취향의 모습이 되도록 꾸미는 것은 간단했습니다.

휙휙 지팡이를 휘두르자 리즈레트 씨의 초라한 차림은 예쁜 드레스로 바로 변했습니다.

"…………."

빨강과 검정을 기조로 한 가죽제 드레스와 뾰족한 힐이었습니다. 허리에는 채찍도 장비되어 있었습니다. 이제부터 무도회에 간다기보다는 누군가를 피의 제물로 삼으러 갈 것만 같은 차림으로 보일 지경이었습니다.

이것은 결코 프랑 선생님의 취미는 아닙니다.

전날 왕자님은 "이런 차림으로 온 아이가 있으면 나는 절대로 한눈에 반할 테지. 틀림없어" 같은 말을 지껄이며 종이를 프랑 선생님에게 들이댔던 것입니다. 필시 "내 취향의 아이가 있으면 이 차림으로 갈아입혀 줘"라고 말하고 싶었던 것일 테지요.

누가 어찌 보아도 완전히 무도회에는 어울리지 않는 차림이었습니다.

"……저기, 왕자님은 이런 차림을 좋아하시는 모양이라……."

아무리 프랑 선생님이라도 티 없는 여성에게 이상한 차림을 하게 한 것에 죄악감을 느꼈을 정도였습니다.

"아니…… 마음 쓰지 마세요……."

그러나 리즈레트 씨는 자신을 두 팔로 감싸 안으며 "아주 오싹오싹해……" 같은 말을 하셨습니다.

"우와아."

아아 이 사람과 왕자님은 잘 어울리겠군요…… 하고 프랑 선생님은 진심으로 생각했다고 합니다.

그리고 결국, 프랑 선생님은 리즈레트 씨를 무도회에 참가시키기에 이르렀던 것입니다.

○

"그러한 연유로 당신들에게 의뢰받은 안건은 훌륭하게 실패했습니다. 죄송합니다."

그렇게 무도회를 끝낸 저는 새어머니와 자매가 있는 곳으로 돌아와 상황의 줄거리를 줄줄 설명했습니다.

설마 프랑 선생님이 암약하고 있으리라고는 상상도 하지 못했기 때문에 실패는 예상하지 못했습니다. 사과할 수밖에 없습니다.

욕설을 퍼붓는다고 해도 할 수 없다고 저는 생각했습니다.

그러나.

"그래……."

새어머니는 의외로 냉정했습니다.

"즉, 우리 리즈레트는 유부녀가 되었다는 거네……."

아아닙니다이거전혀냉정하지않습니다.

"…………."

잠자코 이야기를 듣고 있던 언니는 유부녀라는 단어에 반응했습니다.

"유부녀 속성…… 괜찮네."

뭐가 괜찮은지 전혀 모르겠습니다만.

"…………."

여동생은 흐음흐음 하고 고개를 끄덕였습니다.

"오히려 재투성이 언니에게 새로운 속성이 추가되었다고 생각하면 이건 이것대로……."

"당신들 죽을 만큼 긍정적이군요."

이거, 제가 노력할 필요 같은 건 없었던 게 아닐까? 싶을 정도였습니다.

그러나 실제로 리즈레트 씨가 왕자님의 결혼 상대로 선택된 것은 나라에 있어서도 나쁜 일은 아니지 않을까요?

무도회가 끝난 후에도 한동안 우리는 이 나라에 머물렀습니다만, 왕자님과 리즈레트 씨의 나쁜 소문은 전혀 들려오지 않았습니다.

오히려 왕자님 같은 경우엔 한 명의 어엿한 남자로서 침착해졌다는 말까지 들었습니다.

대체 어떻게 된 것일까요?

"분명 이상의 상대를 찾아냈으니, 더는 엉뚱한 짓을 할 필요가 없어진 걸 테죠."

프랑 선생님은 말했습니다.

"⋯⋯무슨 뜻인가요?"

"좋아하는 사람 앞에서 못난 모습 같은 건 보이고 싶지 않잖아요? 사람은 누구나 마음을 주고 있는 상대 앞에서는 허세를 부리는 법이랍니다."

"⋯⋯⋯⋯⋯."

아니, 뭐, 왕자님에 이르러서는 애초에 못난 모습밖에 없는 것 같은 느낌입니다만.

"아무튼, 이제부터는 왕자님도 훌륭하게 일을 하게 되어줄──지도 모른다, 라는 거죠."

"⋯⋯그렇다면 좋겠네요."

다시 이 나라를 방문했을 때 성가셔지는 것은 사양하고 싶으니까요.

우리는 잠시 그런 이야기를 나누며 나라의 문을 향해 걸음을 옮겼습니다.

그때였습니다.

"그런데, 일레이나."

프랑 선생님은 갑자기 저를 바라보았습니다.

"당신 취향은 어떤 타입의 사람인가요?"

어라라.

"갑자기 뭔가요?"

"아니, 일레이나가 어떤 사람 앞에서 허세를 부릴지 신경이 쓰였을 뿐이에요."

"⋯⋯⋯⋯⋯."

제가 허세를 부리는 상대 말인가요?

잠시 생각하는 척을 해 보이고, 그리고서 프랑 선생님을 향해 웃어 보였습니다.

"비밀입니다."

분명 제 마음 같은 건 프랑 선생님은 절대 이해하지 못할 테지요.

저는 프랑 선생님과 달리, 숨기는 걸 잘하니까요.

넓은 저택에서 태어난 그녀는 바깥세상을 그다지 알지 못했습니다.

나라 안에서도 유일한 마법사 일족으로 태어난 그녀는 줄곧 저택에 갇혀 있었던 것입니다.

"알겠느냐? 너는 이 집의 후계자가 되어야 한다."

할머니는 그녀에게 그렇게 말하며, 마법 특훈을 매일같이 받게 했습니다.

사역마를 거느릴 것.

그것이 바로 명문가에 태어난 그녀에게 주어진 사명이었습니다.

"알겠니? 상자 안에 채소가 들어 있지? 변신 마법을 걸어서 동물 모습으로 바꿔보려무나."

할머니가 직접 가르치는 마법 특훈은 엄격했고, 강제적이어서, 그녀는 매우 싫어했습니다. 마법사 같은 건 되고 싶지도 않았고, 바라지도 않는데 어째서 마법을 배워야만 하는 것인가 하는 생각까지 했습니다.

"상자 속에 쥐가 들어 있지? 시험 삼아 저걸 개로 바꿔보려무나." "너는 이게 개로 보이는 것이냐? 언제가 돼야 제대로 마법을 쓸 수 있게 될는지." "이래서는 언제까지고 사역마 같은 건 사역할 수 없을 게다."

날마다 날마다 날마다 날마다 성과가 나올 때까지 계속 반복했습니다.

그러나 성과 같은 게 나올 리도 없었습니다.

그녀는 진심으로 마법이 싫었으니까요.

그녀가 좋아하는 것은 따로 있었으니까요.

"어머나. 또 빵을 만들고 싶은 거니?"

그녀의 유일한 즐거움은 어머니에게 빵 만드는 법을 배우는 것이었습니다. 어머니가 주방에 서는 순간을 계산하여, 그녀는 자주 빵 만들기를 가르쳐달라고 졸랐습니다.

그러나 솔직히 말하자면, 빵 만들기 같은 건 그저 덤에 지나지 않았습니다.

그녀는 어머니와 단둘이 보내는 시간을 원했을 뿐이었습니다.

어머니만이, 그녀를 이해해주었기 때문입니다.

"언제나 큰일이구나—— 하지만 괜찮아. 언젠가 분명 훌륭한 사역마를 사역할 수 있게 될 거야."

달래듯이, 어머니는 자주 그렇게 말해주었습니다.

"나도 옛날에는 증조할머니한테 자주 혼났단다. 하지만 있지, 옛날에 잔뜩 혼나면서 마법을 배웠기 때문에 지금은 이렇게 마법사로서 이 집안의 일원으로 있을 수 있는 거란다. 할머니는 네가 훌륭해지길 바라니까, 일부러 엄격하게 하시는 거야—— 엄격함은 기대의 또 다른 뜻이니까."

그리 말하며 어머니는 그녀의 머리를 쓰다듬었습니다.

그 옆에서는 갈색 털의 늑대가 꼬리를 흔들고 있었습니다. 어머니의 사역마인 늑대도, 어쩌면 어머니와 같은 마음을 갖고 있었는지도 모릅니다.

바깥세상을 처음으로 본 것은 그녀가 열 살 되던 때였습니다.

생일 기념이라며 어머니가 마을로 데려가 주었던 것입니다. 사람이 많은 세계는, 저택 안밖에 몰랐던 그녀에게는 매우 반짝반짝 빛나 보였습니다.

마법사라는 이유만으로 그녀의 어머니는 마을에서 대우를 받았습니다. 이 도시에서 제대로 마법을 쓸 수 있는 사람은 그녀의 어머니와 할머니뿐이었기 때문에, 저택을 나올 때마다 사람들에게 이런저런 부탁을 받았습니다.

깨진 컵을 고쳐달라든가, 잃어버린 것을 찾아달라든가, 대부분은 시시해서 일소에 부칠 만한 부탁뿐.

그러나 그녀의 어머니는 그런 마을 사람들에게 상냥하게 웃어주며.

"그럼요. 물론이죠."

고개를 끄덕이고, 부탁을 들어주었습니다.

어머니의 모습에 그녀는 동경을 느꼈습니다. 언젠가 어머니처럼 되고 싶다고 바랐습니다.

그렇게 어머니를 따라 길을 걸을 때의 일이었습니다.

어머니는 주변에 아무도 없다는 것을 확인하고서 말했습니다.

"사실을 말하면 말이지, 나도 네 나이 때엔 마법을 배우는 게 정말 싫었단다. 너처럼 말이지."

어머니는 그녀에게 고백했습니다.

"어째서 이렇게 괴로워하며 마법을 배워야만 하는 거냐고, 옛날에는 그렇게 생각했었어."

"…………."

"하지만 있지, 어른이 되고서 깨달았단다. 다른 사람을 도와줄 수 있는 힘을 손에 넣기 위해서는, 그만큼의 고생은 당연하다는 걸."

다른 사람을 도와주기 위해서는, 상응하는 힘을 손에 넣어야만 한다고.

어려움을 뛰어넘지 않으면 안 된다고, 어머니는 이야기했습니다.

"…………."

그녀는 그저 침묵했습니다. 이해하지 못했던 것은 아닙니다. 그저 그녀에게는 자신이 없었던 것입니다. 어머니처럼 강한 여성이 될 자신이, 없었습니다.

그런 그녀를 바라보며 어머니는 머리를 쓰다듬어주었습니다.

"……미안하구나. 아직 열 살인걸. 어렵겠지."

그리고서 한 가지를 몰래 가르쳐주었습니다.

"우울해질 땐 저택 밖에 혼자 나오면 좋단다. 바깥 세계를 알면, 너도 분명, 조금은 마법이 좋아질지도 모르니까."

"……하지만."

저택 밖에 혼자 나오는 것은 단단히 금지되어 있습니다. 지금 이렇게 저택 밖의 세계를 볼 수 있는 것도 어머니가 함께 걸어주고 있기 때문입니다.

그녀에게는 마법 특훈── 저택에서의 답답한 생활밖에 허락되어 있지 않았던 것입니다.

"저택 문에서 오른쪽으로 서른 걸음 간 곳에 있는 수풀을 헤쳐 보렴. 울타리에 자그마한 구멍이 뚫려 있을 거야."

그곳을 통해 저택 밖으로 나갈 수 있단다, 라고 어머니는 몰래 가르쳐주었습니다.

"엄마는, 사실 옛날엔 못된 아이였단다."

어머니처럼 될 수 있는 방법을, 가르쳐주었습니다.

그 후로 그녀는 틈이 생기면 저택에서 밖으로 도망치게 되었습니다.

나쁜 일이란 걸 알았지만, 할머니에게 들키면 어떤 처분이 기다리고 있을지 생각하는 것만으로도 무서웠지만, 그래도 한 번 빠져나가고 나면 그러한 공포심은 마비되어버리는지라, 그녀는 저택에서 때때로 모습을 감추게 되었습니다.

혼자서 걷는 거리는 어머니와 함께 걷던 때와는 또 다르게 보였습니다.

그 누구의 시선도 신경 쓰는 일 없이 걸을 수 있는 세계는, 아주 넓고, 빛나 보였습니다. 그러나 동시에 어둠도 보였습니다. 어머니는 일부러 치안이 좋은 큰길만 골라서 걸었던 것이라고, 혼자 걷게 되면서 겨우 알았습니다.

거리에는 많은 사람의 모습이 있었습니다. 많은 생물의 모습이 있었습니다.

불행한 것은 결코 자신만이 아니라는 것을, 알았습니다.

일에서 실수를 하고 호되게 야단을 맞는 어른의 모습이 있었습니다. 살 집도 없어 길가에서 잠드는 사람의 모습도 있었습니다.

쓰레기통을 뒤지며 살아가는 들개의 모습이 있었습니다. 덫에 걸려 숨이 끊어진 쥐의 모습이 있었습니다.

뒷골목에서 피투성이가 되어 죽어가는 자그마한 목숨의 모습이 있었습니다.

"＿＿＿＿＿＿．"

그것이 그녀와 사역마의 첫 만남이었습니다.

넓은 저택에서 태어난 그녀는, 그러나, 역시, 바깥세상을 그다지 알지 못했던 것입니다.

"……또 같은 꿈."

소녀는 눈을 문지르며 주변을 살펴보았습니다. 그녀 주변은 빛으로 가득했습니다. 테이블 위에는 까다로운 자료 책이 산처럼 쌓여 있었습니다. 손가에는 펜과 쓰다 만 서류가 있었습니다.

아무래도 작업을 하다 잠들어버린 모양입니다.

손가의 서류는 어중간한 곳에서 글자라고 부르기에는 너무나도 보기 흉한 선이 되어 그어져 있었고, 눈물인지 땀인지 모를 것으로 젖어 있었습니다. 도저히 읽을 수가 없었습니다.

"…………．"

짜증을 담아 그녀는 서류를 꾸깃꾸깃 뭉쳐서 휙 버렸습니다. 책망하는 사람은 아무도 없었습니다. 이곳은 그녀의 방이기 때문입니다.

게다가 이 저택에는, 이제 사람은 그녀밖에 없기 때문입니다.

반년 전의 날을 경계로, 이 저택에서 사람은 사라지고 말았습니다.

그녀를 남기고, 모두가 목숨을 잃고 말았습니다.

아무리 더럽힌들, 아무리 어지른들, 그녀를 혼낼 사람은 없었습니다.

"좀 더…… 좀 더 열심히 해야 해……."

그녀는 다시 펜을 쥐었습니다.

무언가에 씐 것처럼, 그녀는 중얼거리며 계속 책상 앞에 앉아 있었습니다.

○

"두 사람은 사역마를 갖고 있습니까?"

저희가 관리님에게 불려간 것은, 정적의 나라 발라드에서 한창 입국 심사를 받고 있을 때의 일이었습니다. 관리님은 저희에게 "중요한 이야기가 있습니다"라고만 전하고 문 옆에 있던 별실로 안내하더니, 문을 잠그고 예의 그 질문을 던져왔습니다.

사역마.

"없는데요." 고개를 젓는 프랑 선생님.

"저도 마찬가지입니다." 저는 고개를 끄덕였습니다.

애초에 마법사라는 존재는 혼자서 대부분의 일은 어떻게든 할 수 있게 되기 때문에, 사역마를 사역해야만 할 사정이 그다지 없습니다. 사역마 같은 건 지금은 그저 전통 예능이라고 불릴 정도라, 현재는 사역마를 가진 마법사 쪽이 드물었습니다.

"그렇습니까……."

그러나 그녀는 우리의 대답에 살짝 어두운 표정을 보였습니다.

어라라?

"혹시 사역마를 사역하고 있지 않으면 입국할 수 없다든가, 그런 이야기인가요? 우리는 사역마를 갖고 있지 않은 것은 물론이고, 사역마를 사역하기 위한 지식도 별로 없습니다만……."

곤란합니다.

입국할 수 없게 되는 건 곤란합니다── 노숙을 하는 꼴이 되고 맙니다.

그러나 제 걱정은 기우에 지나지 않았던 모양입니다. 관리님은 "아뇨" 하고 고개를 저었습니다.

"사역마 유무에 관계없이 입국은 허가합니다. 이렇게 불러낸 것은 입국 때문이 아닙니다."

"그럼 어째서죠?"

프랑 선생님은 지당한 의문을 던졌습니다.

관리님은 그다지 표정을 바꾸는 일 없이 대답했습니다.

"우리나라의 유일한 마법사 일족은, 오래전부터 사역마를 사역해왔습니다. 선조 대대로, 전대 당주에 이르기까지 이 전통을 이어져왔습니다."

그리고 말했습니다.

"당신들께는 이 일족── 아니, 이 나라에 생긴 문제에 관한 의뢰가 있습니다."

그녀는 우리 앞에서 종이를 한 장 꺼냈습니다.

마법 총괄 협회에 제출하기 위한 의뢰서였습니다. 보수란에는 정적의 나라 발라드에 체재하는 동안의 숙박비 및 식비 전액 부담, 그것들을 근거로 한 금액이 적혀 있었습니다.

상당한 액수입니다.

숨을 절로 삼키게 될 정도로.

"이것과 같은 조건으로, 일을 받아들여 주셨으면 합니다."

그러나 상당한 금액의 보수라는 것은, 즉.

상당히 성가신 문제를 갖고 있다는 말이기도 합니다.

"……대체 무슨 일이 있었나요?"

프랑 선생님은 종이를 들어 올렸습니다.

옆에서 종이를 슬쩍 들여다보니 『사역마 포획』이라고만, 적혀 있었습니다.

"우리나라의 마법사 일족이 사역하고 있는 사역마 한 마리가 폭주하여, 주인인 소녀를 제외한 일족을 전부 참살해버렸습니다. 폭주한 사역마는 지금 마을에 때때로 모습을 나타내서는 사람들의 생활을 위협하고 있습니다. ……이것은 우리나라의 문제이니, 여행자분들의 힘을 빌리는 것이 매우 죄송스럽습니다만──."

사역마를 사역했던 일족이, 주인인 소녀 한 명을 남기고 전멸.

그것은 그러니까.

"우리나라에는 이제, 마법사는 단 한 명밖에 남아 있지 않습니다."

사역마를 폭주시키고 만 장본인밖에 남아 있지 않다는 뜻이었습니다.

추측하기에 애초에 가족이 전멸한 시점에서 남겨진 한 소녀에게 사태를 수습할 만한 능력도 여유도 없다는 것은 명백했고, 그렇기에 관리님은 여행자인 저와 프랑 선생님에게 의지하려 한 것일 테지요.

우리가 이 나라를 방문한 것은 관리님에게는 그야말로 최적의 타이밍이었던 것입니다.

"…………."

프랑 선생님은 손에 든 종이를 바라보며 그저 침묵을 지켰습니다.

그래서 저는 그 옆에서, 물었습니다.

"그 아이 이름은 뭔가요?"

관리님은 저를 보더니, 딱 한 마디로 답했습니다.

카렌.

그것이, 저택에 홀로 남겨진 불쌍한 소녀의 이름이라고.

○

거리에서는 희미한 바다 내음이 감돌았습니다.

완만한 언덕길에서 해수면의 아름다운 반짝임이 눈부시게 느껴졌습니다. 바다가 바로 가까이까지 다가와 있었습니다.

배로 왕립 세레스텔리아까지 돌아갈 예정인 프랑 선생님의 여로도 막바지에 접어들었습니다.

"그것이 나타난 건 막 해가 떴을 때였어. 기르는 개가 갑자기 짖길래 무슨 일인가 싶어 창문으로 마당을 봤더니, 그 녀석이 있었어. 그건 정말이지 무시무시했다니까."

선생님은 흔쾌히 의뢰를 받아들였고, 저도 마찬가지로 선생님과 나란히 조사를 시작했습니다.

길에서 스쳐 지나가는 사람들에게 무작위로 말을 걸며 다녀보니, 아무래도 역시 카렌 씨의 사역마가 일으킨 문제는 분명 마을 사람들을 술렁이게 하고 있었습니다.

목격 정보는 셀 수 없을 정도였습니다.

"우리 가게 쓰레기통을 뒤집어놨어. 솜씨 좋게 뚜껑을 열어서, 쓰레기통에서 아직 먹을 수 있을 만한 것만 먹었더라고. 뭐 큰 피해는 없었지만——."

그 모습은 그야말로 짐승 그 자체였다고 합니다.

털은 검은색. 눈동자는 녹색, 이빨은 날카롭고, 예리한 발톱은 지저분했습니다. 생김새는 어딘가 늑대처럼도 보이는 모양인데, 무엇보다 체구가 거대하다고 합니다. 몸길이는 거의 성인 남성 수준.

"그건 빵을 좋아하는 모양이야. 종종 우리 가게에 나타나서 빵을 먹고 싶은 듯이 바라보고 있거든. 자주 보이는 집 없는 꼬맹이라면 주저 없이 쫓아낼 수 있겠지만, 그건 아무튼 몸집이 커서 말이야. 우리 집엔 어린 딸도 있는데, 위해를 가하는 게 아닐까 싶어서 간이 서늘해져."

평소에는 좀처럼 사람 앞에 나타나는 일이 없는가 봅니다만, 아무래도 좋아하는 빵에 낚이는 모양인지, 특별히 지능이 높은 것도 아닌 모양입니다.

그러나 어째서 반년 동안 이러한 짐승이 마을 사람들에게 방치되어 있었던 것일까요? 생김새가 무시무시하고, 작물과 쓰레기를 헤집어 놓는 기분 나쁜 괴물이라고 하면서, 대체 어째서 아무도 대처하지 않았던 것일까요?

우리가 품은 지극히 당연한 의문에는, 순찰을 하던 위병분이 답해주었습니다.

"지금까지 몇 번이나 포획하려 했습니다만, 실패했습니다. 마을 주민에게도 협력을 받아서 총동원되어 쫓아다니기도 했지만── 그 늑대는 발이 아주 빠릅니다. 우리 같은 마법도 뭣도 쓸 수 없는 인간만으로는 잡는 것이 도저히 무리였지요."

위병분은 한숨을 섞어가며 이야기했습니다.

"이 나라 마법사의 힘을 빌릴 수 있었다면 좋았을 테지만 말이죠──."

말하길.

가족이 전부 죽은 날을 경계로, 사역마의 주인인 카렌 씨는 저택에 틀어박혀 나오지 않게 되어버렸다고 합니다.

저택의 마법사들에게 신세를 지고 은혜를 느끼고 있는지, 불쌍한 처지가 된 그녀를 동정하는 주민도 많았고, 때때로 그녀의 모습을 살피러 가거나 음식을 두러 가거나 하는 주민도 있는 모양입니다만, 누구 한 사람 카렌 씨의 모습을 본 사람은 없다고 합니다.

굳게 닫힌 문 안에서 살아 있는 것인지, 아니면 죽어버린 것인지도 지금은 알 수 없다고 합니다.

"……그 저택은 어디에 있나요?"

위병분은 제게 고개를 끄덕이며 손가락으로 가리켰습니다.

마을 저편에 있는, 크디큰 저택을.

사역마의 특징도 대략적인 생태도 파악한지라, 이제 충분할 테지요.

이제부터 해야 할 일이라고 한다면, 우선 묵을 숙소를 찾는 것과 그리고 사역마의 행방을 쫓는 것과 그리고.

카렌 씨가 있는 곳으로── 얼굴도 모르는 그녀가 틀어박힌 저택으로, 향하는 것.

빠르고 확실하게 사건을 해결하기 위해서는 그것들이 필수불가결하지 않을까요?

그것은 어찌 되었든.

"아, 우선 셰프 추천 샐러드 한 접시와 가장 싼 커피와 그리고 여기에서 여기까지 있는 빵을 전부 주세요. 주문은 이상입니다."

탁하고 메뉴판을 재빨리 덮는 저.

한바탕 조사를 마친 다음, 우리는 마을 찻집에서 서로 마주 앉았습니다. 주문은, 하고 점원분이 나타난지라 저는 염원이었던 "여기부터 여기까지 전부 주세요"를 해 보였습니다.

"그렇게 많이 주문해도 괜찮은 건가요?"

점원분이 바쁘게 주문을 메모하는 옆에서 프랑 선생님이 고개를 갸웃거리고 계셨습니다.

걱정할 것 없습니다. 어차피.

"식비는 전액 부담이니까 말이죠──!"

돈을 내주는 거라면 마음껏 주문해도 문제없지 않을까요? 하고 제 사고회로가 완전히 망가진 결과 이러한 기행으로 내달렸습니다만, 선생님은 선생님답게 평소처럼 얌전하게 "아아, 저는 홍차면 됐습니다"라고 점원분에게 말했습니다. 겸허합니다.

"하지만, 괜찮은 건가요? 일레이나. 그렇게 주문하다니."

점원분이 자리를 비운 후에 선생님은 몸을 앞으로 내밀며 조용히 제게 물었습니다.

저 혼자서 다 먹을 수 있는지를 걱정하고 계신 걸까요?

"걱정하실 것 없습니다. 이 가게는 포장도 되는 양심적인 가게거든요."

"아니 그게 아니라."

선생님은 이런 이런 하고 고개를 저었습니다.

"돈, 괜찮은가요?"

"남의 돈이니까 그것도 딱히."

이 나라에 체재하는 동안의 식비는 전부 부담해준다고 했으니까요. 이 나라에서 돈을 얼마나 쓰든 영수증만 받아두면 전부 돌려받을 수 있습니다. 이 무슨 일인지.

"하지만 의뢰에 실패하면 돈은 못 돌려받는데요?"

"!"

"아니, 평범하게 생각하면 그렇잖아요?"

"……………………………………알고 있었거든요?"

"미리 선을 그어두겠는데, 저는 사주거나 하지 않을 거예요."

"선생님, 이 의뢰, 반드시 완수하죠."

"그 대사는 가능하면 좀 다른 곳에서 듣고 싶었는데요……."

그러나 전부 자비로 부담해야 할 리스크가 생겼으니 주문을 취소하자, 라고 할 틈도 없이 점원분은 주문한 메뉴를 전부 가져오고 말았습니다. 이렇게 되면 어쩔 수 없습니다. 저는 고개를 떨구면서 "아, 죄송합니다…… 담아갈 봉투를 받을 수 있을까요? 가능하면 대량으로" 하고 점원분을 불러 세웠습니다.

의아한 표정을 지으면서 봉투를 들고 와준 점원분.

훌쩍훌쩍 봉투에 빵을 전부 채워 담는 저.

선생님은 그런 제 모습을 멍하니 바라보며 홍차에 한 번 입을 댄 뒤.

"이 가게를 나가면── 카렌 씨가 있는 곳으로 가봐야겠군요."

생각났다는 듯이 말했습니다.

"…………."

저는 봉투를 정리한 다음 고개를 끄덕였습니다.

"그러네요."

솔직히 말씀드리자면 저도 프랑 선생님도 사역마에 관한 전문적인 지식을 거의 갖고 있지 않은 것이 현재 상황입니다.

주인인 카렌 씨의 도움으로 사역마를 제지할 수 있다면, 그리해야 하고, 그녀가 저택에서 나오는 것이 불가능하다고 한다면, 그 이유를 밝혀내야 합니다.

그녀와 만날 수밖에 없습니다.

그러나 사람을 만나야 한다면.

"지금부터는 저와 프랑 선생님이 따로 행동하는 편이 좋겠네요."

"네."

선생님은 말했습니다.

"카렌 씨가 어떤 상태인지는 모르겠지만——반년이나 저택에서 나오지 않는다고 하니, 뭔가 사정이 있으리라는 건 틀림이 없을 테죠."

가족을 잃은 데다 사역하고 있었을 터인 사역마가 마을에서 날뛰고 있으니, 그녀가 아무런 생각 없이 그저 느긋하게 한가한 시간을 보내고 있으리라고는 생각하기 어렵습니다.

어쩌면, 그녀는 저택과 마찬가지로, 마음도 단단히 닫고 있는 것이 아닐까요?

그렇다면 만나러 가서 이야기를 나눌 필요가 있습니다. 그러나 지금 저희는 둘이서 행동을 하고 있습니다. 만약 저희 두 사람이 한꺼번에 그녀를 찾아간다면, 과연 마음을 열어줄까요?

아마도 어려울 테지요.

"카렌 씨한테는 저 혼자 가겠습니다."

관리님이 말하길 카렌 씨는 저보다 조금 나이가 어리다고 합니다.

그렇다면 저택으로 향하는 것은 비교적 나이가 가까운 제가 적임일 테지요.

"부탁할게요."

선생님은 고개를 끄덕였습니다.

"저는 사역마의 행방을 쫓기로 하죠."

그리고 잠시 휴식을 취한 다음에 우리는 자리에서 일어났습니다.

가게를 나왔을 때 선생님은 "숙소 예약도 해둬야 하겠네요. 하

루를 마치고 모여서 서로에게 경과보고를 하기로 해요" 하고 제
안했습니다.

과연, 그렇군요.

"저렴한 곳으로 부탁드립니다."

"비싼 곳으로 하죠."

"선생님."

"숙박비는 각자 부담이면 되겠죠?"

"선생님."

상당히 아웅다웅 말다툼을 한 다음, 그럭저럭 비싼 숙소에 묵
기로 했습니다.

이건 무슨 일이 있어도 의뢰를 달성하지 않으면 안 되게 되었
군요…….

○

"실례합니다아. 문이 열려 있어서 들어왔는데요오. 아무도 안
계신가요오."

그것참.

어느 저택에서, 단단히 닫혀 있던 문의 자물쇠를 마법으로 간
단히 연 다음 더할 나위 없이 뻔뻔한 대사를 뱉으며 태연하게 불
법 침입을 한 마법사가, 그곳에는 있었습니다.

범죄 행위에 아무런 망설임도 없는 그 소녀는 대체 누구인가.

그렇습니다. 저입니다.

"……대답이 없네요."

당당히 정문으로 들어왔건만 무시라니, 대체 어찌 된 일인지? 하고 의아하게 여기면서 저는 눈앞에 서 있는 커다란 저택 쪽으로 걸음을 옮겼습니다.

살았는지 죽었는지도 정확하지 않은 여자아이 한 명을 위해 사양하고 있을 때가 아닌지라, 저는 저택 문도 마법으로 냉큼 따버렸습니다.

"…………."

아름다운 외관과 달리, 안은 상당히 엉망이었습니다.

천장에 달려 있었을 터인 샹들리에는 붉은색 양탄자 위를 무참하게 굴러다녔고, 파편이 여기저기 흩어져 있었습니다. 벽에 걸린 그림은 검게 더러워졌고, 계단은 곳곳에 구멍투성이. 마치 폭풍이 지나간 후 같은 모습이었습니다.

한 걸음 내디딜 때마다 샹들리에 파편이 파삭파삭 소리를 내며 부서졌습니다.

이 저택 어딘가에 카렌 씨가 있을 터입니다──.

"안녕하세요."

대체 어디를 향해 나아가면 그녀와 만날 수 있을지 알 수 없었기 때문에, 저는 적당히 걸어 다니면서 어딘가를 향해 인사하며 산책했습니다.

저택 안을 잠시 조사했을 때, 이윽고 발밑에는 유리 파편이 아니라 뭉쳐진 종이가 굴러다니기 시작했습니다. 주워 들고 주름을 펴보니, 종이에는 꼬깃꼬깃하게 자아진 문자가 있었습니다.

저는 그것들을 하나하나 주우며 걸음을 옮겼습니다.

이윽고 종이는 저택 안쪽—— 반쯤 열린 문 앞으로 저를 이끌었습니다.

"…………."

그곳은 넓은 방이었습니다. 그러나 어질러진 방이기도 했습니다.

복도에까지 뻗어 나온 종잇조각들은 방바닥과 침대 위에까지 종횡무진 흩어져 있었고, 벽 여기저기에 핀으로 고정된 종이가 줄줄이 이어져 있었습니다.

문이 삐걱대는 소리가 울리는 조용한 공간 속에서, 젖혀진 커튼이 햇볕을 흔들고, 흘러든 부드러운 바람이 책상 위에 펼쳐놓은 책 페이지를 넘겼습니다.

그 앞에 엎드려 있던 소녀가 살짝 미간을 좁히며 몸을 일으켰습니다.

금색 머리카락은 어깨 아래 정도 길이였고, 역시 좋은 집안의 아가씨답게 입고 있는 로브는 여기저기에 과한 장식이 되어 있어 무척이나 비싸 보이는 물건.

나이는 저보다 둘이나 셋 정도 아래일 테지요. 아직 앳되어 보이는 생김새의 그녀는 이윽고 문 앞에 선 저의 존재를 깨닫고, 이쪽으로 고개를 돌렸습니다.

눈동자는 흐릿했고, 그 바로 아래에는 희미하게 다크서클이 생겨 있는 것이 보였습니다.

"……누구?"

의심스러워하며 미간을 좁힌 것인지, 아니면 그저 견디기 어려운 졸음에 힘들어하고 있는 것인지, 판단하기 어려운 표정을 지으며 그녀는 고개를 갸웃거렸습니다.

저는 어찌 대답할까 망설였습니다만.

"여행하는 마녀입니다."

일단 간단히 자기소개를 했습니다.

"거리에서 날뛰고 있는 당신 사역마를 제지하기 위해 왔습니다"라고.

"…………."

제 말에 그녀는 무슨 생각을 했을까요? 표정을 바꾸는 일 없이, 저를 바라본 채로 침묵하는 그녀는, 분명 마을에서 일어나고 있는 이변에도 눈치를 챘을 터입니다. 그래서 저는 그녀의 말을, 그 자리에서 계속 기다렸습니다.

이윽고 그녀는, 흐읍 숨을 들이쉬고, 한마디.

"불법 침입."

그렇게만 말했습니다.

"…………."

의외로 냉정한 그녀가 그곳에는 있었습니다.

●

일레이나와 따로 행동하기로 한 후에도 마을 주민에게 이런저런 이야기를 들었습니다만, 유력한 정보를 갖고 있는 분은 딱히 없었습니다.

©Azure

마을 사람들은 사역마를 본 적은 몇 번인가 있는 모양이었습니다만, 신출귀몰한 사역마가 언제 어디서 나타나는지는 전혀 상상도 할 수 없다고 합니다.

저는 곤란해졌습니다.

그러나 찬찬히 계속해서 걸어 다닌 결과, 아무런 성과도 내지 못했던 것은 아닙니다.

"……이건."

사역마와 관계가 있을지 어떨지는 알 수 없었습니다.

우연히 사역마와 딱 마주치거나 하지 않을까── 같은 생각을 해가며 마을 뒷골목을 걷고 있을 때, 저는 묘한 것을 하나 발견했습니다.

지저분한 길 한가운데, 정성스럽게 접시에 담긴 채 방치되어 있는 하나의 빵을.

"…………."

이건 분실물일까요? 어째선지 접시에 담겨 있습니다만. 명백하게 작위적으로 놓여 있는 기척밖에 안 느껴집니다만. 아니 아니 어찌 생각해도 덫입니다만.

"어머나……."

시선을 올려보니, 길 끝에 또 하나의 빵이 굴러다니고 있었습니다.

대략 이쯤 되면 눈치가 나쁜 저라도 눈치를 챌 수 있습니다. 길 앞에는 계속해서 접시에 담긴 빵이 놓여 있을 뿐이었습니다.

"어머나, 아까워라……!"

저는 하나 주워 들어서는 자루에 담았습니다.

정말이지 어리석은 일이었습니다. 분명 이것은 사역마를 잡기 위해 펼쳐놓은 덫일 테지요. 그렇다면 이 빵을 낭비하는 작전을 세운 인간이, 아마도 이 빵으로 된 길 앞에서 대기하고 있을 터입니다.

이렇게 대량의 빵을 산 인간을 저는 알고 있었습니다.

안다기보다 조금 전까지 함께 있었습니다.

"일레이나…… 정말이지."

분명 카렌 씨가 있는 곳으로 갔을 터입니다만—— 대체 무얼 하고 있는 것일까요? 그러나 이렇게 먹을 걸 함부로 하는 작전에 나서다니 언어도단입니다.

그래서 저는, 이러한 장난 같은 작전 끝에 기다리고 있을 터인 일레이나에게 "이 녀석!" 하고 혼을 내주기 위해 빵을 회수하고 다녔습니다.

그 후로 잠시 나아간 곳에 마지막 빵이 있었습니다.

줄줄이 접시에 담겨 있던 빵은, 마지막 하나만 묘하게 배치되어 있었습니다.

가로등 아래 매달려 있던 것입니다.

게다가 수수께끼의 하얀 가루가 잔뜩 발려 있었습니다.

너무나도 수상합니다…….

먹었다간 잠들지 혹은 온몸이 마비되어 움직이지 못하게 될지 분명하지는 않지만, 확실하게 말할 수 있는 것은 이 빵만은 평범한 빵과는 다르다는 것. 지나치게 노골적인 덫입니다. 그러나 먹지 않으면 아무런 해도 없을 것이 틀림없습니다.

그런고로 저는 마지막 빵을 잡아당겨, 손에 들고서.

"일레이나, 어디에——."

있나요? 어서 나오세요. 이 녀석. 하고 말하려 했습니다. 그러나 제 말은 마지막까지 입에서 나오지 않았고, 애초에 도중부터 "꺅!" 하는 조심성 없는 비명으로 바뀌고 말았습니다.

"…………."

아마도 마지막 빵에 자극을 준 직후에 덫이 작동하도록 되어 있었던 것일 테지요. 깨닫고 보니 저는 조금 전까지 마지막 빵이 그러했던 것처럼, 가로등 아래 매달리고 말았습니다.

양손은 허리 부근에, 양다리는 치마째로 묶여버렸습니다. 꼼짝도 할 수 없게 된 저는 그저 가로등 아래에서 흔들흔들 흔들릴 뿐이었습니다.

정말이지 비참했습니다.

그리고.

부끄러움과 한심함에 얼굴이 터질 만큼 빨개졌을 타이밍에, 저를 덫에 빠뜨린 장본인이 그림자 속에서 모습을 드러냈습니다.

일레이나인가요? 일레이나죠? 일레이나가 틀림없습니다——하고 그 얼굴을 볼 때까지는 생각했습니다만.

"설마 이렇게나 간단히 잡힐 거라고는 생각 못 했는데 말이야——사역마라고 해도 어차피 개로군."

그곳에는 마녀가 있었습니다—— 그러나 일레이나는 없었습니다.

하얀 로브, 하얀 삼각모자, 가슴께에는 별을 본뜬 브로치와 달을 본뜬 브로치가 자랑스레 달려 있었습니다. 머리카락은 금색이고, 나이는 저와 비슷한 정도일까요?

"…………."

그녀는 저를 바라보다 굳었습니다. 담뱃대를 문 채로 굳었습니다.

"…………."

저로 말할 것 같으면 애초에 매달린 시점부터 쭉 물리적으로 굳어져 있습니다.

하지만 잘 생각해보면 우리 같은 방랑객에게 부탁하기 전에, 마법사가 일으킨 사건에 대처하기 위한 조직이 세상에는 있는 만큼, 관리님이 우리보다 그쪽에 먼저 말을 걸었다고 해도 이상하지는 않은 일입니다.

마법 총괄 협회에서 이미 마법사가 파견되어 왔다고 해도 이상하지는 않은 일입니다.

요컨대.

그곳에는 아주 낯익은 얼굴이 있었습니다.

동문인 실라의 모습이, 그곳에는 있었습니다.

"……너 뭐 하고 있는 거냐?"

그녀는 한없이 차가운 말을 담배 연기와 함께 제게 날렸습니다.

"……뭘 하고 있는 것처럼 보이나요?"

"멍청한 짓을 하고 있는 것처럼 보이는데."

"…………." 응시하며 침묵하는 저.

"…………." 응시하며 침묵하는 실라.

"…………." 이윽고 저는 그녀에게서 시선을 돌렸습니다.

"저기, 일단 내려주시겠어요?"

실라는 천천히 고개를 끄덕였습니다.

"나중에 같이 밥이라도 먹으러 가자. 내가 살게."

"그만두세요다정하게대하지마세요."

"돈 때문에 곤란하면 상담 정도는 하라고. 나라도 괜찮다면 힘이 될 테니까."

"진짜로그만두세요애초에그게아니라고요이건——."

"그래그래. 뭐, 제자한테는 비밀로 해줄게. 존경하는 스승님이 떨어진 걸 주워 먹었다는 사실을 알았다간 분명 그 녀석도 슬퍼할 테니까."

"아, 그 점에 관해서는 문제없어요. 일레이나는 제 그런 면을 질릴 만큼 봐왔으니까요."

스스로 말하면서 슬퍼졌습니다. 무슨 말을 하고 있는 걸까요.

"…………."

실라는 매우 미묘한 표정을 한 후, 제 어깨를 툭 두드렸습니다.

"나중에 같이 밥이라도 먹으러 가자. 내가 살게."

"그만두세요다정하게대하지마세요."

○

"언젠가는 오리라고 생각했어."

불법 침입자인 저를 거절할 정도의 체력이 남아 있지 않은 것인지, 혹은 제가 마녀이기 때문인지도 모르지만, 제 가슴께의 브로치로 힐끗 시선을 주고서 그녀는 말했습니다.

　전부 다 안다는 듯한 표정으로, 말했습니다.

　"나를 죽이러 온 거지?"

　………….

　아니전혀모르고있군요…….

　그녀는 대체 저를 어떤 존재로 여기고 있는 것일까요?

　"아니, 저기…… 아닌데요?"

　어째서 갑자기 그런 흉흉한 발상에 이른 것일까요? 그렇게까지 지쳐 있는 것일까요?

　"저는 이야기를 하러 왔을 뿐입니다만……."

　"이야기를 한 끝에 죽일 셈? 하지만 안 돼. 나를 죽이는 건, 조금만 더 기다려줘."

　아니그러니까카렌씨를죽이기위해여기온게아닙니다만…….

　그보다, 애초에.

　"제가 만약 당신을 죽일 셈으로 이 저택에 숨어들었다면, 당신이 느긋하게 낮잠을 자는 사이에 일을 마치지 않았을까요?"

　"!"

　"아니뭘놀라는겁니까."

　평범하게 생각하며 알 수 있는 일도 알지 못하는 것을 보니, 역시 피로가 쌓여 있는 것일 테지요. 눈 아래에 다크서클을 달고 있을 정도로 수면 시간을 줄이고 있는 모양이니까요.

　"그럼, 죽이러 온 게 아니라면, 당신은 뭘 하러 온 거야?"

　"방금도 말했다고 생각합니다만."

뭐, 상관없을 테죠. 다시 가르쳐드리겠습니다.

"마을에서 날뛰고 있는 당신의 사역마를 제지하기 위해 왔습니다."

…………．

그녀는 제 말을 듣고서, 힐끔 제 등 뒤로 시선을 주더니.

"마녀님. 당신은 사역마를 데리고 있지 않은 거야?"

고개를 갸웃거리며 그렇게 반응했습니다.

"보시는 대로."

"사역마에 관한 지식은……?"

"안타깝게도."

"그럼 어떻게 하면 사역마를 막을 수 있는지도, 잘 모르는 거야?"

"뭐 그렇게 되겠죠."

그래서 만나러 온 거니까요. 사역마를 방치하고 틀어박혀 있는 진의도, 사역마를 제지할 방법도, 알고 있었다면 애초에 일부러 불법 침입 같은 건 하지도 않았습니다.

"그래."

카렌 씨는 짧게 고개를 끄덕였습니다.

그다지 감정을 드러내지 않는 분인지, 혹은 아직 잠기운이 남아 있는 것인지, 그녀는 눈을 내리뜬 채 저와 얼굴을 마주하는 일 없이 중얼중얼 말하기 시작했습니다.

"사역마라는 건 마력을 부여받은 동물을 가리켜. 사역마가 폭주한 경우, 그걸 멈출 방법은 두 가지가 있어. 하나는 주종 관계를 푸는 것. 그렇게 하면 사역마는 본래의 모습으로 돌아가. 마을을 위협하는 내 사역마도, 막을 수 있어."

그렇다면 그리하면 어떻겠습니까? 같은 차가운 말이 목구멍까지 올라왔다, 멈추었습니다.

막을 방법이 있음에도 불구하고 틀어박혀만 있다는 것은, 무엇보다 그 방법을 택하기가 쉽지 않기 때문일 테지요.

적어도, 지금의 그녀는 그저 상심하여 틀어박혀 있을 뿐인 것으로는 보이지 않았습니다.

"주종 관계는 어떻게 하면 풀립니까?"

"그걸 당신에게 이야기하면 어떻게 되지?"

"협력하겠습니다."

"됐어."

카렌 씨는 간단히 거절했습니다.

"이건 내 문제. 당신은 관계없어. 게다가 당신에게 협력받은들, 지불할 대가가 없어."

대가라면, 뭐 다른 데서 제대로 짜낼 가능성이 있으니 신경 쓰지 않아도 괜찮습니다만.

"대가를 지불해야만 마음이 편하겠다면, 사역마가 폭주하기에 이른 경위라도 가르쳐주세요. 그걸로 어떤가요?"

"……어째서 협력하는 방향으로 이야기가 진행되는 거지?"

"대가를 지불하지 못하는 것을 마음에 걸려 하는 것 같아서요."

"마음에 걸려 하는 게 아냐. 사역마가 폭주한 원인은 나한테 있으니까, 내가 해결하지 않으면 의미가 없다는 것뿐."

"자신이 일으킨 참사의 책임을 전부 자신이 지겠다, 라는 건가요?"

"그런 거야."

과연, 그렇군요.

한숨이 나오고 말았습니다.

"지금은 그런 성가신 생각은 일단 나중으로 미뤄주시죠. 사역마를 마을에 풀어놔 버린 책임이라면 문제를 해결한 다음에 얼마든지 질 수 있습니다. 이미 수단을 가릴 상황이 아닙니다."

"…………."

그녀는 잠시 침묵하며 저를 바라보았습니다.

그리고, 이윽고.

"이제 막 만난 당신을 신뢰하라고?"

그리 말하며 고개를 갸웃거렸습니다.

"신뢰는 해주지 않아도 괜찮습니다. 하지만 이용은 해주세요."

적어도 고독하게 책상을 마주하고 있는 것보다 훨씬 효율적일 테니까──라고, 저는 답했습니다.

"…………."

잠자코만 있던 그녀는, 한 번 창밖으로 시선을 주고, 그리고 책상 위에 놓아둔 액자를 바라본 후, 그야말로 떨떠름한 분위기를 자아내며.

"……알았어. 그럼, 이용할게."

그렇게 답했습니다.

이리하여 저는 일단 사역마를 원래대로 되돌리기 위한 출발선에는 섰습니다만. 그러고 보니 여기서 하나, 떠오른 것이 있었습니다.

"사역마를 제지하는 또 하나의 방법은 뭔가요?"

주종 관계를 푸는 것 이외에 대체 어찌하면 사역마를 막을 수 있는 것일까요?

그녀는 저를 바라보는 일 없이, 딱 잘라 말했습니다.

"주인이 죽는 것."

주인이 죽으면 사역마도 죽는다──라고.

아무도, 사역마조차 없는 저택 안에서, 대답했습니다.

●

"언제부터 여기에?"

뒷골목에서.

저는 조금 전까지의 일이 마치 없었던 일인 것처럼 태연한 얼굴을 하며 실라에게 물었습니다. 그녀는 담뱃대에 쌓인 재를 근처 지면에 떨며 대꾸했습니다.

"이 마을에 내가 파견된 건 대략 일주일 정도 전이야. 너는?"

"오늘 막 온 참이에요. 제자인 일레이나와 둘이서 우연히 방문했거든요. 둘이서 사역마를 잡아줬으면 한다고 부탁을 받았어요."

"…………."

일레이나의 이름을 들은 순간 조금 묘한 표정을 지으며 실라는 "그렇군" 하고 고개를 끄덕였습니다.

"왜 그러죠?"

"아니, 별로."

"?"

아아, 그러고 보니.

"당신 제자는 잘 지내나요? 사야 씨요."

"············요즘엔── 아니, 지금 할 이야기는 아니군."

"······?"

"그보다, 일단 나랑 너는 목적은 같다고 봐도 되겠지?"

"네── 협력해준다면 고맙겠습니다만."

"다음부터 내 작전을 방해하지 않는다면 그러지."

"어라? 방해한 적이 있던가요? 우후후."

기억나지 않는데요.

"············."

실라는 매우 노골적으로 얼굴을 찌푸렸습니다.

아무튼, 그리고서 저는 이 마을에 와서 대략적인 정보를 모은 것과 일레이나가 지금 저택에 갔다는 것을 실라에게 밝혔습니다. 그녀는 "흐응" 하고 조금 어찌 되든 상관없다는 듯이 고개를 끄덕였습니다.

"그럼 사역마의 주인을 상대하는 건 그 녀석에게 통째로 넘겨도 되는 건가?"

"네. 포획은 우리가 통째로 넘겨받았지만요."

사역마가 있는 곳은 여전히 불명인 채입니다. 어디에 있고, 무엇을 하고 있는지조차, 아무것도 알지 못합니다.

"일주일 동안 성과는 있었나요?"

"일단 빵을 좋아한다는 건 알았다."

"아아. 청취 조사를 했군요."

저와 일레이나도 그 정보는 파악하고 있습니다.

"그리고, 다른 건 뭐가 있죠?"

"아무래도 길바닥에 떨어진 빵은 안 먹는 모양이다."

"…………그 외에는요?"

"이상이다."

"이상이라니."

하루면 충분히 얻을 수 있는 정보밖에 없지 않습니까…….

"그만큼 잘 알 수 없는 상대라는 거라고. 일주일 동안 엄청나게 조사했지만, 결국 지금까지 한 번도 목격하지 못했어."

"…………."

그래서 길에 빵을 놓는다고 하는 고육지책에 나섰던 거로군요……. 뭐, 낚인 건 저였지만 말이죠.

초조하다는 듯이 실라는 머리를 마구 흩뜨렸습니다.

"……어디든 나타나는 것치고는 어디에도 없어. 정말이지 성가신 개야."

그리고 그렇게 내뱉었습니다.

"자자. 어디든 나타난다는 건, 어쩌면 기다리고 있으면 조만간 나타난다는 걸지도 모르잖아요?"

모든 일은 긍정적으로 생각하기로 하죠.

"그리 간단히 나타나 준다면 이쪽도 고생은 안 할 텐데 말이지──."

실라는 그리 말하며 조금 전 제가 매달려 있던 가로등 쪽으로 시선을 돌렸습니다.

저도 뒤따라 시선을 돌렸습니다.

그곳에서 무언가가 움직인 듯한 기척이 느껴졌기 때문입니다.

"…………."

그나저나.

갑작스러운 이야기입니다만, 저는 이때 한 가지 떠올린 것이 있었습니다.

실라가 뒷골목에 흩뿌렸던 수많은 빵을, 저는 분명 조금 전에 하나씩 자루 안에 담아 회수했습니다. 그리고 마지막 빵에 손을 대고서 공중에 매달리게 되었을 때, 저는 그 자루를 그만 바닥에 떨어뜨리고 말았습니다. 게다가, 실라가 나타나는 바람에 저는 그대로 빵의 존재를 완전히 잊어버리고 있었습니다.

그 사실을 떠올린 것은, 바로 지금.

사역마가 자루를 물고 있는 모습을 목격했을 때였습니다.

"…………." 굳어지는 실라가 있었습니다.

"…………." 저도 역시 굳어지고 말았습니다.

갑자기 사역마가 어디선가 나타난 것도 그렇습니다만, 무엇보다도 그 모습에 놀랐던 것입니다.

소문에는 거의 거짓이 없었던 모양입니다.

그 털은 검은색. 눈동자는 녹색. 이빨은 날카롭고, 예리한 발톱은 지저분했습니다. 생김새는 어딘가 늑대처럼도 보였습니다만, 무엇보다 체구는 거대했고, 몸길이는 거의 성인 남성 정도. 분명 소문과 다르지 않은 체격이었습니다.

그러나 하나, 유일하게, 소문과는 전혀 다른 부분이 있었습니다.

사역마는, 여위어 홀쭉했습니다.

검은 털 위로도 알 수 있었습니다. 팔다리는 나뭇가지처럼 가늘고, 꼬리는 축 처져 있었고, 땅을 디디고 선 다리도 떨리고 있었습니다. 분명 견디기 힘들 만큼 배가 고플 터입니다. 그레도 눈앞의 빵을 먹는 일 없이, 사역마는 자루를 입에 문 채 이쪽을 돌아보지도 않고 ——혹은 볼 여유조차도 없었는지 모릅니다만—— 그대로 민가의 지붕으로 뛰어올라, 다리를 끌면서 도망가 버렸습니다.

우리는 그저, 너무나도 갑작스러운 광경에 눈을 의심할 뿐이었습니다.

저렇게나 쇠약해진 생물이, 정말로 마을 사람들을 위협하고 있는 사역마인 것일까요?

"⋯⋯지금 그건."

실라는 그대로 저를 향해 섰습니다.

"저기, 방금 그거, 뒤쫓는 편이 좋지 않을까?"

"⋯⋯그러네요."

그리고 저는 고개를 끄덕이고, 빗자루를 꺼냈습니다.

사역마의 꼬리를 겨우 잡은 것입니다. 놓칠 수는 없습니다.

대체 지금까지, 여위어 홀쭉해질 때까지 무얼 하고 있었는지, 어디에 있었는지를, 우리는 아무래도 찾아야 할 모양이었습니다.

점점 작아져 가는 사역마의 등은, 아주아주 연약하게 보였습니다.

○

카렌 씨가 말하길.

사역마로서 계약이 성립되면, 동물은 마법을 띠고 모습을 바꾸며, 주인에게 최선을 다하며 살게 된다고 합니다. 주인의 어떠한 명령도 지키며, 어떠한 임무도 해내고 마는 노예가 된다고 합니다.

주종 관계를 맺음으로써 사역마는 주인에게 마력을 빌릴 수 있게 되고, 신체 능력이 올라가고, 모습이 바뀌는 것 외에도 마법을 쓸 수 있게 되거나, 혹은 말을 할 수 있을 정도로 지능이 높아지거나, 대체로 그런 정도의 변화가 생겨난다고 합니다.

그러나 이것은 어디까지나 계약이 성립했을 때의 경우.

그럼 실패하면 어찌 되는 것일까요? 카렌 씨는 저의 지극히 당연한 의문에, 자료를 읽으며 답해주었습니다.

"실패하면, 애초에 사역마는 바랐던 대로의 모습은 되지 못해. 대부분, 실패한 그 순간에 죽음에 이르지."

"…………."

그것은 현재 사역마의 상황과는 조금 사정이 다른 듯 느껴졌습니다. 실제로 지금, 마을에는 사역마가 자유롭게 돌아다니고 있었으니까요.

"한 번 계약이 성립된 후에 폭주하면, 가장 심각한 일이 일어나."

카렌 씨는 말했습니다.

"내 사역마도 그랬어."

"폭주하면 어떻게 되는 겁니까?"

"일시적으로 광폭해져. 다가오는 자는 전부 죽일 만큼."

"…………."

그 결과가 고독하게 연구를 계속하는 카렌 씨의 지금일지도 모릅니다.

"일시적으로, 라는 건 폭주 상태는 언젠가 끝난다는 거죠? 끝나면 어떻게 됩니까?"

"주인의 명령을 지킬 수 없게 돼. 자신의 의사만으로 행동을 취하게 되지."

그것이 지금의 카렌 씨의 사역마, 라는 것일 테지요. 어중간하게 계약이 이어진 채, 그러나 주인의 명령을 지킬 수 없게 된 사역마가 마을을 헤매다니고 있는 것입니다.

계약을 풀기 위한 수단은 둘 중 하나.

주인인 카렌 씨가 목숨을 잃거나, 혹은 엉망이 된 주종 계약을 해제하는 것.

카렌 씨가 행동에 나서지 못하게 된 것은, 이 주종 계약을 해제할 방법을 찾아야 했기 때문이라고 합니다. 계약을 풀기 위한 마법약을 어찌해도 만들 수 없었던 것입니다.

이 저택에는 온갖 마법 자료가 남아 있지만, 사역마와 주종 계약을 해제하기 위한 약을 만드는 법은 어디에도 기록되어 있지 않았습니다.

사역마와의 계약을 해제하는 것은 이 저택 사람들로서는 있을 수 없는 일이었을 테지요.

"반년 동안, 줄곧 연구했지만, 그래도 잘 되질 않았어."

그저 종이 뭉치가 굴러다닐 뿐, 성과는 아무것도 내지 못했던 것입니다. 잘 시간을 아무리 아껴가며 한다 해도, 감으로 마법을 조사하는 것은 너무나도 어려운 일이었습니다.

공부하고, 마법약 레시피를 만들어내고, 조합하고, 실패하고, 그 반복이 매일같이 계속되었습니다. 몇 번이고 몇 번이고 실패만을 반복하고, 저택 안이 엉망이 되었습니다. 샹들리에가 떨어지고, 그림이 더러워지고, 그래도 몇 번이고 반복하며 그녀는 연구를 거듭했을 테지요.

"⋯⋯⋯⋯⋯."

저는 그녀의 책상에 놓인 자료를 손에 들었습니다.

"사정은 알았습니다. 일단 남아 있는 마법약 레시피를 전부 넘겨주세요."

"하지만, 내가 만든 건 전부 실패작이라──."

"그래도 제가 만들면 또 다른 결과가 될지도 모르니까요."

"⋯⋯알았어."

주저하는 기색으로 고개를 끄덕인 카렌 씨의 손에서 레시피를 받아 들고서, 저는 가지고 있던 자료와 비교하며 읽기 시작했습니다. 저는 사역마에 관한 지식은 없습니다. 그러나 그 이외의 지식과 경험이라면, 나름대로 있을 터입니다.

그래서 저는 그녀 옆에서, 그녀와 마찬가지로 책상을 마주했습니다.

"⋯⋯⋯⋯⋯."

"⋯⋯⋯⋯⋯."

서로 그저 입을 다문 채, 무언가 생각난 것처럼 펜을 놀리고는 종이를 휙 등 뒤로 던졌습니다.

시간을 잊고, 해가 저물 때까지, 줄곧.

조용한 시간을 보냈습니다.

"……그러고 보니, 그 사역마, 원래는 개였던 건가요?"

저는 자료를 읽다가 문득 떠오른 것을 물었습니다.

"응? 어째서?"

카렌 씨는 의아하다는 듯이 저를 돌아보았습니다.

"아니, 늑대처럼 생겼다는 소문을 들어서요."

뭐, 저는 사역마의 모습을 실제로 본 것은 아니니, 어디까지나 그저 소문으로 그리 생각했을 뿐입니다만. 개가 커졌다면 대체로 늑대겠지요, 하는 안이한 데도 정도가 있는 난폭한 추측이었습니다.

"아냐."

그리고 아무래도 조잡한 추측은, 빗나간 모양입니다.

"전혀 아냐."

크게 빗나간 모양입니다. 그녀는 머리카락이 흩날릴 정도로 크게 고개를 저었습니다.

"사역마는 좋아하는 모습을 할 수가 있어. 주종 계약을 맺으면, 어떤 모습이 되어도 상관없어."

뭐, 사역마로 삼기 위한 마법은, 그녀의 이야기를 통해 추측해 볼 때 변신 마법의 응용 같은 것일 테고 분명 그렇다면 겉모습은 어찌 변하든 이상할 것 없었습니다.

그녀는 책상에서 몸을 일으키고서 저를 바라보았습니다.

"우리 가문은 대대로 늑대 사역마를 키웠으니까, 늑대가 되었을 뿐이야."

그렇다면.

"그럼, 원래는 어떤 동물이었나요?"

흥미 본위였습니다.

왠지 모르게, 궁금해졌을 뿐입니다.

"…………."

그녀는 저의 지극히 자연스러운 물음에 주저하고 망설였고, 그 눈동자는 흔들렸습니다.

뭔가 해서는 안 될 질문을 한 것일까요? 제게 잘못이 있는 것일까요? 저는 그녀의 묘한 모습에 위화감을 느꼈습니다.

"내, 사역마는."

그리고 그녀는.

잠시 망설인 끝에.

답했습니다.

●

사역마가 빵 자루를 문 채 달려간 곳은 마을 외곽에 있는 자그마한 공장 터였습니다. 인기척은 없었습니다. 과연, 이런 곳을 거처로 삼고 있었다면 아무도 눈치채지 못한 것도 무리는 아닙니다.

덤으로 평소에는 지붕 위를 뛰어다니고 있으니까요.

"어디선가 갑자기 나타나는 것도 당연하다고 하면 당연하겠네."

사역마에게 들키지 않도록 그림자 속에 몸을 숨기고서 실라는 혼자 납득했습니다.

"아무도 지붕 위 같은 건 신경 쓰지 않으니까."

"……그러네요."

저도 멀리서 사역마를 관찰하며 고개를 끄덕였습니다.

검은 털의 늑대는 지붕 위에서 지상으로 내려서더니 곧장 공장 구석에 있는 작디작은 오두막으로 향했습니다.

발걸음에 망설임은 없었습니다. 피곤함도 느껴지지 않았습니다. 조금 전까지는 서 있는 것이 고작일 정도로 비틀비틀했건만.

그저 천천히, 사역마는 오두막 쪽으로 걸음을 옮겼습니다.

"어쩔래? 잡을까?"

실라는 지팡이를 꺼내며 저를 바라보았습니다. 움직여대던 조금 전과 달리, 지금이라면 마법으로 포박하는 것도 간단하리라 생각되었습니다.

"…………."

저는 대답하지 않았습니다. 그저 멀리서 사역마의 모습을 바라본 채, 침묵할 수밖에 없었습니다.

사역마가 바라보는 곳에 있는 오두막에는, 수많은 음식이 굴러다니고 있었습니다.

과일이거나, 작물이거나, 혹은 빵이거나, 많은 음식이 놓여 있었습니다. 사역마는 그 위에 방금 물고 온 빵 자루를 내려놓더니, 가만히 그 자리에 멈춰 섰습니다.

먹는 일은 없었습니다.

아마도 오래전부터 이렇게 이곳에 음식을 두러 왔던 것일 테지요── 안에는 누군가가, 무언가가 있는지, 오두막 앞에 놓인 음식들에는 군데군데 먹은 흔적이 멀리서도 알 수 있을 만큼 남아 있었습니다.

"……저 녀석은 뭘 하고 있는 거지?"

"…………."

저는 이번에도 대답하지 않았습니다.

그러나 분명하게 말할 수 있는 것은, 딱히 오늘 잡지 않아도 내일, 모레── 계속 기다리면, 반드시 사역마는 이곳에 나타나리라는 것이었습니다.

무리하게 지금 당장 잡을 필요는 어디에도 없었습니다.

이윽고 사역마는 그곳을 떠났습니다. 이곳을 찾아왔을 때처럼 천천히 힘없이, 마을 쪽으로.

"…………."

"…………."

결국 우리는 사역마를 잡지 않았습니다. 무리하게 오늘 움직이지 않아도 기회는 얼마든지 있으니, 상관없을 테지요.

결과적으로 말하자면, 이때의 우리 판단은 틀리지 않았습니다.

사역마가 자리를 뜬 직후였습니다.

오두막 안에서 기어 나오는 자의 모습이, 있었습니다.

너덜너덜한 천 조각을 두른 자그마한 여자아이가 셋, 주변을 살피며, 나왔습니다.

○

그날 밤에 숙소로 돌아와 보니, 프랑 선생님과 실라 씨가 저를 기다리고 있었습니다.

선생님은 길에서 우연히 실라 씨와 만난 것과 실라 씨가 우리와 같은 목적으로 행동하고 있다는 것을 가르쳐주었습니다.

그러면서.

"일단 사역마의 행동은 대략 파악했답니다. 언제든 포획은 가능해요."

믿음직한 데도 정도가 있는 한마디를 시원스럽게 말했습니다.

하지만.

"…………."

솔직히 기뻐할 수 없는 제가 있는 것도 사실이었습니다.

포획은 가능하다면 하지 않길 바랐습니다. 카렌 씨를 위해서도, 사역마를 위해서도.

"그쪽은 어땠나요?"

프랑 선생님은 고개를 갸웃거렸습니다.

단적으로 답했습니다.

"카렌 씨와 마법약을 만들기로 했습니다. 그녀의 약이 완성되면, 아마도 사역마는 원래 모습으로 돌아갈 겁니다."

제 말에 실라 씨가 "그렇군" 하며 고개를 끄덕였습니다.

"그래서, 그 사역마는 원래 어떤 동물이래?"

그녀는 저를 바라보며 물었습니다.

"그거, 평범한 동물이 아니지?"

"…………."

그저 조용히 입을 다문 제게 두 사람은 낮에 보았던 광경을 가르쳐주었습니다.

거의 소문과 같은 외모였으나, 너무나도 변해버린 사역마의 모습. 낡디 낡은 오두막에 사는 노숙자 여자아이들. 어린아이들에게 베풀기만 할 뿐, 자신은 아무것도 입에 대지 않고 자리를 뜨고만 이해 불가능한 사역마의 행동.

처음부터 끝까지 보고 있던 실라 씨와 프랑 선생님, 결국 사역마를 잡을 마음이 완전히 사라지고 말았다고 말했습니다.

"우리가 쫓던 건 마을의 작물을 망쳐놓고, 먹고, 사람들에게서 도망쳐다니는 사역마예요. 지금의 사역마에게서는, 그런 모습은 보이지 않았어요. 정말로 우리가 본 것이 사람들을 위협한다던 사역마였는지 의문을 느끼지 않을 수 없었죠."

당신은 뭔가 알고 있지 않나요? 하고 프랑 선생님은 저를 바라보았습니다.

알고 있습니다.

저는 카렌 씨에게 사역마가 원래 어떠한 모습을 하고 있었는지 들었으니까요. 그래서 알고 있습니다.

사역마가 무엇을 위해 빵을 모으고, 오두막에 두고 있는지도, 알고 있습니다.

전부 알고 있습니다.

"…………."

저는 망설이며, 입을 열었습니다.

"카렌 씨의 사역마의 이름은, 셰스카라고 합니다."

사역마와 카렌 씨의 이야기를.

혹은 두 여자아이의 이야기를.

처음으로 두 사람이 만난 것은 카렌 씨가 혼자 뒷골목을 걷고 있던 때였습니다.

셰스카 씨는 죽어가고 있었습니다.

검은 머리카락을 머리 뒤에서 하나로 묶었고, 눈동자는 녹색. 피부는 조금 까무잡잡했고, 그 곳곳에 멍과 상처가 있었습니다. 입고 있는 옷은 너덜너덜했고, 원래 그러한 옷이었는지, 아니면 이곳에서 생긴 상처 탓에 그리되었는지, 과연 어느 쪽인지 카렌 씨로서는 알 수 없었습니다.

옷이라기보다, 그저 천을 옷처럼 입고 있을 뿐인 듯 보였기 때문입니다.

셰스카 씨의 몸에 무슨 일이 있었는지를 카렌 씨는 이해할 수 없었지만, 적어도 혼자서 걸을 수 있는 상태가 아니라는 것은 알았습니다.

그러나 카렌 씨는 아직 마법사로서 너무나도 미숙했습니다.

상처를 치료하는 마법 같은 건 쓸 줄 몰랐습니다.

"……기다려, 사람, 불러올 테니까."

이름도 모르는 소녀에게 그렇게 말을 걸었습니다.

그때의 그녀에게 할 수 있었던 것은, 그 정도밖에 없었기 때문입니다.

"안 돼."

셰스카 씨는, 그러나 그녀의 손을 잡고 거절했습니다.

"그건, 안 돼."

말하길.

셰스카 씨는 빵 가게 주인에게 이렇게 맞은 것이라고 했습니다. 가게에 진열된 빵을 훔치고, 그걸 들켜서 쫓겨 다니다 맞았다고, 말했습니다.

"언제나 훔쳤으니까, 저쪽도 참는 데 한계가 온 거라고 생각해. 이제 두 번 다시 훔칠 수 없게 해주겠다고 하면서, 이런 식으로 한 거거든."

이건, 자업자득이야. 그렇게 쓰러진 채로, 그녀는 실실 웃었습니다.

죽어가고 있는 것치고는 의외로, 아직 웃을 만한 힘은 남아 있는 모양이었습니다.

"…………."

카렌 씨는 셰스카 씨를 내려다보았습니다.

"그러면 내가 할 수 있는 일이 뭔가 있을까?"

그러자 셰스카 씨는 답했습니다.

"빵이 먹고 싶은데."

그것은 소박한 바람이었습니다.

"…………."

이런 때, 카렌 씨의 어머니였다면 어떻게 했을까요?

망설이지 않고 도와주지 않았을까요?

마을 사람들의 부탁에, 웃으며 답했던, 어머니라면.

"──알았어. 그럼, 사 올게."

그래서 카렌 씨는, 셰스카 씨의 바람을 들어주었습니다.

길에서 파는 빵을 입에 댄 것은 그때가 처음이었습니다.

그다지 맛있다고는 느껴지지 않았습니다. 딱딱하고 차가워서, 그다지 감동도 하지 않았습니다. 어머니가 만들어주는 빵 쪽이 훨씬 맛있게 느껴졌습니다.

그러나 분명, 마을에서는 이것이 맛있다고 여겨지고 있을 테지요.

카렌 씨가 사 온 빵을, 셰스카 씨는 맛있게 맛있게, 눈물을 흘리며 먹었으니까요.

신기하게도 그녀와 셰스카 씨는 인연이 있었는지, 그 후 마을로 나올 때마다 카렌 씨는 셰스카 씨와 우연히 마주쳤습니다.

어떤 때는 그녀가 누군가에게 쫓겨 다니고 있을 때. 또 어떤 때는 아마도 훔쳤을 터인 빵을 먹으며 걷고 있을 때. 또 어떤 때는, 날카로운 눈초리로 빵 가게 창문을 바라보고 있을 때. 아무래도 24시간 종일 마을 여기저기를 어슬렁거리고 있는지, 만날 때마다 셰스카 씨는 말을 걸어왔습니다.

"그러고 보니 지난번의 답례, 아직 안 했었지?"

어느 날 셰스카는 꾸러미를 카렌 씨에게 내밀었습니다. 부드럽고, 아주 조금 따뜻한 꾸러미였습니다.

안에는 싸구려 빵이 하나.

"그때는 고마웠어. 덕분에 살았어."

그녀는 아무래도 빵을 좋아하는 모양이었습니다. 자신이 좋아하는 건 상대도 좋아하리라고 생각하고 있는 것일까요?

아니, 하지만.

"……이거, 훔친 거 아냐?"

"비밀."

셰스카 씨는 입술에 손가락을 가져다 대며 웃었습니다.

"비밀이라니 뭐야?"

"친해지면 가르쳐주겠다는 말이야."

"숨기지 않아도 이미 다 알겠는데."

죽을 뻔했건만 셰스카 씨가 빵 가게에서 도둑질을 하고 있는 광경은 몇 번인가 보았습니다. 이제 와서 감추지 않아도 건네받은 빵이 어디에서 온 것인지 정도는 다 알고 있었습니다.

훔친 물건을 선물 받아도 기쁘지 않습니다. 심지어 지난번과 마찬가지로 목숨을 걸고서 훔쳐 온 것이라고 한다면 더욱 그렇습니다.

"어째서 물건을 훔치는 거야?"

카렌 씨로서는 이해할 수 없었습니다. 다른 사람에게 폐를 끼치고, 그리고서 대체 어떻게 태연할 수 있는 것일까요?

"어째서라니, 그것밖에 방법이 없으니까 그렇지. 나 같은 녀석은 제대로 된 직업을 가질 수도 없고, 내일 먹을 것조차 없어. 그런 상황에서 살아가기 위해서는, 쓰레기통을 뒤지고 물건을 훔칠 수밖에 없어."

비관하고 있는 것처럼은 보이지 않았습니다.

지극히 밝은 어투로.

"나는 있지, 살기 위한 수단이 거의 없어."

그리고 그녀는.

"하지만 불행하지 않아."

카렌 씨 쪽으로 고개를 돌리고서, 말했습니다.

"자신이 불행하다고 생각하면서 사는 인생 같은 거, 시시하잖아."

그것은 카렌 씨의 인생이 시시하다고, 돌려 말하며 야유하는 것처럼 느껴졌습니다. 셰스카 씨는 카렌 씨가 집에서 어떤 처우를 당하고 있는지 같은 건 전혀 알 수 없었으니, 그저 혼자 그렇게 느낀 것이라는 사실은 알고 있었지만 말이죠.

그래도 조금, 분하다고 느꼈습니다.

좁은 저택에 갇혀 시시한 인생을 보내고 있는 자기 자신이, 가족도 없이 도둑질을 하며 살면서도 즐겁게 사는 그녀가.

그날 이후로.

카렌 씨는 성실하게 마법 특훈을 받게 되었다고 합니다. 할머니의 말대로, 마법을 계속해서 날렸습니다.

셰스카 씨와도, 역시 마을에 나갈 때마다 계속 만났습니다.

그녀는 카렌 씨에게 여러 가지 것들을 가르쳐주었습니다. 어느 레스토랑의 쓰레기가 제일 맛있는지, 빵 가게에서 빵을 훔치는 방법이라든지. 혹은 행인에게 소매치기를 하는 순서라든지.

대부분 카렌 씨에게는 필요하지 않은 지식뿐이었습니다만, 셰스카 씨는 듣지도 않는데도 일방적으로 그런 이야기를 만날 때마다 했습니다.

어느 날 빈정거림을 섞어가며 카렌 씨는 셰스카 씨에게 말을 걸었습니다.

"빵을 훔쳤는지 아닌지는 얼버무려놓고 그런 것치고는 뭐든 말해주는구나."

그러자 그녀는 언제나처럼 태연한 얼굴로, 단 한마디.

"친해지면 가르쳐준다고 말했잖아."

그렇게 답했습니다.

게다가.

"친해지고 싶었으니까 얼버무린 거라고도 말할 수 있겠지만."

비밀은 서로의 거리를 좁히고 싶을 때 쓰는 거야—— 라고도 말했습니다.

두 사람은 친구 사이가 되어 있었습니다.

봄도, 여름도, 가을도, 겨울도.

이윽고 셰스카 씨와 카렌 씨는 서로 얼굴을 마주하면 별것 아닌 이야기로 꽃을 피우게 되었습니다.

셰스카 씨는 신기한 여성이었습니다. 분명 그녀가 놓인 상황은 무척이나 괴로울 터입니다. 누구 한 사람 제 편이 없고, 언제 죽을지도 알 수 없는 매일을 보내고 있으니까요.

불안하고 불안해서 견딜 수 없을 터입니다.

그래도 그녀는 언제나 웃었습니다.

"소개할게. 여기가 내 집이야."

어느 날 그녀는 카렌 씨를 공장 터로 데려가더니, 그저 목재를 조잡하게 쌓아 올렸을 뿐인 오두막으로 안내했습니다. 오두막 안으로 비가 들어오지 않도록, 지붕에는 천 조각이 덮여 있었고, 출입구에도 마찬가지로 천이 늘어뜨려져 있었습니다.

사람이 살기에는 너무나도 좁은, 카렌 씨의 방보다도 훨씬 좁은 방이었습니다.

이것이 집이라고 합니다.

"……집으로 안 보여."

"그건 빈말이라도『와아 멋진 집이네!』라고 말해야지."

옆에서 뺨을 뾰로통하게 부풀리며 "가족도 있는걸" 하고 셰스카 씨는 천 조각을 젖혔습니다.

안에는 자그마한 여자아이가 몇 명 앉아 있었습니다. 셰스카 씨와 비슷한 차림을 한 그녀들은, 나무판자 위에 책을 펼쳐놓고 읽고 있었습니다.

앙상하게 마른 얼굴을 들자, 그녀들은 웃음을 짓고 있었습니다.

"언니 어서 와!" "어서 와." "밥은 아직이야?"

보면 바로 알 수 있었습니다.

집 안에 있던 그녀들은 셰스카 씨와 마찬가지로 일가친척이 없는 아이들이라는 것쯤은.

그때 처음 알았습니다. 셰스카 씨와 같은 처지의 아이가 몇 명이나 있다는 것을.

훔친 빵과 작물을, 자신보다도 어린 여자아이들에게 나눠주고 있다는 것도.

"언니, 이 글자 뭐라고 읽어?"

여자아이 하나가 책을 가리키며 들어 올렸습니다. 셰스카 씨는

잠시 "으음" 하고 신음하며 책을 노려보았습니다만, 읽고 쓰기를
배운 적이 없었을 테지요.

"미안. 언니는 바보라서 전혀 모르겠어."

웃으면서 그녀는 답했습니다.

"못쓰겠네." "그러게."

그런 말을 내뱉어도.

"이 녀석들이."

역시 그녀는 웃었습니다.

"나는 있지, 꿈이 있어."

두 사람이 처음 만난 후로, 두 번째 봄이 찾아왔을 무렵의 일입
니다.

셰스카 씨는 훔친 빵을 베어 물면서, 그것을 찢어서 카렌 씨에
게 내밀면서 말했습니다.

"돈을 모아서, 어른이 되면 이 나라를 떠나서, 어딘가 먼 나라
에서 빵 가게를 여는 거야."

손에는 나눠 받은 빵이 있었습니다.

"만들어본 적 있어? 빵."

"있을 리가 없지. 하지만 가게 이름은 이미 정해놨어."

"……뭔데?"

"흑의 빵 가게."

"……이름의 유래는?"

"내 머리카락 색."

©Azure

"안 이해."

"……아, 잠깐. 아니야…… 흑과 금의 빵 가게가 좋겠어."

"……혹시 나도 일하는 거야? 거기에서."

"카렌만이 아니야. 나랑 같이 사는 그 아이들도 고용해서, 다섯 명이 함께 가게를 꾸려나가는 거야."

──그래서 있지, 하고 그녀는 말했습니다.

"그 애들은, 그 후의 인생은 제대로 살았으면 해. 그 애들한테는 나와 같은 꼴을 당하게 하고 싶지 않아. 도둑질도 하지 않고 제대로 살아줬으면 해. 내가 고생했다고 해서, 그 아이들까지 똑같이 고생할 필요는 없잖아."

그래서 하루라도 빨리 돈을 모아서, 이 나라를 나가고 싶다고 그녀는 말했습니다.

"…………."

카렌 씨는 신기했습니다.

줄곧 신기했습니다.

"어째서 그런 이야기를 나한테 하는 거야?"

자신이 어떻게 살고 있다든가, 어떤 가족과 살고 있다든가, 꿈이 있다든가, 셰스카 씨는 언제나 카렌 씨에게 자신의 이야기를 들려주었습니다.

그녀는 어째서 그러한 이야기를 하는 것일까요?

"너 나랑 똑같은 눈을 하고 있는걸."

셰스카 씨는 그다지 뜸을 들이지도 않고, 시원스레 그렇게 대답했습니다.

"어떤 눈?"

"여기에서 지금 당장 도망치고 싶다는 눈."

그렇게 말하는 셰스카 씨의 눈은 투명하게 맑았습니다.

카렌 씨는, 도망치듯이 그녀에게서 시선을 돌리고 빵을 베어 물었습니다.

"맛없어."

"거기서는 빈말이라도 맛있다고 말해야지."

카렌 씨는 어느샌가 셰스카 씨의 집에 자주 놀러 가게 되었습니다. 저택에는 많은 책이 있었고── 카렌 씨는 읽고 쓰기를 할 수 있었기 때문입니다.

작은 여자아이들에게 그녀는 도움이 되었습니다.

평온한 날들이 지나갔습니다. 혼자서 마을에 나오게 된 후로, 카렌 씨의 마법 실력은 나날이 좋아졌습니다.

"완벽하구나."

더는 가르칠 것이 없다── 라고 할머니가 말할 만큼.

그해, 카렌 씨는 열네 살 생일에 정식으로 사역마를 받기로 정해졌습니다.

카렌 씨의 생일에는 셰스카 씨가 저택으로 초대되었습니다.

"네 친구 덕분에 마법 실력이 늘었던 거지? 그럼 우리 가족이 답례를 해야지."

어머니는 그렇게 기뻐하며 셰스카 씨를 데려오라고 카렌에게 제안했습니다.

카렌 씨는 솔직히 말해서 셰스카 씨를 데려오는 것에 관하여 조금 저항을 느꼈습니다. 저택은 척 보기에도 호화로웠고, 반면 셰스카 씨는 내일 먹을 것조차 부족한 상황이었으니까요.

열등감을 느낀다면── 미움받으면 어쩌나 하고 그녀는 생각했습니다.

그래서 주저했습니다.

그러나 카렌 씨 앞에서 셰스카 씨는 언제나 밝은 사람이었기에.

망설인 끝에 카렌 씨는 셰스카 씨를 집에 초대했습니다.

"……집으로 안 보여."

변함없이 초라한 차림인 셰스카 씨는, 저택을 올려다보며 문 앞에서 떡하니 입을 벌렸습니다.

안으로 안내하니, 사용인들과 카렌 씨의 어머니와 할머니가 두 사람을 맞아주었습니다.

저택에서 두 사람을 맞이한 모두가 셰스카 씨에게 시선을 주고 술렁였습니다. 초라한 차림을 한 여자아이였기 때문일 테지요. 지저분한 차림의 아이가 친구라니, 믿을 수 없었을 테지요.

그래서 카렌 씨는 가슴을 펴고 말했습니다.

"이 애가 내 친구야. 셰스카."

분명하게 말했습니다.

"내가 마법을 쓸 수 있게 된 건 이 아이 덕분이야."

할머니는 그 말에 한숨을 내쉬었고, 사용인들은 허둥지둥했습니다. 두 사람은 신분이 너무나도 달랐기 때문에 주변이 당황하는 것도 당연하다 할 수 있었습니다.

두 사람에게 다정하게 미소 지어준 것은, 한 사람뿐이었습니다.

"그래. 네가 카렌의 친구구나."

카렌 씨의 어머니였습니다.

"언제나 우리 딸이 신세를 지고 있지? 고맙구나── 오늘은 천천히 놀다 가렴."

어머니는 셰스카 씨를 손님으로서 더할 나위 없이 대접했습니다.

배가 고파 보였으므로 맛있는 요리를 먹게 해주었습니다. 몸이 더러웠으므로 목욕을 하게 해주었습니다. 더러운 옷을 입고 있었으므로 저택에 남아 있던 질 좋은 옷을 입게 해주었습니다. 낮이 지날 무렵이 되자 셰스카 씨는 저택에 완전히 익숙해졌습니다. 예쁜 옷을 입고, 예쁜 액세서리까지 하고 나니 마치 이 저택에서 줄곧 살아왔던 것 같았습니다.

"대단해…… 다른 사람 같아."

거울에 비친 셰스카 씨의 모습은 마치 전혀 다른 사람 같았습니다.

"그 옷은 줄게. 소중히 입어주렴."

뒤에서 셰스카 씨의 어깨에 손을 올린 것은 카렌 씨의 어머니였습니다.

"이렇게 좋은 옷을, 괜찮은가요……? 받아도."

"그럼. 상관없어. 남는 옷인걸──."

게다가, 하고 어머니는 말을 이었습니다.

"카렌의 친구라면, 너는 우리 가족이나 마찬가지야."

카렌 씨의 집에서는 사역마를 받은 그 날부터 어엿한 한 사람으로 취급된다고 합니다.

그날, 해가 저물 무렵. 저택의 한 방에 가족이 모두—— 사용인도 사역마도 포함해, 모두가 모였습니다.

할머니, 어머니, 그 옆에 셰스카 씨가 세워졌습니다.

카렌 씨는 큰 방의 한가운데에서 지팡이를 든 채 세워졌습니다.

"⋯⋯⋯⋯."

그러나 이상하게도 가장 중요한 사역마가 될 동물의 모습은 없었습니다.

연습 때와 마찬가지로, 쥐라도 준비되어 있는 것인가 생각했습니다. 어떤 동물을 사역마로서 사역하게 되는 것이리라고 믿고 있었습니다.

그러나 준비된 무대에 동물의 모습은 없었습니다.

"어머니."

아무것도 없는 곳에서 사역마를 불러내는 것은 배우지 않았습니다.

"동물은⋯⋯?"

불안에 휩싸인 눈동자가 어머니를 향했습니다.

어머니는 언제나처럼 다정하게 미소 지었습니다.

"여기에 있단다."

카렌 씨는 이해할 수 없었습니다.

동물 따위 어디에도 없었습니다. 이미 주종 계약을 맺은 사역마와 인간이 몇 명 있을 뿐입니다.

"여기에."

어머니는 말했습니다.

옆에는 카렌 씨의 친구가, 뭐가 뭔지도 모른 채 두 사람을 지켜보고 있을 뿐, 그저 그뿐이었습니다.

"이 아이가 사역마가 되는 거야."

그 순간 붉은 비말이 솟아올랐습니다.

셰스카 씨의 목덜미에서 지면으로 떨어졌습니다. 어머니의 손에는 단검이 쥐어져 있었습니다. 목소리가 되지 못한 목소리를 내며 셰스카 씨가 쓰러지자, 어머니는 그 등을 뛰어넘고 카렌 씨옆으로 걸어왔습니다.

그리고 귓가에서 속삭였습니다.

"자, 카렌. 할머니에게 배운 대로 마법을 걸어보렴."

넋을 잃고, 무슨 일이 일어난 것인지도 여전히 이해하지 못한 채, 머릿속이 새하얘진 카렌 씨에게 말을 걸었습니다.

평소처럼 다정하게.

"네가 여자아이를 데려와서 깜짝 놀랐지만── 하지만 엄마는 너를 부정하거나 하지 않는단다. 괜찮아. 그 아이가 소중한 사람이라면, 분명 성공할 거야."

"어머, 니……?"

"자, 어서. 서두르지 않으면 죽어버릴 거야. 사역마로 삼으면 상처는 낫는단다. 죽게 두고 싶지 않다면, 어서 사역마로 만들어 주렴."

내려다보면 셰스카 씨가 있었습니다.

차가운 바닥 위에서 괴로워하며 피를 토하고 있는 셰스카 씨가 있었습니다.

"셰스카─."

이름을 불렀습니다.

"자, 어서 하렴."

카렌 씨의 손을 잡고, 어머니는 지팡이를 셰스카 씨를 향해 내밀었습니다.

"어서 마법을 거는 거야. 괜찮아. 어머니도 성공한걸. 너도 분명 잘할 거야."

셰스카 씨의 아름다운 옷이 더러워졌습니다. 피와 눈물로, 거품으로 더러워져 갔습니다.

이 집의 풍습을 의문시한 일은 없었습니다. 이 집의 마법사들이 대대로 키워온 사역마의 본래 모습이 대체 무엇이었는지를 궁금해한 적은 없었습니다.

그녀는 이윽고, 자신의 어리석음을 깨달았습니다.

"아아……."

아무리 후회한들 돌이킬 수 없게 된 후에, 어리석음을 깨달았습니다.

카렌 씨는 떨리는 손으로 지팡이를 들었습니다. 멈출 줄 모르고 눈물이 흐르고, 흐려진 시야 속에서, 오열하며, 조준했습니다.

"아아아아……! 아아아아아아아아아아!"

아무것도 몰랐던 자신을 저주하며, 그녀는 그리고, 마법을 날렸습니다.

그리고 카렌 씨는 그 집안의 어엿한 마법사가 되었습니다.

피 웅덩이 속에는 검은 늑대 모습을 한, 사역마가 한 마리.

"카렌, 잘됐구나. 성공이야. 잘 보렴. 멋진 사역마구나."

"…………!"

어머니는 기뻐하며 그녀의 머리를 쓰다듬었습니다.

카렌 씨는 바닥에 엎드려 몇 번이고 몇 번이고 몇 번이고 몇 번이고, 사과했습니다.

이런 곳에 데려와 버린 것을. 꿈을 이룰 기회를 영원히 빼앗아 버린 것을. 여자아이들을 훌륭한 어른으로 키워낼 수 없게 되어 버린 것을.

검은 늑대에게, 계속 사과했습니다.

가족을 계속 원망했습니다.

사역마를 사역하는 것만이 옳다고 믿는 할머니를, 다정함 같은 건 처음부터 조금도 갖고 있지 않았던 어머니를, 원망했습니다. 지금 당장 여기에서 도망치고 싶다고, 진심으로 생각했습니다.

전부 다 사라져 없어지면 좋겠다고, 진심으로 바랐습니다.

직후였습니다.

검은 늑대가 어머니의 목덜미를 물어뜯었습니다.

"무슨……!"

힘껏 강하게 물어뜯었습니다. 살을 파고들어, 비명도 지르지 못할 만큼. 낯빛이 공포로 일그러질 때까지 계속해서 물었습니다.

"이 짐승이——!"

모두가 놀라는 중에 할머니가 지팡이를 들었습니다.

"너, 어서! 저 짐승을 멈추게ㅡㅡ."

그러나 카렌 씨를 노려본 직후에, 할머니의 팔을 물었습니다.

그다음부터는 지옥 같았습니다.

피를 토하며 일어선 어머니가 마법을 날렸습니다. 칼날이 셰스카 씨의 다리를 베었습니다. 갈색 늑대가 셰스카 씨의 목덜미를 물었지만, 마찬가지로 셰스카 씨도 어머니의 사역마의 목덜미를 물었습니다. 서로 피투성이가 되어 넓은 방 안을 굴렀습니다. 할머니는 멀리서 마법으로 견제하려 했지만, 셰스카 씨는 다 보고 있었던 것일 테지요. 이번에는 다리를 물었습니다. 격통에 얼굴을 찌푸리며 할머니는 셰스카 씨를 때렸습니다. 그러나 그때마다 더더욱 세게, 찢겨 나갈 만큼 이빨을 세웠습니다.

가장 먼저 죽은 것은 어머니였습니다. 다음은 할머니, 도망치지 못한 사용인들도 전부 마찬가지로, 누구 한 사람도 도망치지 못하고 죽어갔습니다.

"아아…… 아아아……."

핏방울과 비명이 날아다니는 방 안에서 카렌 씨는 그저 고개를 숙이고 흐느껴 울었습니다.

이윽고 방에서 소리가 사라졌을 무렵에야 그녀는 고개를 들었습니다.

주변이 전부 피투성이였습니다.

카렌 씨는 그제야 깨달았습니다. 사역마와의 계약은, 분명 성공했던 것입니다. 실패는 하지 않았습니다. 그러나 그녀의 격앙된 감정이, 사역마를 폭주하게 해버렸던 것일 테지요.

눈 앞에 펼쳐진 처참한 광경은, 그 말로였습니다.

『…………』

폭주가 끝나고 자아를 되찾은 셰스카 씨는, 눈 앞에 펼쳐진 피바다를 보며 어떤 생각을 했을까요. 아름다운 녹색 눈동자로 주변을 둘러본 그녀는 연약한 울음소리를 한 번 내는가 싶더니, 그대로 다리를 끌며 저택 밖으로 향했습니다.

"기다려. 셰스카. 부탁이야. 기다려——."

망연자실하며 주저앉은 채, 카렌 씨는 그녀의 이름을 불렀습니다.

그러나 불러 세운다 해도 무슨 말을 하면 좋을까요. 모습을 괴물로 바꿔버리고, 사람을 죽이게 하고, 그리고 무얼 더 말하면 좋을까요.

그녀는 셰스카 씨에게 아무런 말도 해줄 수 없었습니다.

사역마는 돌아보는 일도 없이, 밤의 어둠 속으로 사라져버렸습니다.

○

비극적인 사건 이후 반년의 시간이 흘렀지만, 그녀 혼자서는 어찌할 도리도 없었을 테지요. 힘없이 고개를 떨굴 뿐, 성과를 올리는 일은 없었습니다.

하루라도 빨리 그녀를 인간으로 되돌려야 하건만.

그저 조바심만 앞서갔고, 그 결과 마법약은 실패하기만 할 뿐, 그녀의 저택은 부서져 갈 뿐, 아무것도 만들어내지 못했습니다.

그러나 그것은 홀로 곤란에 맞섰기 때문입니다.

"일단 저는 오늘부터 하루 종일 이 저택에 머물겠습니다. 서둘러 마법약을 만들죠."

프랑 선생님과 실라 씨에게 상황을 보고한 다음 날의 일이었습니다.

저는 해가 뜰 무렵에 저택으로 향했고, 마법약 연구에 들어갔습니다. 카렌 씨는 전날부터 제대로 잠을 자지 않은 것인지, 깨어 있는 것인지 자고 있는 것인지 알 수 없을 만큼 멍한 표정을 하고서 "……잘 부탁해"라며 고개를 끄덕였습니다. 멍한 대답이었습니다.

"…………."

대체 언제부터 잠을 안 잔 것일까요?

"당신은 좀 자도록 하세요."

"싫어."

멍한 의식으로 거절할 때만큼은 쓸데없이 단호하게 대답했습니다.

"잘 시간이 있으면 연구할래."

"아뇨 그런 상태로 연구할 정도라면 자도록 하세요."

"싫어. 잘 시간이 있으면 연구할래."

"…………."

"잘 시간이 있으면 연구할래."

망가진 것처럼 같은 대답만 하게 된 부분에서 저는 포기하고 한숨을 내쉬었습니다.

그리고 얼마 후, 본격적으로 둘이서 연구 작업에 돌입했습니다. 대략적인 역할은 카렌 씨가 마법약 레시피를 만들면 제가 조제한다. 완전히 작업을 분담했습니다. 저는 저대로 카렌 씨가 레시피를 고민하며 머리를 끌어안고 있는 동안 사역마 연구를 하거나 했습니다만.

"……이 조제 레시피는, 어떨까?"

"만들어보죠."

저는 건네받은 레시피를 쭉 훑어보고 조제했습니다.

"완성됐어요. 몸이 줄어드는 약이에요."

우으 하고 카렌 씨는 신음했습니다.

"……사역마는 원래대로 되돌릴 수 없지만, 쓸 수 있을지도."

아뇨 아뇨.

"이걸 마시면 수명이 백 년 정도 줄어드는 부작용이 생깁니다."

"즉사잖아."

"실패네요."

그러나 좌절하는 일 없이, 곧바로 다시 레시피를 가져왔습니다.

"이거라면, 어떨까?"

"그렇군요. 조제해보죠."

또 조제했습니다.

"완성됐습니다. 돈을 무진장 늘릴 수 있는 약입니다."

"그렇구나. 필요 없어."

카렌 씨는 액체를 휙 버렸습니다.

"윽…… 아아, 그러네요…… 네."

매일 그저 약 만들기를 계속하고 이번에도 틀렸다며 고개를 저었습니다.

"이거 완성 아닌가요?"

제가 들어 올린 종이가 평범한 요리 메모이거나, 카렌 씨가 "이거 봐. 레시피가 완성됐어"라며 자신만만하게 들고 온 종이가 백지거나. 피로 탓인지 때때로 심각한 짓을 벌이기도 했습니다만, 그래도 우리는 작업을 계속했습니다.

하루, 이틀, 사흘, 나흘 작업을 계속했습니다.

아침, 낮, 밤에 상관없이 계속해서 우리는 마법약을 만들고 실패하기를 반복했습니다.

그리고.

그런 머리가 멍해질 법한, 백일몽이라도 꾸고 있는 듯한 상황에 짓눌려 괴로워한 끝에 겨우 빛이 보였습니다.

그것은 그녀의 저택에서 작업을 하게 된 지 약 닷새가 지났을 무렵의 일입니다.

"이걸 봐——."

그녀는 그저 그 말만을 하고, 이번에야말로 레시피가 적힌 종이를 제게 가져왔습니다.

어떤 효과가 있는지는 금방 알았습니다.

저는 곧바로 마법약 조제에 들어갔습니다. 레시피대로 재료를 모아 솥에 집어넣고, 마법을 걸고, 부글부글 끓이며 섞었습니다.

그녀는 제가 작업하는 중에 잠들어버렸기 때문에 마지막까지 작업을 한 것은 저 혼자였습니다. 그러나 어쩔 수 없습니다. 그녀는 제가 오기 훨씬 전부터 비교가 안 될 정도의 고통을 맛보아 왔으니까요.

푹 잠든 시간이 있어도 괜찮을 테죠

"고생 많았어요. 카렌 씨."

책상에 엎드린 채 잠든 그녀의 어깨에, 저는 모포를 덮어주었습니다.

옆에서는 마법약 완성품이 놓여 있었습니다.

●

1일째.

상공에서 내려다보면 셰스카 씨의 평소 모습은 손에 잡힐 듯이 알 수 있습니다. 매일 그녀는 옥상에서 마을을 내려다보고, 사람들의 생활에서 필요 없어진 것을 뒤지고, 혹은 작물에 손을 대거나, 그런 식으로 지금까지와 같은 생활을 보내고 있었던 것입니다.

모습이 바뀌고서도 여전히, 지금까지와 마찬가지로.

물건을 훔치고, 오두막에서 기다리고 있는 여자아이들에게 음식을 주고, 그러나 자기 자신은 제대로 먹지도 않고, 떠돌아다닐 뿐.

그렇게 하루하루를 보내왔던 것입니다.

자기 자신이 누구인지를 누구에게도 들키는 일 없이, 그녀는 그저 괴물로서 반년이나 되는 시간 동안 살아왔던 것입니다.

고독하게.

누구와도 얼굴을 마주하는 일 없이.

『………….』

그러나 그러한 날들은 이제 끝입니다.

길을 걷는 셰스카 씨의 눈앞에는 접시에 담긴 빵이 하나 있었습니다. 검은 늑대가 된 그녀는 그 빵 냄새를 살짝 맡더니, 입에 물고 걷기 시작했습니다. 잠시 걸어간 곳에는 접시에 담긴 빵이 또 하나 있었습니다. 게다가 자루도 하나 놓여 있었습니다.

노골적일 정도로 수상한 기척이 감돌았습니다. 어찌 보아도 덫이었습니다.

그래도 셰스카 씨는 빵을 줍고는 힘없는 발걸음으로 앞으로 나아가, 자루에 담았습니다. 여자아이들에게 또 빵을 전해주기 위해서일 테지요.

상공에서 제가 지켜보는 중에 셰스카 씨는 그저 끝없이, 길잡이처럼 굴러다니는 빵을 물어서는 자루에 담아 나아갔습니다.

그렇게 발걸음을 옮겨갔고.

마지막.

가로등 아래에서, 멈추었습니다.

『………….』

셰스카 씨는 올려다보았습니다.

그곳에는 여자아이가 한 명.

"셰스카."

금색 머리카락은 어깨 아래 정도의 길이였고, 좋은 집안의 아가씨답게 입고 있는 로브는 여기저기에 과한 장식이 되어 있어 그야말로 비싸 보이는 물건.

나이는 열네 살 정도일까요? 아직 앳되어 보이는 생김새의 그녀는 이윽고 눈앞의 검은 늑대 앞에 무릎을 꿇고 눈물을 흘렸습니다.

너를 상처 입혀서, 미안해—— 라고, 그녀는 눈물을 흘렸습니다.

사역마의 주인인 카렌 씨는, 눈물을 흘렸습니다.

검은 늑대는 아무런 대꾸도 하지 않았습니다. 그저 눈부신 듯이 카렌 씨를 바라볼 뿐이었습니다.

카렌 씨는 곧이어 셰스카 씨를 끌어안았습니다. 뻣뻣하고 폭신폭신한 검은 털을 쓰다듬으며, 울고, 웃고, 말했습니다.

"——책임을 지게 해줘."

앞으로의 생애를 바쳐, 긴 시간을 들여, 고독을 보상하게 해줘—— 라고, 카렌 씨는 말했습니다.

그 손에는 자그마한 병이 쥐어져 있었습니다.

어제 막 완성한 마법약이 들려 있었습니다.

그리고.

저와 실라와 그리고 일레이나가 하늘 위에서 지켜보는 중에, 카렌 씨는 셰스카 씨에게 마법약을 주었습니다.

1일째.

마법약이 완성된 지 1일째.

길고 긴 두 사람의 고독한 날들은, 이렇게 막을 내렸던 것입니다.

○

일의 내용을 전부 전하는 것은 매우 힘들었지만, 숨기지 않고 전부 관리님에게 전달했습니다.

카렌 씨의 사역마가 한 명의 여자아이—— 셰스카 씨였다는 것. 셰스카 씨는 결코 마을에서 날뛰지 않았다는 것. 마찬가지로 카렌 씨도 그저 마음의 상처로 틀어박혀 있던 것이 아니라는 것.

이제 두 번 다시 사역마가 마을에서 날뛰는 일은 없으리라는 것.

모두 소상하게 이야기했습니다.

"……그렇, 습니까. 쉽게는 믿기 어려운 이야기입니다만——."

그러나 사실입니다.

세 사람의 마녀가 제각기 같은 증언을 했으니, 믿어주지 않으면 곤란합니다.

관리님은 그 후, 저희와의 면담을 마친 다음 카렌 씨를 만나러 간다고 이야기했습니다. 사실 확인을 위해서일 테지요.

다음은 이 나라 사람들의 일입니다.

저희는 어차피 타인이니, 이제 관여해서는 안 될 테지요.

게다가, 관여하지 않아도 두 사람이 앞으로 어떠한 날들을 보내게 될지 정도는 상상하기 어렵지 않았으니까요.

유일하게 염려되는 점이 있다고 한다면, 그 황폐해진 저택에는 가치 있는 물건이 거의 남아 있지 않다는 것이었습니다. 그래서는 제대로 생활을 하는 데도 상당히 고생할 것 같습니다.

"그런데, 하나 부탁이 있습니다만."

저는 관리님에게 보수로 제법 큰 액수의 금화를 받은 후에, 고개를 갸웃거렸습니다.

"……뭔가요?"

관리님도 마찬가지로 고개를 갸웃거렸습니다.

그러나 직후에 의아하다는 듯이 미간을 찌푸렸습니다.

"이걸 카렌 씨에게 전해주셨으면 합니다."

제가 한 일이, 다소 이해되지 않았기 때문일까요? 아니면 제 옆의 두 사람도 같은 행동을 했기 때문일까요?

"…………."

관리님은 잠시 침묵했지만, 결국 고개를 끄덕였습니다.

"……알았습니다. 당신들이 그리 말씀하신다면."

그리고 책상에 놓인 세 개의 금화 묶음을, 관리님은 회수했습니다.

우리는 관리님에게 상황을 전부 밝힌 후, 곧바로 나라를 떠났습니다.

오래 있을 필요도 없었고, 선생님은 선생님대로 돌아가는 도중이었으니까요.

오히려 약 일주일이나 한 나라에 머물고 만 것이 면목 없을 정도였습니다. 제가 약 조제에 시간이 너무 걸린 게 잘못이었습니다만.

"너희는 이제부터 항구 도시로 가는 거냐?"

나라의 문 앞. 평원에서 실라 씨는 우리에게 고개를 갸우뚱해 보였습니다. 여전히 담뱃대를 물고 계셨지만, 바람이 불어와 연기는 허공으로 흘러갈 뿐이라 냄새는 그다지 신경 쓰이지 않았습니다.

프랑 선생님은 그녀에게 고개를 끄덕여 보였습니다.

"그러네요. 그럴 셈이에요."

당신은 어쩔 건가요? 하고 묻는 프랑 선생님에게 실라 씨는 조금 씁쓸한 표정을 지었습니다.

"나는 이제부터 또 다른 나라에서 일이 있다. 여기서 작별이로군."

"어머나, 유감이네요."

프랑 선생님은 말과 달리 상당히 담담했습니다.

"일을 열심히 하는 것도 이해하지만, 그다지 무리는 하지 말아주세요."

"하는 것처럼 보이나?"

"방금 건 예의상 한 말이에요."

"…………."

실라 씨는 어깨를 으쓱였습니다.

"너희가 부러워. 나도 가능하다면 항구 도시 쪽으로 빗자루를 몰아가고 싶지만── 하지만 일은 일이니까. 아쉽지만 함께는 못 가."

그 안색은 조금 지친 듯도 보였습니다.

"배웅이라면 됐어요. 어차피 평생 다시 못 보는 것도 아니니까요."

언젠가 또 만날 테니, 무리해서 따라오길 바라진 않아요── 라며 프랑 선생님은 웃었습니다.

실라 씨는 숨을 들이쉬고, 내쉬고, 한숨처럼 담배 연기를 내뿜었습니다.

©Azure

"나이 먹고 역할이 느는 건 성가셔. 하고 싶은 일도 할 수 없게 되니까. 함께 있어주고 싶은데, 그렇게 할 수도 없으니까."

오랫동안 마법 총괄 협회에서 근무하고 있는 실라 씨에게는 다양한 역할이 주어져 있을 테지요.

나라와 나라를 오가며 사건을 해결하는 협회 소속 마녀로서의 역할. 다른 사람에게 여러 가지 것들을 가르치는 선생님으로서의 역할.

사야 씨의 스승님으로서의, 역할.

"…………."

조금 당혹스러워하고 있는 프랑 선생님이 있었습니다.

"저기, 갑자기 그런 말을 들으면 반응하기 곤란한데요……."

"…………."

실라 씨는 그런 프랑 선생님을 보며 키득 웃었습니다.

"뭐, 두 사람의 여행을 실컷 즐기라고. 방해꾼은 물러날 테니."

그리고 그녀는 작별의 말을 하지도 않고, 발걸음을 돌려 걸어갔습니다.

등을 돌린 채, 그녀의 입가에서 담배 연기만이 피어오르며, 무심코 얼굴을 찌푸릴 법한 냄새가 바람을 타고 흘러왔습니다.

우리도 실라 씨에게서 등을 돌리고 걷기 시작했습니다.

서로 빗자루를 타자는 말도 하지 않고, 천천히 걷기 시작했습니다.

"다음은 어떤 나라가 기다리고 있을까요?"

저는 프랑 선생님에게 시선을 보냈습니다.

그녀는 제 쪽을 바라보더니, 한 마디.

"바다가 적당히 가깝고, 약간 바다 냄새가 감도는 끈적끈적한 나라가 아닐까요?"

멋도 뭣도 없는 말을 했습니다.

그러나 직후에.

"멋진 나라였으면 좋겠네요."

그리 말하며 웃었습니다.

저는 그저 "그러네요"라며 고개를 끄덕이고, 변함없이 선생님의 옆을 계속해서 걸었습니다.

얼굴을 찌푸릴 법한 담뱃대 냄새는, 이윽고 느껴지지 않게 되었습니다. 우리는 돌아보는 일도 없이 빗자루를 꺼내, 날기 시작했습니다.

두 사람의 여행의 끝을 향해서.

나와 리나리아 씨의 역사 탐방은 아직 계속되고 있습니다.

늦겨울부터 초봄에 걸친 시간은 전부 방학인지라, 솔직히 말해 나도 리나리아 씨도 돌아가는 길에 관한 건 그다지 신경 쓰지 않았고, 심지어 라트리타에서 아무리 멀리 떨어져도 "뭐 딱히 방학이 끝날 때쯤 돌아가면 되는 거 아닐까요?" 같은 참으로 낙관적인 생각을 할 뿐. 이런 상태로는 결국 마지막의 마지막, 방학이 끝날 때쯤이 되었을 때는 아무리 발버둥 쳐도 라트리타에 돌아가지 못할 정도로 멀리까지 와버리고 말았다──같은 전개도 있을 수 있지 않을까 싶을 정도였습니다.

하지만 신경은 쓰지 않았습니다.

내일을 신경 쓰는 것보다 지금을 즐기는 것이 제일이니까요.

"여기에서 조금 더 가면 작은 나라가 있는 모양이야."

빗자루 위에서 지도를 펼치며 리나리아 씨가 말했습니다.

"어떤 나리인가요?"

내 물음에 리나리아 씨는 탁, 하고 지도를 접고서 답했습니다.

"아무런 정보도 없어"라고.

오호라, 과연.

그렇다는 것은.

"도착한 후의 즐거움이라는 거군요."

내 말에 리나리아 씨는 "그러네"라며 웃을 뿐이었습니다.

○

　나라의 문을 통과한 직후에 나는 "오오 이건 절대로 좋은 나라 네요 틀림없어요"라는 확신을 가졌습니다.

　문 바로 옆, 배고픈 여행자에게는 그야말로 절호의 장소에, 매우 훌륭한 냄새를 풍기는 가게가 하나 있었던 것입니다.

　노골적으로 번창하고 있는 것도 아니고, 그렇다고 한산한 것도 아닌, 손님을 기다리듯이 빵 가게 주인이 냄새를 풍기면서 문을 열고, 우리를 기다리고 있었습니다.

　가게 앞에서는 미소를 꽃피운 세 명의 여자아이들이 "갓 구운 거예요!"라든가, "맛있어요!"라며 소리 높여 말했습니다.

　활기 넘치는 나라라고, 보자마자 그리 생각했습니다.

　"손님, 여행자야? 괜찮으면 우리 빵 하나 어때?"

　갓 구운 빵이 잔뜩 담긴 바구니를 든 여자아이 하나가 내게 빵을 내밀었습니다.

　어라라?

　"저기, 그, 저 지금 돈에 여유가 별로──."

　"됐어. 이거 공짜로 줄게."

　쑥, 여자아이는 빵을 떠넘겼습니다.

　네? 공짜라고요? 괜찮은 겁니까? 만세!

　그렇게 맛있는 냄새에 완전히 사로잡혀서, 나는 빵을 한 입 깨물었습니다.

"앗…… 맛있어……."

폭신폭신하고 태양처럼 따뜻한 빵 맛이 입안 가득 퍼졌습니다. 내 주변에 꽃이 핀 듯한 기분이 들었습니다. 기분 탓이지만 그런 기분이있습니다. 행복이 민개했습니다.

"리나리아 씨! 이거 맛있어요! 엄청나게! 먹어보세요! 자!"

리나리아 씨에게 불쑥 들이밀었지만, 그러나 그녀는 "그래" 하고 끄덕이더니.

"그럼 하나씩 사 갈까?"라며 고개를 갸웃거렸습니다.

몹시 흥분한 나와 달리 리나리아 씨는 지극히 드라이했습니다. 심지어 "이런 이런, 어쩔 수 없는 애라니까"라고 말하고 싶은 듯한 분위기조차 자아내고 있었습니다. 보호자입니까…….

무료로 받은 빵을 베어 물면서 나는 리나리아 씨를 끌고 걷기 시작했습니다. 빵 가게에서 아르바이트를 하고 있는 사람으로서 적의 동정도 살펴야 하니, 가게 안의 빵을 둘이서 하나씩이라는 쪼잔한 말은 하지 않고 끝에서 끝까지 전부 먹어 치울 기세로 가게로 향했습니다.

그리고 가게가 우리를 맞이했습니다.

"오호오."

이것 참, 이것 참.

가게 안은 매우 깔끔했고, 척 보기에도 최근 연 가게였습니다.

나와 리나리아 씨를 맞이하며 "어서 오세요" 하고 인사하는, 바깥의 여자아이들과 마찬가지로 얼굴에 미소를 꽃피운 두 여성의 모습이 계산대 너머에는 있었습니다.

한 사람은 금발의 아름다운 여성. 머리는 어깨 정도까지 길렀고, 품위 있는 분위기를 띠고 있었습니다. 나이는 20대 중반 정도일까요?

그 옆에는 까무잡잡한 피부를 가진 흑발 여성이 있었습니다. 옆의 금발분과 아마도 비슷한 나이일 듯했고, 척 보기에도 활발한 분위기가 느껴졌습니다.

아무래도 둘이서 가게를 꾸려가고 있는 모양입니다.

"안녕하세요."

나는 두 사람에게 가볍게 인사를 하고서, 가게 안을 걸었습니다.

평온한 나라의 평화로운 가게 안, 우리는 그렇게 참을 수 없이 행복해 보이는 두 사람의 가게 안에서, 잠시 휴식을 즐겼습니다.

가게 이름은 『흑과 금과 재의 빵 가게』.

가게 주인인 두 여성에게 "무슨 의미인가요?" 하고 묻자, 그녀들은 서로 얼굴을 마주하고서.

"비밀."

그렇게 장난스럽게 웃었습니다.

후기

"시라이시 씨…… 오늘부터 아파서 아무것도 먹지 못하게 될 테니까, 각오해주세요."

절망적일 정도로 치열이 안 좋은 것도 아니고, 교정을 할까 하는 고민을 밝혔을 때 주변에서도 "뭐? 그렇게 치열이 안 좋았던 가?" 하고 오히려 고개를 갸우뚱할 정도의 치열인 나였지만, 그러나 신체에 대한 고민은 당사자밖에 알 수 없는 것이라 학생 시절부터 고민의 씨앗이었던 치열을 나이 스물다섯이 되어 드디어 교정하기에 이르렀다. 그러던 때 치과 의사선생님이 해준 말이 그것이었다. 나는 말했다.

"하하하 괜찮습니다. 저 아픈 건 잘 참는 편이거든요."

알 수 없는 자신감으로 가득한 말이었다. 내가 다니고 있는 Y치과가 최신 기기를 갖춘 수준이 매우 높은 클리닉이었기 때문인지, 지금까지의 치료가 너무나도 간단히 진행되어주었기 때문인지, 나는 Y치과에서 하는 치열 교정에 어째선지 절대적인 신뢰를 가졌다.

실제로 교정 기구 장착도 무난하게 진행되었고, 통증 같은 건 전혀 없었다. 깨닫고 보니 기구 장착이 끝나 있었을 정도라, "하하하 역시 별것 아니네요"라며 지극히 기분이 좋아진 채로 나는 클리닉을 뒤로했다.

나오기 직전.

"오늘부터는 너무 딱딱한 건 드시지 마세요."

그런 치과 의사 선생님의 조언 따위는 완전히 잊어버리고 말았다.

그날 밤의 일.

"……염원하던 치열 교정도 시작했으니, 오늘은 거하게 축하라도 해야 하는 거 아닐까?"

바보가 심해져 이런 말을 꺼낸 나는 근처 정식집으로 달려갔다. 주문한 것은 돈가스. 오늘부터 치열을 고치기 위해 힘낼 거야! 같은 말을 지껄이며 나는 눈앞에 놓인 돈가스를 먹었다. 처음에는 괜찮았다. 뭐야 역시 아프지 않잖아, 괜히 겁을 주고 있어. 후후후후, 하며 여유만만이었을 정도였다.

그러나 씹으면 씹을수록, 시간이 지나면 지날수록, 서서히 내 이는 기구의 조임과 돈가스를 씹는 턱의 힘에 의해 비명을 지르기 시작했다.

그리고 돈가스 한 조각을 다 먹었을 무렵이었다.

"아……………… 엄청나게 아파………………."

젓가락을 내려놓았다.

정식집 구석. 창가 자리에서 입을 누르며 떨고 있는 스물다섯 살의 모습이 그곳에는 있었다. 보기에 따라서는 속세에 나와 처음으로 따뜻한 밥을 입에 넣은 남자의 모습으로도 보였을지 모른다. 그러나 실제로는 그저 이가 아파서 나이를 먹을 만큼 먹고도 진짜로 울게 생긴 액년이 막 지난 남자의 한심한 모습일 뿐이었다.

다음부터 치과 의사 선생님이 하는 말은 제대로 듣자고 생각했습니다……

그건 제쳐두고, 그런 이야기는 일단 밀어두고, 이어지는 후기에는 각 이야기의 코멘트가 들어갑니다. 스포일러를 피하고 싶은 사람은 페이지를 몇 장 넘겨줘!

● 제1장 『거인의 조리실』

바탕이 된 소재는 『걸리버 여행기』와 『주문이 많은 요리점』입니다. 전부터 『주문이 많은 요리점』을 소재로 한 단편을 쭉 써보고 싶었지만, 주인공이 고양이 알레르기인 탓에 "뭐? 이런 망할 가게엔 들어가고 싶지 않습니다만?" 하고 입점 거부할 미래밖에 보이지 않았기 때문에 오랫동안 묵혀두었습니다. 하지만 9권에 이르러서 어찌어찌하여 작은 여자아이들이 경영하는 가게로 등장하게 되었습니다. 개인적으로는 병사장이 좋습니다.

● 제2장 『시골 여자아이와 역사 중독과 약 중독』

아르테와 리나리아가 재등장하는 이야기가 되었습니다. 회상 속 아르테와 리나리아의 대화는 쓰면서 즐거웠습니다. 원래 프리실라 님은 7권의 『세월의 여행』편에서 등장시킬 예정이었습니다만, 분량상 눈물을 삼키며 잘라낼 수밖에 없었던 경위가 있었던지라, 이 타이밍에서 내보낼 수 있어 기뻤습니다.

● 제3장 『고독하게 활짝 핀 피안화』

제가 태어나서 처음으로 아름답다고 생각한 꽃이 피안화였던 탓인지 상당히 감정이 깊어서, 작품에 등장시킨다면 특징적인 이야기 속에 나오게 하자고 정해두고 줄곧 품고 있었습니다. 참고로 피안화는 전원 지대에 쓸쓸하게 피어 있는 일이 많습니다만, 그것은 두더지를 막기 위해서 심어놓았기 때문입니다. 즉, 서는 꽃집에 늘어선 가지각색의 꽃들보다도 조용히 제 일을 하고 있을 뿐인 꽃을 보고서 아름답다고 생각했다는 것입니다. 이 무슨 일인지.

작중에서 실라 씨가 언급한 연쇄살인범의 정의는 FBI에서 쓰이는 시리얼 킬러의 분류 질서형/ 무질서형을 바탕으로 하고 있습니다. 판타지 작품인지라 변형을 했지만 말이지요.

참고로 피안화의 꽃말은 '열정 · 고립 · 재회 · 체념 · 슬픈 추억' 등입니다.

● 제4장 『재투성이』

간단하게 짤막한 코미디 이야기를 쓸 셈이었는데, 끝나고 보니 상당히 긴 코미디 편이 되었습니다. 신데렐라를 소재로 한 이야기를 쓰려면 어쩔 수 없이 언급해야 할 부분이 많아서 말이지요…….

다 쓰고서 이 시리즈에 나오는 왕자들은 바보 비율이 정말 높구나 하고 생각했습니다.

● 제5장 『사역마』

비화가 되겠습니다만, 『마녀의 여행』이 상업 출판하게 되었을 때, "사역마 같은 걸 붙여보면?"이라는 아이디어를 편집자님에게 받았습니다. 하지만 "싫어! 절대로 싫어!"라며 무조건 거절한 경위가 있었습니다. 이 이야기를 쓰는 도중에 그 일을 떠올렸고, 이

시리즈도 쓰기 시작한 지 어느덧 9권이 되었습니다만, 여기서 드디어 처음으로 사역마가 등장했습니다. 9권 1장도 그렇습니다만, 한 권의 밸런스 등등 다양한 사정으로 인해 뒤로 미뤄두었던 소재 이야기는 꽤 많습니다.

카렌에게 아버지가 없는 이유는 짐작해주세요.

● 제6장『시골 여자아이와 역사 중독과 밀의 향기』

3권『여행자가 새기는 벽』처럼, 시간 축을 나누어 하나의 이야기라는 것을 써보고 싶었습니다. 시간이 너무 없어서 우왕좌왕했습니다만, 이 마무리에 다다라 다행이라고 생각합니다.

이번 권은 8권에 이어 프랑 선생님과 함께 여행을 합니다.

아직 원고는 쓰지 않았지만(그렇다기보다, 눈치채셨을지도 모르겠지만) 10권에서 프랑 선생님과의 여로는 끝나게 될 예정입니다. 3장의『고독하게 활짝 핀 피안화』는 반드시 이 타이밍에 넣지 않으면 달리 여지가 없었기 때문에 전체적으로 긴 이야기가 많아지게 되었습니다.

다음 권에서는 드라마 CD 포함 한정 특별판(예약이 시작된 모양입니다!)이 있기도 해서, 9권 시점에서 다음으로 이어질 이야기를 쓸 수 있는 것이 기쁩니다. 10권에서 이야기의 막을 내릴 예정은 없지만, 프랑 선생님과 일레이나 씨, 두 사람의 여행을 마지막까지 함께해주신다면 기쁘겠습니다.

그러면 감사와 사과를.

담당 편집자 M님.

만날 때마다 "별로 먹지를 않네"라며 걱정해주십니다만, 치열 교정에 손을 댄 결과 더욱 먹지 않는 시라이시 쇼우기가 되었습니다. 앞으로는 음식의 양보다 질을 추구하는 시라이시 쇼우기가 되어 볼까 싶습니다만, 오랫동안 함께해주신다면 기쁘겠습니다.

아즈루 님.

이번에도 일러스트 작업을 해주셔서 감사드립니다. 9권 Amazon 한정판의 일러스트는 정말이지 엄청나게 아름다워서 복제 원화가 도착하면 바로 가보로 삼을까 합니다.

나나오 이츠키 님.

코미컬라이즈판 『마녀의 여행』, 매일 갱신을 기대하고 있습니다. 몇 번이나 Twitter 등에서 말했습니다만, 정말로 2화의 오리지널 전개는 최고였습니다…….

관계자 여러분.

SB 크리에이티브의 여러분, 중개인 여러분, 서점 직원 여러분, 이 책의 출판에 관여해주신 여러분. 정말로 고맙습니다. 앞으로도 잘 부탁드립니다.

독자 여러분.

9권까지 함께해주셔서 정말로 감사드립니다. 다음 10권은 드라마 CD가 포함된 한정 특별판도 8월 중순에 동시 발매될 예정입니다. 부디 잘 부탁드립니다!

다른 이야기입니다만, 교정을 시작한 후로 지금까지 10킬로그

램 정도 체중이 줄었습니다.

원래부터 그다지 비만 체질이었던 것은 아닙니다만, 교정 직후부터 매일 죽을 먹고 에너지 충전 젤리를 먹는 생활을 반복하다 보니 체중이 블랙 먼데이 수준으로 급강하해서 지금은 평균 이하가 되었습니다. 위험해.

이의 통증도 잦아들어 겨우 먹을 수 있게 되었습니다만, 위장의 크기까지는 돌아오지 않았는지, 타락한 식생활이 개선되어버렸습니다. 덕분에 러닝머신이 일하지 않고 있습니다.

줄어든 체중에 반비례하여 『마녀의 여행』 시리즈의 인기가 앞으로도 늘어가기를 기도할 뿐입니다. 그럼 다음 권에서 만나 뵙겠습니다. 그럼 이만!

MAJO NO TABITABI 9

Copyright © 2019 by Jougi Shiraishi
Illustrations Copyright © 2019 by Azure

All rights reserved
Original Japanese edition published in 2019 by SB Creative Corp.
Korean translation rights arranged with SB Creative Corp., Tokyo
through Eric Yang Agency Co., Seoul.
Korean translation rights © 2021 by Somy Media, Inc.

[마녀의 여행 9]

2024년 1월 15일 1판 3쇄 발행

저　　　자	시라이시 쬬우기
일 러 스 트	아즈루
옮 긴 이	이신
발 행 인	유재옥
이　　　사	조병권
출판본부장	박광운
담 당 편 집	정영길
편 집　1 팀	박광운 최서영
편 집　2 팀	정영길 조찬희 박치우 정지원
편 집　3 팀	오준영 이해빈 이소의
디자인랩팀	김보라 박민솔
디지털사업팀	박상섭 김지연 윤희진
라이츠사업팀	김정미 맹미영 이윤서
영업마케팅팀	최원석 박수진 박소연
물 류 팀	허석용 백철기
경영지원팀	최정연
인쇄제작처	㈜코리아피엔피
발 행 처	㈜소미미디어
등　　　록	제2015-000008호
주　　　소	서울시 마포구 토정로222, 403호 (신수동, 한국출판콘텐츠센터)
판매 및 마케팅	(070) 8822-2301

ISBN 979-11-6611-676-6
ISBN 979-11-5710-752-0 (세트)